古典詩歌研究彙刊

第十八輯

龔鵬程 主編

第 11 冊

清代常州派四部詞選
評點唐宋詞研究（中）

徐秀菁 著

國家圖書館出版品預行編目資料

清代常州派四部詞選評點唐宋詞研究（中）／徐秀菁 著 —— 初
版 —— 新北市：花木蘭文化出版社，2015〔民104〕
目 4+216 面；17×24 公分
（古典詩歌研究彙刊 第十八輯；第 11 冊）
ISBN 978-986-404-303-3（精裝）
1. 唐五代詞 2. 宋詞 3. 詞論
820.91   104014044

ISBN- 978-986-404-303-3

古典詩歌研究彙刊
第十八輯　第十一冊   ISBN：978-986-404-303-3

清代常州派四部詞選評點唐宋詞研究（中）

作　　者　徐秀菁
主　　編　龔鵬程
總 編 輯　杜潔祥
副總編輯　楊嘉樂
編　　輯　許郁翎
出　　版　花木蘭文化出版社
社　　長　高小娟
聯絡地址　235 新北市中和區中安街七二號十三樓
　　　　　電話：02-2923-1455／傳真：02-2923-1452
網　　址　http://www.huamulan.tw 信箱 hml810518@gmail.com
印　　刷　普羅文化出版廣告事業
初　　版　2015 年 9 月
全書字數　437194 字
定　　價　第十八輯 13 冊（精裝）新台幣 20,000 元

清代常州派四部詞選
評點唐宋詞研究（中）

徐秀菁 著

目

次

第四章　從意義到筆法的轉向
——周濟《宋四家詞選》評點析論

　　周濟，字保緒，一字介存，號止庵，江蘇常州南荊溪人，生於清乾隆四十六年（1781），卒於清道光十九年（1839）。其《宋四家詞選》編成，不管是在清代詞學發展史上，或對常州詞派的建立，都有重要的影響。陳匪石《聲執》云：「《宋四家詞選》之敘與論及眉評，皆指示作詞之法，並評論兩宋各家之得失，示人以入手之門，及深造之道。」〔註1〕譚獻《篋中詞》亦云：「周氏撰定《詞辨》、《宋四家詞筏》，推明張氏之旨而廣大之，此道遂與於著作之林，與詩賦文筆同其正變。」〔註2〕張宏生《清詞探微》則云：「周濟的《宋四家詞選》是常州詞派發展中的一部綱領性文獻。作爲一個選本，它不僅展示了宋詞創作的獨特風貌，而且在理論探討上多有貢獻。」〔註3〕這裏出現《宋四家詞選》與《宋四家詞筏》兩種不同的書名，

〔註1〕　陳匪石《聲執》，唐圭璋編：《詞話叢編》，北京：中華書局，2005年10月二版，頁4965。
〔註2〕　譚獻《篋中詞》評周濟〈金明池〉（十五年前），〔清〕譚獻輯：《篋中詞》，據清光緒八年刻本影印，《續修四庫全書·集部·詞類》，上海：上海古籍出版社，2002年初版，卷三，頁659。
〔註3〕　張宏生：《清詞探微》，上海：上海古籍出版社，2008年5月一版，

事實上，在譚獻《復堂詞話》中，就已同時出現這兩種不同名稱，如《復堂日記》：「十一月赴官安慶，道出嘉善，金眉生都轉招飲。中坐以周保緒《宋四家詞選》見貽，潘侍郎新刻。」〔註4〕朱惠國《中國近世詞學思想研究》認為：《宋四家詞選》「是一私人抄本，經幾人轉手，並歷經戰亂而刻印，由於是『孤存』，該抄本是否經抄錄者、轉手者刪改、整理，甚至《宋四家詞選》的名稱是否周濟所題的原名都無法證實」，他根據《常州先哲遺書後編》收有《止庵遺集》，其中有《宋四家詞筏》的序文一篇，因此認為，《宋四家詞筏》的序文「保存於《止庵遺集》中，該書在周濟死後不久的道光十九年，由其友人刻印，以後盛宣懷據此本子刻印，應該比較可靠。」〔註5〕但《宋四家詞筏》只有序文，並不見原書樣貌，尤其沒有周濟對詞作的眉批，今所見《宋四家詞選》雖是潘祖蔭根據符南樵手抄本，於同治十二年重新刊刻，符南樵是周濟的學生，此書是潘祖蔭從其叔父潘曾瑋所得，潘曾瑋曾作《周氏詞辨·序》，由其序文可知亦是認同常州詞論者〔註6〕，潘祖蔭〈《宋四家詞選》序〉云：「近世論詞，張氏《詞選》稱極善，止庵《詞辨》亦懲時俗昌狂雕琢之習，與董晉卿輩同期復古，亦仍張氏，言不苟同，季玉叔父曾序而刊之。此卷晚出，抉擇益精。止庵負經濟偉略，復寄情於藝事，進退古人，妙具心得，忠愛之作，尤深流連。宜南樵珍護如是。今南樵亦歸道山，蔭既刊之，南樵可無憾。」〔註7〕以潘祖蔭

頁352。

〔註4〕〔清〕譚獻：《復堂日記》，《叢書集成續編》，臺北：新文豐出版公司，1991年7月臺一版，卷三，甲戌年，頁721。

〔註5〕朱惠國：《中國近世詞學思想研究》，上海：上海古籍出版社，2005年6月一版，頁92。

〔註6〕潘曾瑋《周氏詞辨·序》：周濟「其所選與張氏略有出入，要其大旨，固深惡夫昌狂雕琢之習而不反，而亟思有以釐定之，是固張氏之意也，因樂為敘而刊之。」〔清〕周濟：《詞辨》，據清光緒四年刻本影印，《續修四庫全書·集部·詞類》，上海：上海古籍出版社，2002年初版，頁575。

〔註7〕潘祖蔭〈《宋四家詞選》序〉，〔清〕周濟輯：《宋四家詞選》，據清光

這樣愼重的態度看，若眞有如朱惠國所說「經抄錄者、轉手者刪改、整理」，應會在序文中說明。而且譚獻《復堂詞話》就已混用這兩種名稱，不排除是同一種書的兩種不同稱法。徐珂《清代詞學概論》亦云：「《詞筏》未見，疑即《宋四家詞選》也。」〔註8〕況且周濟《宋四家詞選》在歷來的詞學評論中，已被認定爲他個人的代表著作，如清杜文瀾《憩園詞話》云：「周止庵先生濟所選《宋四家詞選》，抉擇極精。四家者，以周、辛、王、吳爲冠，以晏同叔等十三人附之，其論深得詞中三昧。……示人從學之徑，爲閱歷甘苦之言。」〔註9〕因此在本論文中仍以周濟《宋四家詞選》稱之。

　　清代張惠言《詞選》的評點，重視對唐宋詞內容意義的解析，尤其將詞作與政治寄寓作聯結，深化常州詞派有關寄託的討論，但他的貢獻不只是提供一派詞論的基本架構，而是拓展了唐宋詞評點的視野和格局，使唐宋詞的評點在詞句藝術的鑽研之外，多了詞作主旨與意義探尋的可能，尤其他還講求賦法的經營，使作詞如作詩、賦一般講究，同時能發揮針砭時世的作用，反映詞人憂國憂民的心思，讓詞體的地位與價值有所提昇。然而，這樣的嘗試，扭轉了一般對「詞主情」的認知，也容易招致牽強比附的批評。因此，在張惠言評點的基礎上，出現了周濟《宋四家詞選》的評點和譚獻對《詞辨》的評點，除了承繼他的論點，也有所修正和拓展，奠定常州詞派的理論基礎。

　　以編輯詞選的時間看，是《詞辨》在先，《宋四家詞選》在後，根據周濟《詞辨·序》可知，《詞辨》是在清嘉慶十七年時，周濟「客授吳淞弟子田生端學爲詞，因欲次第古人之作，辨其是非，與二張、董氏各存岸略，庶幾他日有所觀省，爰錄唐以來詞，爲十卷」〔註10〕

　　　緒潘祖陰輯刊《滂喜齋叢書》本影印，《百部叢書集成》，臺北：藝文印書館，1967年出版，頁1。
〔註8〕徐珂：《清代詞學概論》，上海：大東書局，1926年10月出版，頁18。
〔註9〕〔清〕杜文瀾《憩園詞話》，唐圭璋編：《詞話叢編》，頁2853。
〔註10〕周濟《詞辨·序》，〔清〕周濟：《詞辨》，頁576。

而出現的唐宋詞選本，但後來田生攜之北上，「衣袽不戒，厄於黃流」，因無副本，由周濟追憶，僅存正、變二卷〔註11〕，在清道光二十七年由吳縣潘曾瑋刻印刊行，後來在清光緒四年再次刻印〔註12〕。《宋四家詞選》則是周濟於清道光十二年，「年逾五十」時所編〔註13〕，不管是對創作或詞學理論的闡述，識見都最爲成熟。如果以評點的時間來看，則是周濟評點《宋四家詞選》的時間在前，譚獻評點周濟《詞辨》的時間在後，因爲譚獻所評根據的是清光緒年間重新刊刻的《詞辨》二卷本，是因應門人徐珂之請所評〔註14〕。而且在詞學傳承上，周濟學詞於董晉卿，董晉卿學詞於張惠言、張琦兩兄弟，其《詞辨·序》云：「余年十六學爲詞，甲子始識武進董晉卿，……晉卿爲詞，師其舅氏張皋文、翰風兄弟，……晉卿雖師二張，所作實出其上，予遂受法晉卿，已而造詣日已異，論說亦互相短長。」〔註15〕譚獻則承張惠言、周濟之詞論，另有拓展，《復堂日記》云：

〔註11〕 周濟《介存齋論詞雜著·附記》：「向次《詞辨》十卷，一卷起飛卿爲正；二卷起南唐後主爲變；名篇之稍有疵累者爲三、四卷；平妥清通，纏及格調者爲五、六卷；大體紕繆，精彩間出爲七、八卷；本事、詞話爲九卷；庸選惡札，迷誤後生，大聲疾呼，以昭炯戒爲十卷。既成寫本，付田生，田生攜以北，附糧艘行，衣袽不戒，厄於黃流，既無副本，惋歎而已。爾後稍稍追憶，僅存正、變兩卷。」〔清〕周濟：《詞辨》，頁579。

〔註12〕 潘曾瑋《周氏詞辨·序》作於清道光二十七年，云：周濟「其所選與張氏略有出入，要其大旨，固深惡夫昌狂雕琢之習而不反，而亟思有以釐定之，是固張氏之意也，因樂爲敘而刊之。」〔清〕周濟：《詞辨》，頁575。

〔註13〕 周濟《宋四家詞選·序論》：「文人卑塡詞爲小道，未有以全力注之者。其實專精一、二年，便可卓然成家。若厭難取易，雖畢生馳逐，費煙楮爾。余少嗜此，中更三變，年逾五十，始識康莊。自悼冥行之羣，遂懲問津之誤，不揣輇陋，爲察察言。退蘇進辛，糾彈姜、張，剟刺陳、史，芟夷盧、高，皆足駭世。」〔清〕周濟輯：《宋四家詞選》，頁3。

〔註14〕 譚獻《《詞辨》跋》：「及門徐仲可中翰，錄《詞辨》，索予評泊，以示規範。」〔清〕譚復堂評，徐珂、三多、趙逢年校刊：《譚評詞辨》，線裝書，1920年出版，頁1。

〔註15〕 周濟《詞辨·序》，〔清〕周濟：《詞辨》，頁576。

「予欲撰《篋中詞》，以衍張茗珂、周介存之學。」〔註16〕所以此章
先論周濟《宋四家詞選》的評點，下一章再論譚獻對周濟《詞辨》
的評點，並分別與張惠言《詞選》的評點作比較，論其承繼與拓展。

在版本的選擇上，周濟《宋四家詞選》以清同治十二年潘祖蔭
付印者爲最早，根據潘祖蔭〈《宋四家詞選》序〉可知，此選得之於
符南樵，「南樵，蔭舊識，嘗師事止庵，手錄是選，思付剞劂，奔走
無暇。蔭居浣園，時以之自隨。庚申園燬，意成灰燼。去年檢書，
幸得之，亟付梓。……此卷晚出，抉擇益精。止庵負經濟偉略，復
寄情於藝事，進退古人，妙具心得，忠愛之作，尤深流連。宜南樵
珍護如是。今南樵亦歸道山，蔭既刊之，南樵可無憾。」〔註17〕可
知此選爲目前所能見到的最原始版本，此選同時收於《滂喜齋叢書》
〔註18〕及《續修四庫全書》〔註19〕中，故以此本爲論述依據。

第一節　《宋四家詞選》評點的標準

周濟《宋四家詞選》的評點，最大的特點是標舉宋代周邦彥、
辛棄疾、吳文英、王沂孫四家詞，這與張惠言《詞選》對溫庭筠的
推崇，以及不選吳文英詞的態度〔註20〕，有很大的不同。之所以會

〔註16〕〔清〕譚獻：《復堂日記》，《叢書集成續編》，卷三，丙子年，頁725。
〔註17〕潘祖蔭〈《宋四家詞選》序〉，〔清〕周濟輯：《宋四家詞選》，頁1。
〔註18〕〔清〕周濟輯：《宋四家詞選》，據清光緒潘祖蔭輯刊《滂喜齋叢書》
　　　本影印，《百部叢書集成》，臺北：藝文印書館，1967年出版。
〔註19〕〔清〕周濟輯：《宋四家詞選》，據清同治十二年潘祖蔭刻《滂喜齋
　　　叢書》本影印，《續修四庫全書·集部·詞類》，上海：上海古籍出
　　　版社，2002年初版。
〔註20〕張惠言《詞選·敘》：「自唐之詞人李白爲首，其後韋應物、王建、
　　　韓翃、白居易、劉禹錫、皇甫松、司空圖、韓偓並有述造，而溫庭
　　　筠最高，其言深美閎約。……其盪而不反，傲而不理，枝而不物，
　　　柳永、黃庭堅、劉過、吳文英之倫，亦各引一端，以取重於當世。
　　　而前數子者，又不免有一時放浪通脫之言出於其間。後進彌以馳逐，
　　　不務原其指意，破析乖剌，壞亂而不可紀。」〔清〕張惠言輯：《詞
　　　選》，據清道光十年宛鄰書屋刻本影印，《續修四庫全書·集部·詞

有這樣的差異，最主要的原因在於張惠言是從鑑賞的角度來解讀詞作，探求的是「賢人君子幽約怨悱不能自言之情」〔註21〕，尤重詞作深意，講尙寄託，但從周濟《宋四家詞選・序論》所提出的：「夫詞，非寄託不入，專寄託不出」〔註22〕，可知周濟的講法更爲圓融，除了不爲「寄託」二字所囿，在詮釋詞作時，保留相當程度的讀者自由解讀空間，即《宋四家詞選・序論》所謂：「讀其篇者，臨淵窺魚，意爲魴鯉，中宵驚電，罔識東西。赤子隨母笑啼，鄉人緣劇喜怒，抑可謂能出矣。」〔註23〕然而要如何達到「能入又能出」，即「驅心若游絲之罥飛英，含毫如郢斤之斲蠅翼，以無厚入有間」〔註24〕的創作狀態？即要講求詞的創作之法，也就是詞之「思」、「筆」〔註25〕的融合。繆鉞〈常州派詞論家「以無厚入有間」說詮釋〉即云：

> 詞人在創作過程中，通過其所敘寫的情而寄託其微意幽旨，「驅心若游絲之罥飛英，含毫如郢斤之斲蠅翼」，用思極爲深細。其所敘寫的情事可能是錯綜複雜的，在這些錯綜複雜的情事中，如何把他的微意幽旨襯托出來，這就需要有一種高妙的藝術，如同庖丁解牛奏刀之時，「以無厚入有間」，而游刃有餘。〔註26〕

葉嘉瑩〈常州詞派比興寄託之說的新檢討〉則云：

> 以像「游絲」一樣的精微的心思，與像「郢斤」一樣的敏銳的筆法，來觀察和描述，即使如「飛英」、「蠅翼」一般精細幽微的事物，都能爲作者所用而無所遺漏。以如此精

類》，頁536。

〔註21〕張惠言《詞選・敘》，〔清〕張惠言輯：《詞選》，頁536。

〔註22〕周濟《宋四家詞選・序論》，〔清〕周濟輯：《宋四家詞選》，頁1。

〔註23〕周濟《宋四家詞選・序論》，〔清〕周濟輯：《宋四家詞選》，頁1。

〔註24〕周濟《宋四家詞選・序論》，〔清〕周濟輯：《宋四家詞選》，頁1。

〔註25〕周濟《宋四家詞選・序論》：「詞以思、筆爲入門階陛。」〔清〕周濟輯：《宋四家詞選》，頁2。

〔註26〕繆鉞〈常州派詞論家「以無厚入有間」說詮釋〉，繆鉞、葉嘉瑩：《詞學古今談》，臺北：萬卷樓圖書公司，1992年10月初版，頁191。

微敏銳的「無厚」的心思與筆法，來觀察和描述處處可以
引發聯想的「有間」的事事物物，所謂「以無厚入有間」，
相習日久，於是乎心中有任何感慨，「意感偶生」，都可以
託藉於任何事物來「假類畢達」。〔註27〕

因此周濟的評點，除了從鑑賞的角度來評詞，還從創作的角度來評
詞，所以他要標舉宋代周邦彥和吳文英詞，原因在於他們講求詞的
作法，使詞作達到高妙的藝術境界，就算在「詠物時寄託了身世之
感，也做到了不即不離、若遠若近，在錯綜複雜的情事中運行自如」
〔註28〕，這才符合周濟的評詞標準，也才足以作為學習的典範。周濟
之所以提出：「問塗碧山，歷夢窗、稼軒，以還清眞之渾化」〔註29〕，
更可以看出他評點所著重的便是揭示詞之作法，並以此為賞鑑和學詞
的依據。

張惠言《詞選》以「寄託」之「深美閎約」〔註30〕為最高評賞
標準，是從詞所具有的「以道賢人君子幽約怨悱不能自言之情」的
功能，為詞僅是「雕琢曼辭」〔註31〕的認知作澄清，也藉此提高詞
體的地位，說其可「與詩賦之流同類而風誦之」〔註32〕；周濟則是
將「寄託」落實到詞的創作中，並透過評點的實際分析與舉例，說

〔註27〕葉嘉瑩〈常州詞派比興寄託之說的新檢討〉，葉嘉瑩：《清詞叢論》，
　　　　石家庄：河北教育出版社，2000 年 12 月二版，頁 164～165。

〔註28〕繆鉞〈常州派詞論家「以無厚入有間」說詮釋〉，繆鉞、葉嘉瑩：《詞
　　　　學古今談》，頁 194。

〔註29〕周濟《宋四家詞選·序論》，〔清〕周濟輯：《宋四家詞選》，頁 1。

〔註30〕張惠言《詞選·敘》：「自唐之詞人李白為首，其後韋應物、王建、
　　　　韓翃、白居易、劉禹錫、皇甫松、司空圖、韓偓並有述造，而溫庭
　　　　筠最高，其言深美閎約。」〔清〕張惠言輯：《詞選》，頁 536。

〔註31〕張惠言《詞選·敘》：詞之「至者，則莫不惻隱盱愉，感物而發，觸
　　　　類條鬯，各有所歸，非苟為雕琢曼辭而已。」〔清〕張惠言輯：《詞
　　　　選》，頁 536。

〔註32〕張惠言《詞選·敘》：「今第錄此篇，都為二卷。義有幽隱，並為
　　　　指發。幾以塞其下流，導其淵源，無使風雅之士懲於鄙俗之音，
　　　　不敢與詩賦之流同類而風誦之也。」〔清〕張惠言輯：《詞選》，頁
　　　　536。

明唐宋名家的作法，以爲創作依循的目標。其實早在周濟的《介存
齋論詞雜著》中，便可看出他對創作的重視，他說明：

> 學詞先以用心爲主，遇一事、見一物，即能沉思獨往，冥
> 然終日，出手自然不平。次則講片段，次則講離合；成片
> 段而無離合，一覽索然矣。次則講色澤、音節。〔註33〕

又云：

> 初學詞求有寄託，有寄託則表裏相宣，斐然成章；既成格
> 調，求無寄託，無寄託則指事類情，仁者見仁，智者見智。
>
> 〔註34〕

如此一來，「寄託」便不再只是高不可攀的標準，而有了具體的實踐
途徑，並能在當世爲詞體生命的延續找到方法和理由。除此之外，
周濟更爲張惠言將寄託鎖定在「賢人君子幽約怨悱不能自言之情」，
即「感士不遇」〔註35〕的解讀，作出修正和省思，提出：

> 感慨所寄，不過盛衰。或綢繆未雨，或太息厝薪，或已溺
> 己飢，或獨清獨醒，隨其人之性情、學問、境地，莫不有
> 由衷之言。見事多，識理透，可爲後人論世之資。詩有史，
> 詞亦有史，庶乎自樹一幟矣。若乃離別懷思，感士不遇，
> 陳陳相因，唾瀋互拾，便思高揖溫、韋，不亦恥乎！〔註36〕

所謂的「寄託」不能只是「感士不遇」而已，若是如此，在創作上
「陳陳相因，唾瀋互拾」，詞還有什麼創作的空間和必要；在詞作解
讀上，若只從這一點來衡量，同樣會過於凝滯，使詞再無詮釋和欣
賞的可能。劉少雄〈周濟與南宋典雅詞派〉云：「張惠言以比興寄託
言詞，往往求之過深，穿鑿附會，而周濟則提出『有寄託入，無寄
託出』的主張以救其固弊。所謂『無寄託』，是指作品有渾然之境，
形質合一，既具個別性又具普遍性，如是則『指事類情，仁者見仁，

〔註33〕周濟《介存齋論詞雜著》，〔清〕周濟：《詞辨》，頁577。

〔註34〕周濟《介存齋論詞雜著》，〔清〕周濟：《詞辨》，頁577。

〔註35〕張惠言評溫庭筠〈菩薩蠻〉（小山重疊金明滅）：「此感士不遇也。」
〔清〕張惠言輯：《詞選》，頁537。

〔註36〕周濟《介存齋論詞雜著》，〔清〕周濟：《詞辨》，頁577。

智者見智」，容許讀者作多方面的解釋。」〔註37〕深切道出周濟詞論的開拓。因此周濟將詞的「寄託」，擴大為個人「性情、學問、境地」的「由衷之言」，不管是寄寓何種感慨，表達何種識見，只要「立意高，取徑遠」〔註38〕，即能「自尊其體」〔註39〕。如此一來，在詞的創作和解讀方面，都能變得更靈活，同時也一樣能達到尊體的目的。

　　從這樣的角度出發，周濟《宋四家詞選》評點的標準有二，一是講求詞作「立意」，也就是詞需有所為而為，寓有「身世之感」、「家國之恨」〔註40〕者，評價當然較高，但就算只是賦物，也要講求「人、景、情思」〔註41〕的融合，有真情實意者，才是佳製，否則只是賣弄一種文學技藝，將毫無格調可言，更不能成一篇章，所謂「有寄託則表裏相宜，斐然成章」，便是作詞的先決條件，因此只要「遇一事、見一物，即能沉思獨往」，用心以對，就算只是詠物，也要有所寄託。《宋四家詞選・序論》云：「詠物最爭托意，隸事處以意貫串，渾化無痕，碧山勝場也。」〔註42〕在下筆時多加涵詠醞釀，帶有個人細膩而獨特的感受，詞意高者，自然能成為禁得起檢驗的作品；二是講求詞的筆法，也就是寄託手法的靈活，要能達到「渾化無痕」的境界，並同時展現「思力」與「筆力」者才高，這便是周濟《宋

〔註37〕劉少雄：〈周濟與南宋典雅詞派〉，《中國文哲研究集刊》1994 年 9 月，頁 164。

〔註38〕周濟《宋四家詞選・序論》：「夢窗立意高，取徑遠，皆非餘子所及。」〔清〕周濟輯：《宋四家詞選》，頁 2。

〔註39〕周濟評王沂孫〈南浦〉（柳下碧粼粼）：「碧山故國之思甚深，托意高，故能自尊其體。」〔清〕周濟輯：《宋四家詞選》，頁 25。

〔註40〕周濟《宋四家詞選》評王沂孫〈齊天樂〉（綠槐千樹西窗悄）：「此身世之感。」評王沂孫〈齊天樂〉（一襟餘恨宮魂斷）：「此家國之恨。」〔清〕周濟輯：《宋四家詞選》，頁 26。

〔註41〕周濟《宋四家詞選》評王沂孫〈花犯〉（古嬋娟）：「賦物能將人、景、情思，一齊融入，最是碧山長處。由其心細、筆靈、取徑曲、布勢遠故也。不減白石風流。」〔清〕周濟輯：《宋四家詞選》，頁 25。

〔註42〕周濟《宋四家詞選・序論》，〔清〕周濟輯：《宋四家詞選》，頁 2。

四家詞選》評點的第二個標準。在周濟心中，唯一能達到這標準的，便是周邦彥。因此在他的《宋四家詞選》中，將周邦彥詞列在卷首，一連選了二十六首詞，而且每一首都有批語，並云：「清眞，集大成者」，又指出：「問塗碧山，歷夢窗、稼軒，以還清眞之渾化」〔註43〕，可知他對周邦彥詞的推崇。周濟指出：「清眞渾厚，正於鈎勒處見。他人一鈎勒便刻削，清眞愈鈎勒，愈渾厚。」〔註44〕這種筆法之「渾厚」與否，便是周濟分判詞作高下的依據。

周濟會提出詞人「思力」與「筆力」的經營，並指出：「詞以思、筆爲入門階陛」，「筆以行意也，不行須換筆；換筆不行，便須換意」，「詞筆不外順逆反正，尤妙在複、在脫，複處無垂不縮，故脫處如望海上三山妙發」，更云：「吞吐之妙，全在換頭、煞尾，古人名換頭爲過變，或藕斷絲連，或異軍突起，皆須令讀者耳目振動，方成佳製。」〔註45〕可見他對詞作的體會是比張惠言更加細膩，在理論的建構上，除了提出一個追尋的目標，還清楚指出達成的方法和途徑，至於評點的實踐，則不只有解讀和評賞的功能，指導創作的意圖更是明顯。張惠言的《詞選》以「賢人君子幽約怨悱不能自言之情」的解讀，破除詞爲「小道」的既有認知，一新詞壇面目，周濟《存審軒詞·自序》也說：「吾郡自皋文、子居兩先生開闢榛莽，以《國風》、《離騷》之旨趣，鑄溫、韋、周、辛之面目，一時作者競出。」〔註46〕但張惠言的《詞選》只有品評詞作，帶出解讀詞人之心的示範，只能作爲詮釋的參考，若要眞正革除詞壇只講雕琢的弊病，並無落實的方法。孫克強〈常州派詞論家董士錫簡論〉云：「從晚清詞學發展的實際來看，張惠言倡言尊體、復古，雖有開拓新詞

〔註43〕周濟《宋四家詞選·序論》，〔清〕周濟輯：《宋四家詞選》，頁1。

〔註44〕周濟《宋四家詞選·序論》，〔清〕周濟輯：《宋四家詞選》，頁1。

〔註45〕周濟《宋四家詞選·序論》，〔清〕周濟輯：《宋四家詞選》，頁2～3。

〔註46〕周濟《存審軒詞·自序》，〔清〕周濟：《存審軒詞》，據清光緒十八年周恭壽刻《求志堂存稿匯編》本影印，《續修四庫全書·集部·詞類》，頁1。

風的努力，但他爲人所稱道的創立常州派、取浙西派而代之的豐功
偉業，則多少帶有後人追封的意味。」〔註 47〕眞正藉由唐宋詞選本
和評點的結合，使常州詞派的鑑賞論和創作論更爲完善，並擴大影
響者，應是周濟。針對周濟的詞論拓展，學者都給予很高的評價，
如謝桃坊《中國詞學史》云：「周濟是常州詞派中最有成就的理論家，
其最大的功績是修正了張惠言的理論。他從學詞過程來重新解釋了
張惠言的比興寄託說，使常州詞派的理論得到完善和豐富。」〔註 48〕
孫克強《清代詞學批評史論》指出：《宋四家詞選》「標誌著周濟確
立了自己獨立的詞學思想，建立起包括入門、途徑，以及最高境界
在內的完整的詞學理論系統。」〔註 49〕張宏生《清詞探微》云：「周
濟的《宋四家詞選》是常州詞派發展中的一部綱領性文獻。作爲一
個選本，它不僅展示了宋詞創作的獨特風貌，而且在理論探討上多
有貢獻。……作爲常州詞派的中堅人物，進一步發展張惠言的理論，
揭示學詞門徑，以指導後學。」〔註 50〕可以看出周濟的貢獻。

　　回到唐宋詞評點發展的歷史上看，周濟評點所講求的「思」、
「筆」，與南宋黃昇《花庵詞選》所講求的「命意」〔註 51〕，以及明
代沈際飛《古香岑草堂詩餘》所講求的「造句」〔註 52〕有何不同？

〔註 47〕孫克強：〈常州派詞論家董士錫簡論〉，《詞學》第十三輯，2001 年
　　　　11 月一版，頁 186。
〔註 48〕謝桃坊：《中國詞學史》（修訂本），成都：巴蜀書社，2002 年 12 月
　　　　一版，頁 322～323。
〔註 49〕孫克強：《清代詞學批評史論》，上海：上海古籍出版社，2008 年 11
　　　　月一版，頁 272。
〔註 50〕張宏生：《清詞探微》，頁 352。
〔註 51〕黃昇：《花庵詞選》「凡看唐人詞曲，當看其命意造語工致處，蓋語
　　　　簡而意深，所以爲奇作也」〔宋〕黃昇編集：《唐宋諸賢絕妙詞選》，
　　　　據上海涵芬樓景印明刻本，《四部叢刊・正編・集部》，臺北：臺灣
　　　　商務印書館，1979 年 11 月臺一版，頁 5。
〔註 52〕沈際飛《古香岑草堂詩餘四集・發凡》說明評點符號的使用：「其靈
　　　　慧新特之句，用『○』；爾雅流麗之句，用『、』；鮮奇警策之字，用
　　　　『◎』；冷異巉削之字，用『ㄅ』；鄙拙膚陋字句，用『｜』。」〔明〕
　　　　沈際飛評選：《古香岑草堂詩餘・正集》，明崇禎翁少麓刊本，臺北：

差別在於黃昇所謂的「命意」，並沒有與當世的身世、家國等感慨，作直接而密切的聯結，是在講求雅詞的前提下，以「典雅有味」爲評賞標準，如黃昇評沈公述〈望海潮〉(山光凝翠)：「公述此詞典雅有味，而今世但傳其『杏花過雨』之曲，眞所謂『吾未見好德如好色者』也。」〔註53〕沈際飛《古香岑草堂詩餘》的評點，雖然對詞句藝術的解析和評賞細膩而有見地，但因爲被《草堂詩餘》所侷限，標舉「靈慧新特之句」、「爾雅流麗之句」、「鮮奇警策之字」〔註54〕的同時，也就無法探求詞作深意。因此清代張惠言《詞選》的選輯和評點，才要以「賢人君子幽約怨悱不能自言之情」，正本清源，提高詞體的意義和價值，並平衡詞作專尙雕琢的風氣。周濟在張惠言這樣的脈絡下，先講寄託，所謂：「夫詞，非寄託不入」〔註55〕，再講「思」、「筆」的運用，使學詞者能「問塗碧山，歷夢窗、稼軒，以還清眞之渾化」〔註56〕，如此一來，周濟所講求的詞法、筆法，是以寄託爲前提，帶有身世之感、家國之思，甚至是個人感慨的醞釀，便有實質意義。透過這樣的評點標準所揀擇出來的詞作，更能成爲習詞的典範。在這樣的評賞標準之下，周濟在實際評點詞作時又是如何，以下續論之。

第二節　《宋四家詞選》評點的方法

　　周濟的《宋四家詞選》大量採用眉批的形式，針對詞作的藝術手法作出綱領性的評析，呼應他的審美標準，也反映他的詞學觀。雖然沒有延續張惠言《詞選》對唐宋詞進行的品評，爲之區分高下，

　　　　國家圖書館藏，頁4。
〔註53〕〔宋〕黃昇編集：《唐宋諸賢絕妙詞選》，頁55。
〔註54〕沈際飛《古香岑草堂詩餘四集‧發凡》說明評點符號的使用：「其靈慧新特之句，用『○』；爾雅流麗之句，用『、』；鮮奇警策之字，用『◎』。」〔明〕沈際飛評選：《古香岑草堂詩餘‧正集》，頁4。
〔註55〕周濟《宋四家詞選‧序論》，〔清〕周濟輯：《宋四家詞選》，頁1。
〔註56〕周濟《宋四家詞選‧序論》，〔清〕周濟輯：《宋四家詞選》，頁1。

但周濟以周邦彥、辛棄疾、王沂孫、吳文英四家詞為各卷之首，並將其他詞家附於四家之下，分判的意味更為明顯也更直接。尤其要求詞之本色，並結合書畫概念進行評點，將詞視為一藝術作品，作出總體的評賞與分析，同時使評點的語言更為靈活多變，都使他的意見能在常州詞派的評點中佔有一席之地。雖然趙尊嶽〈詞籍提要〉曾提及周濟《宋四家詞選》載有眉批和圈點符號〔註57〕，對比周濟的評語多針對詞作中某句而發，確實有此可能，但在同治十二年潘祖蔭的刊本中，只剩眉批和部分旁批，所以本章節只就這兩部分來論。

　　相較於張惠言《詞選》的評點，可以發現張惠言經常使用尾批的形式，在一首詞作之後，列出批評的意見，以指明詞作寓意，即所謂：「義有幽隱，並為指發」〔註58〕，評點的目的在於解析詞人的創作動機；周濟卻不同，他在《宋四家詞選》中最常採用的是眉批，將批評的意見標在詞作之上，進行藝術的評賞，雖然他也針對部分詞作的政治寓意和寄託之旨作出說明，但較不會引起牽強比附、強作解釋的批評，原因在於以一種眉批的形式評賞詞作，功能有點像是給予讀者提點或參考，仍保留讀者自行詮釋的空間，即《宋四家詞選·序論》所謂：「讀其篇者，臨淵窺魚，意為魴鯉，中宵驚電，罔識東西。赤子隨母笑啼，鄉人緣劇喜怒，抑可謂能出矣。」〔註59〕被接受的程度也相對提高。以下依序就《宋四家詞選》中有關寄託、本色、筆法的討論來分析。

〔註57〕趙尊嶽〈詞籍提要〉：「止庵原稿本編次選詞，與此（指滂喜齋刊本）不同。手自圈點，且多評語。曩藏番禺曾剛父習經家，剛父歿，其書不可蹤跡。」《詞學季刊》第三卷第一號，1936年3月，臺北：臺灣學生書局，1967年6月初版，頁53。

〔註58〕張惠言《詞選·敘》：「今第錄此篇，都為二卷。義有幽隱，並為指發。幾以塞其下流，導其淵源，無使風雅之士懲於鄙俗之音，不敢與詩賦之流同類而風誦之也。」〔清〕張惠言輯：《詞選》，頁536。

〔註59〕周濟《宋四家詞選·序論》，〔清〕周濟輯：《宋四家詞選》，頁1。

一、以寄託爲評

　　周濟《宋四家詞選》評詞的第一個標準是講求詞作「立意」，也就是詞需有所爲而爲，所謂：「夫詞，非寄託不入，專寄託不出。」〔註60〕這種寄託，不限於「感士不遇」〔註61〕，而能是詞家「性情、學問、境地」的展現，所謂：「感慨所寄，不過盛衰。或綢繆未雨，或太息厝薪，或己溺己飢，或獨清獨醒，隨其人之性情、學問、境地，莫不有由衷之言。」〔註62〕在寄託的內容和範圍都擴大之後，《宋四家詞選》在實際評點時也能更爲靈活而有變化。如評王沂孫〈南浦〉(柳下碧粼粼)：

　　　　碧山故國之思甚深，托意高，故能自尊其體。

評王沂孫〈齊天樂〉(綠槐千樹西窗悄)：

　　　　此身世之感。

評王沂孫〈齊天樂〉(一襟餘恨宮魂斷)：

　　　　此家國之恨。

評王沂孫〈掃花游〉(卷簾翠溼)：

　　　　刺朋黨日繁。〔註63〕

周濟之所以要點出詞作寄託之旨，目的在凸顯詞體所能負載的內容，以及發揮的功能，並以此強調詞體的地位和價值。他的評點因爲採眉批的方式，所以評語都相當精煉，但都能點出詞作主旨，引導讀詞的方向。在這樣的評點中，也可以看到周濟試圖跳脫「感士不遇」的讀詞模式，事實上，所謂的「感士不遇」，這一概念非常寬泛，也可以說是很抽象，具體內容是什麼，必須再明確指出，但也因爲這樣的概念非常寬泛，在評詞時，如果直接套用，反而會使評點受到限制，以爲所有的詞作都是「感士不遇」而已，對詞的發展

〔註60〕周濟《宋四家詞選・序論》，〔清〕周濟輯：《宋四家詞選》，頁1。
〔註61〕周濟《介存齋論詞雜著》：「若乃離別懷思，感士不遇，陳陳相因，唾瀋互拾，便思高揖溫、韋，不亦恥乎！」〔清〕周濟：《詞辨》，頁577。
〔註62〕周濟《介存齋論詞雜著》，〔清〕周濟：《詞辨》，頁577。
〔註63〕〔清〕周濟輯：《宋四家詞選》，頁25；26；28。

亦會造成限制。因此當周濟點出：「感慨所寄，不過盛衰」〔註64〕時，詞的內容和境地也隨之擴大，在評點時，也能不為「感士不遇」所限，進而欣賞王沂孫詞中有關身世、家國的感慨，以及對現實的批判，讓寄託的內容擴大。

又如《宋四家詞選》評晏幾道〈清平樂〉（留人不住）：

　　結語殊怨，然不忍割。

評辛棄疾〈賀新郎〉（綠樹聽啼鴂）：

　　北都舊恨。

　　南渡新恨。

評辛棄疾〈賀新郎〉（鳳尾龍香撥）：

　　謫逐正人，以致離亂。

　　晏安江沱，不復北望。

評辛棄疾〈太常引〉（一輪秋影轉金波）：

　　所指甚多，不止秦檜一人而已。

評辛棄疾〈水龍吟〉（舉頭西北浮雲）：

　　欲抉浮雲，必須長劍，長劍不可得出，安得不恨魚龍。

〔註65〕

從這幾則評語來看，周濟在評詞時，顯然也是應用了傳統文學批評中「知人論世」〔註66〕的方法，將詞作內容與詞人的遭遇作相當程度的聯結，並朝這個方向作設想和體會，比起張惠言的評點來得較有依據。只是周濟在評點時，多在大方向上指出此詞是有所怨恨、有所遺憾，或是「北都舊恨」、「南渡新恨」，「所指甚多，不止秦檜一人而已」，甚至站在作者的立場，去理解他有此感受的原因，如評辛棄疾〈水龍吟〉（舉頭西北浮雲）：「欲抉浮雲，必須長劍，長劍

〔註64〕周濟《介存齋論詞雜著》，〔清〕周濟：《詞辨》，頁577。
〔註65〕〔清〕周濟輯：《宋四家詞選》，頁8；15；16。
〔註66〕《孟子・萬章》：「說詩者，不以文害辭，不以辭害志，以意逆志，是為得之。」又：「誦其詩，讀其書，不知其人可乎？是以論其世也。」〔宋〕朱熹集註，蔣伯潛廣解：《四書讀本》，臺北：啟明書局，頁221～222；255。

不可得出,安得不恨魚龍。」那種報國無門、復仇無望的抑鬱,想必萬分悲痛,這樣的批評方式,保留相當的詮釋空間,並沒有限制詞作的實際指涉,尤其以眉批的方標在詞作上方,評賞和提點的成分居多,又不會限制讀者的想像和詮釋。這便是《宋四家詞選‧序論》所謂:「讀其篇者,臨淵窺魚,意為魴鯉,中宵驚電,罔識東西。赤子隨母笑啼,鄉人緣劇喜怒,抑可謂能出矣。」〔註67〕如此一來,詞在被閱讀的過程中,就能有不斷被詮釋的可能,同時能讀出自己的體會,這對詞作的評點來說,不但是一大拓展,還在理論上找到依據,要強調常州詞派的寄託理論,才更有可行性。

雖然周濟《宋四家詞選》的評點,也有出現類似張惠言《詞選》專就政治寄託而評的例子,以解析詞作的政治寓意,如周濟評歐陽修〈蝶戀花〉(六曲闌干偎碧樹)(誰道閒情拋棄久)(幾日行雲何處去)(庭院深深深幾許)幾闋:

> 數詞纏綿忠篤,其文甚明,非歐公不能作。延巳小人,縱欲僞爲君子,以惑其主,豈能有此至性語乎!

評辛棄疾〈漢宮春〉(春已歸來):

> 「春幡」九字,情已極不堪。燕子猶記年時好夢,「黃柑」、「青韭」,極寫燕安酖毒。換頭又提動黨禍,結用「雁」與「燕」激射,却稍待五國城舊恨。辛詞之怒,未有甚於此者。〔註68〕

但如果跟張惠言《詞選》的評點相較,如張惠言評歐陽修〈蝶戀花〉(庭院深深深幾許):

> 「庭院深深」,閨中既以邃遠也。「樓高不見」,哲王又不寤也。「章臺」、「遊冶」,小人之徑。「雨橫風狂」,政令暴急也。「亂紅飛去」,斥逐者非一人而已,殆爲韓、范作乎。此詞亦見馮延巳集中。李易安〈詞序〉云:「歐陽公作〈蝶戀花〉,有『庭院深深深幾許』之句,余酷愛之,用其語作

〔註67〕周濟《宋四家詞選‧序論》,〔清〕周濟輯:《宋四家詞選》,頁1。
〔註68〕〔清〕周濟輯:《宋四家詞選》,頁6;16。

　　庭院深深數闋，其聲即舊〈臨江仙〉也。」易安去歐公未

　　遠，其言必非無據。〔註69〕

還有張惠言評馮延巳〈蝶戀花〉（六曲闌干偎碧樹）（誰道閒情拋棄久）

（幾日行雲何處去）：

　　三詞忠愛纏綿，宛然《騷》、〈辨〉之義。延巳為人，專蔽

　　嫉妒，又敢為大言。此詞蓋以排間異己者，其君之所以信

　　而弗疑也。〔註70〕

會發現周濟對於詞作政治寄託的評點，基本上是作一推想，並且點
到為止，只說：〈蝶戀花〉「數詞纏綿忠篤，其文甚明」；張惠言則就
每一字句的實際指涉作解析，並說明這一系列的詞作是因為詞人「專
蔽嫉妒，又敢為大言」，創作的目的是為「排間異己」。不管張惠言
和周濟對詞作的真正創作者，判斷和認定有所不同，但已能看出周
濟的評點詮釋空間較大，只是稍微點明詞旨；張惠言則著重在字句
的解析和創作動機的探尋，以一句一解的方式開展詞作評點，優點
是使詞作批評顯得深刻而細膩，缺點則是有坐實詞意，限制讀者想
像的可能，同時有可能畫地自限，出現周濟所說「陳陳相因，唾瀋
互拾」〔註71〕的問題，每一首詞都只能朝政治寄託、「感士不遇」的
方面作解析，每一字句也要朝這個方向按圖索驥，苦心尋詣詞人的
實際指涉，連創作也以此為目標，不管在詞作批評還是創作上，都
有相當的侷限，要如何推陳出新，也會成為一個問題。

　　徐珂《清代詞學概論》云：「詞選之斷代取材者，未由盡正變
之軌，然周止庵之《宋四家詞選》，則盡美盡善，為倚聲選本之正
鵠。」「自皋文有『緣情造端，興於微言，以相感動』之論，而詞
之體乃尊；自止庵有『非寄託不入，專寄託不出』之論，而詞之學
乃大。」〔註72〕徐珂從理論建構和實際影響給予周濟相當的肯定，

〔註69〕〔清〕張惠言輯：《詞選》，頁 541。

〔註70〕〔清〕張惠言輯：《詞選》，頁 540。

〔註71〕周濟《介存齋論詞雜著》，〔清〕周濟：《詞辨》，頁 577。

〔註72〕徐珂：《清代詞學概論》，上海：大東書局，1926 年 10 月出版，頁

若以周濟所採取的評點方式來看，更是如此，因爲周濟不但擴大寄託的內容，還拓展張惠言以寄託解詞的路徑，不但提高詞體的地位和價值，又不爲寄託所限，其寄託的理論架構也愈完善。

二、以清眞本色爲典範

周濟《宋四家詞選》，將周邦彥視爲宋詞大家，並以他的詞爲學習典範，在〈序論〉中特別強調：「清眞，集大成者」，並云：「問塗碧山，歷夢窗、稼軒，以還清眞之渾化」〔註73〕，明顯有標舉的意味。在周濟對周邦彥詞的評點中，有兩則涉及詞之本色的探討，周濟針對周邦彥〈法曲獻仙音〉（蟬咽涼柯），眉批曰：

> 結是本色俊語。

又針對周邦彥〈少年游〉（并刀如水），評曰：

> 此亦本色佳製也，本色至此便足。再過一分，便入山谷惡道矣。〔註74〕

這種眉批方式，如果跟明代同樣採取眉批方式的沈際飛《古香岑草堂詩餘》和徐士俊《古今詞統》相較，便可看出差異。沈際飛《古香岑草堂詩餘》評周邦彥〈少年遊〉（并刀如水）時，在「纖手破新橙」的「破」字右旁，以「ㄅ」批點，說明這是「冷異巉削之字」，再於「相對坐調笙」，以及「低聲問向誰行宿，城上已三更。馬滑霜濃，不如休去，直是少人行。」幾句右旁，以「、」批點，說明這是「爾雅流麗之句」，眉批則云：「多景大不寂寞。『低聲』數語，旖旎婉戀，足以移情而奪嗜。」〔註75〕徐士俊《古今詞統》評此詞時，則曰：「即事直書，何必益毛添足。」〔註76〕兩者的評點，除了著重字句藝術以及作者巧思的欣賞，基本上是站在讀者的角度，

17～18：20。

〔註73〕周濟《宋四家詞選·序論》，〔清〕周濟輯：《宋四家詞選》，頁1。

〔註74〕〔清〕周濟輯：《宋四家詞選》，頁2；3。

〔註75〕〔明〕沈際飛評選：《古香岑草堂詩餘·正集》，卷一，頁34。

〔註76〕〔明〕卓人月彙選、徐士俊參評：《古今詞統》，據明崇禎刻本影印，《續修四庫全書·集部·詞類》，卷六，頁586。

分享讀詞當下的感受，一者為「『低聲』數語」中的「旖旎婉變」
而感動，一者強調此詞之感人，純在作者情感的真摯，是「即事直
書」，不需李師師與宋徽宗之事的牽強附會。但周濟的評點則不同，
他在這兩首詞的眉批中，直接讚賞它們是詞之「本色」，凸顯周邦
彥詞的代表地位，並展開了有關詞之「本色」的討論。

　　在周濟對周邦彥〈少年游〉（并刀如水）的批評中，可以發現周
濟是將本色、非本色的議題，與雅、俗的討論作聯結，因為當他說
周邦彥詞是「本色佳製」，「本色至此便足」的同時，又指出：「再
過一分，便入山谷惡道矣。」顯然將周邦彥詞的溫婉含蓄，與黃庭
堅部分詞作的「放浪通脫」〔註77〕作對比，其所謂「本色」，乃以
周邦彥詞為代表，崇尚的是周詞的雅致，包括語言用字的文雅都須
講究。《宋四家詞選・序論》云：「周、柳、黃、晁皆喜為曲中俚語，
山谷尤甚。此當時之頓平勾領，原非雅音。若託體近俳，而擇言尤
雅，是名本色俊語，又不可抹煞矣。」〔註78〕這種「擇言尤雅」的
講究，顯然也是周濟所謂詞之「本色」的一個基本要求。如果與南
宋黃昇《花庵詞選》評柳永〈晝夜樂〉（秀香家住桃花徑）：「此詞麗以
淫，不當入選，以東坡嘗引用其語，故錄之。」以及評沈公述〈望
海潮〉（山光凝翠）：「公述此詞典雅有味，而今世但傳其『杏花過雨』
之曲，真所謂『吾未見好德如好色者』也。」〔註79〕來作比較，會
發現黃昇所謂的「雅」，要求去除淫俗之意，崇尚典雅而有韻致；
周濟有關雅詞的討論，則是放在「有寄託」〔註80〕、「有感慨」，並

〔註77〕張惠言《詞選・敘》：「其蕩而不反，傲而不理，枝而不物，柳永、
　　　　黃庭堅、劉過、吳文英之倫，亦各引一端，以取重於當世。而前數
　　　　子者，又不免有一時放浪通脫之言出於其間。後進彌以馳逐，不務
　　　　原其指意，破析乖剌，壞亂而不可紀。」〔清〕張惠言輯：《詞選》，
　　　　頁536。
〔註78〕周濟《宋四家詞選・序論》，〔清〕周濟輯：《宋四家詞選》，頁3。
〔註79〕〔宋〕黃昇編集：《唐宋諸賢絕妙詞選》，頁55。
〔註80〕周濟《宋四家詞選・序論》：「夫詞，非寄託不入，專寄託不出。」〔清〕
　　　　周濟輯：《宋四家詞選》，頁1。

有「真性情」〔註81〕的前提下展開。如此一來,所謂詞之「本色」便有了具體的內涵,即要求風格的溫婉含蓄,擇言的文雅,這就要講求詞的作法。詞不管在筆法、句式、平仄和用韻,都有其要求,與其他文體截然不同,這才是真正的推尊詞體。如果要推尊詞體,而不能先辨詞之本色,確立詞體特質,如何能達到目的?

　　孫琴安《中國評點文學史》云:「周濟的評點又往往從詞的本色或本體出發,較以前的一些詞方面的評點顯得更爲細緻入微,所以,無論從理論見解的深刻,或是所評語言的精美動人方面來說,周濟都是清代在詞方面最重要和最出色的評點家之一。」〔註82〕事實上,周濟談詞之本色,不只涉及有關詞之本體的討論,還代表詞學鑑賞論與創作論的充實。因爲周濟所謂詞之本色,是以周邦彥詞爲代表,則周詞的典範意義,以及作爲審美標準的作用就非常明顯;又,當詞之本色與周詞的作法聯結時,更指出一條具體的學詞門徑,充分凸顯詞的「別是一家」〔註83〕。如果與張惠言所謂:「意內而言外,謂之詞。其緣情造端,興於微言,以相感動。極命風謠里巷男女哀樂,以道賢人君子幽約怨悱不能自言之情。低迴要眇,以喻其致。蓋詩之比興,變風之義,騷人之歌,則近之矣」〔註84〕來比較,張惠言對詞體的界定,著重在「言志」這一功能和作用,詞的內容必須有所寄託,但如何能落實到具體的創作中,並凸顯詞的特殊性?詞應該要有別於詩、賦的作法,這就必須講求專屬於詞的表達方法,否則一味要求詞要「以道賢人君子幽約怨悱不能自言之情」,詞要如何創新,如何感人?很有可能會如周濟所說:「若乃離別懷思,感士不遇,陳陳相因,唾瀋

〔註81〕周濟《介存齋論詞雜著》:「感慨所寄,不過盛衰。或綢繆未雨,或太息厝薪,或已溺己飢,或獨清獨醒,隨其人之性情、學問、境地,莫不有由衷之言。」〔清〕周濟:《詞辨》,頁 577。

〔註82〕孫琴安:《中國評點文學史》,上海:上海社會科學院,1999 年 6 月一版,頁 318。

〔註83〕李清照〈詞論〉,〔宋〕胡仔:《苕溪漁隱叢話》,臺北:世界書局,1966 年 4 月再版,頁 666～667。

〔註84〕張惠言《詞選‧敘》,〔清〕張惠言輯:《詞選》,頁 536。

互拾，便思高揖溫、韋，不亦恥乎！」〔註85〕可見，張惠言對詞必須有所寄託的要求，只是給了一個概念，周濟在提出詞之本色並要求作法的同時，才給了寄託理論得以落實的途徑。就這一點來看，周濟才是確立並拓展常州詞論的關鍵人物，《宋四家詞選》作爲習詞典範的意義也更明顯。

此外，當周濟評周邦彥〈法曲獻仙音〉（蟬咽涼柯）：「結是本色俊語。」又評周邦彥〈少年游〉（并刀如水）：「此亦本色佳製也，本色至此便足。再過一分，便入山谷惡道矣。」〔註86〕聯繫〈法曲獻仙音〉（蟬咽涼柯）的結句「待花前月下，見了不教歸去」，以及〈少年游〉（并刀如水）「馬滑霜濃，不如休去，直是少人行」的表達方式來看，會發現所謂「本色」指的是一種溫婉含蓄的情感與雋永的意味，使人在讀完詞作之後，仍覺韻味無窮。洪師惟助《清眞詞訂校註評》：「周止庵云：『結是本色俊語。』以其本色，益見其情之眞之深。」〔註87〕從這個角度來看，周濟所謂的「本色」，也能與張惠言所提出的：「意內而言外」，「低迴要眇，以喻其致」〔註88〕作呼應，顯然張惠言和周濟都注意到詞體的另一重要特質，即詞需有值得再三涵詠體會的情感和韻致。周濟《宋四家詞選‧序論》云：「味在酸鹹之外，未易爲淺嘗人道也。」又云：「深味索然者，悉從沙汰。」〔註89〕可見詞需有「味」，亦是周濟對詞的基本要求。在周濟《宋四家詞選》的評點中，也能看到相關的例子。如周濟評賀鑄〈薄倖〉（淡妝多態）：

耆卿於寫景中見情，故淡遠；方回於言情中布景，故濃至。

〔註90〕

〔註85〕周濟《介存齋論詞雜著》，〔清〕周濟：《詞辨》，頁 577。

〔註86〕〔清〕周濟輯：《宋四家詞選》，頁 2；3。

〔註87〕洪惟助：《清眞詞訂校註評》，臺北：華正書局，1982 年 3 月初版，頁 182。

〔註88〕張惠言《詞選‧敘》，〔清〕張惠言輯：《詞選》，頁 536。

〔註89〕周濟《宋四家詞選‧序論》，〔清〕周濟輯：《宋四家詞選》，頁 2～3。

〔註90〕〔清〕周濟輯：《宋四家詞選》，頁 12。

評周邦彥〈滿庭芳〉（風老鶯雛）：

    體物入微，夾入上下文中，似褒似貶，神味最遠。

評周邦彥〈關河令〉（秋陰時作漸向暝）：

    淡永。

評周邦彥〈過秦樓〉（水浴清蟾）：

    入此三句，意味淡厚。

評周邦彥〈蘇幕遮〉（燎沉香）：

    若有意，若無意，使人神眩。〔註91〕

評秦觀〈金明池〉（瓊苑金池）：

    「雨」作平。「點」作平。此詞最明快，得結語韻味便遠。

評秦觀〈八六子〉（倚危亭）：

    神來之作。〔註92〕

不管是寫景、言情或體物，周濟都特別強調一種意味淡遠而有韻致的美感，這種情感表達和韻味的掌握必須恰到好處，增一分或減一分都不行，如此才能達到所謂「本色佳製」的要求。周濟所提出的詞之「意味」、「韻味」，延續了黃昇《花庵詞選》所謂詞需「典雅有味」〔註93〕，以及張惠言《詞選》所謂詞之「低迴要眇」而有韻致〔註94〕，並平衡了張惠言講寄託而太實，「專寄託而不出」的問題，除了能讓詞作保有自己的美感特質，還能讓讀者各有體會，不會侷限在有關寄託的唯一解讀。

三、講求筆法之「渾厚」

    周濟《宋四家詞選・序論》指出：「清真渾厚，正於鉤勒處見。

〔註91〕〔清〕周濟輯：《宋四家詞選》，頁2；3；1。

〔註92〕〔清〕周濟輯：《宋四家詞選》，頁12。

〔註93〕黃昇《花庵詞選》評沈公述〈望海潮〉（山光凝翠）：「公述此詞典雅有味，而今世但傳其『杏花過雨』之曲，眞所謂『吾未見好德如好色者』也。」〔宋〕黃昇編集：《唐宋諸賢絕妙詞選》，頁55。

〔註94〕張惠言《詞選・敘》：「意內而言外，謂之詞。其緣情造端，興於微言，以相感動。極命風謠里巷男女哀樂，以道賢人君子幽約怨悱不能自言之情。低迴要眇，以喻其致。」〔清〕張惠言輯：《詞選》，頁536。

他人一鉤勒便刻削，清眞愈鉤勒，愈渾厚。」〔註95〕在實際評點時，也能看到這樣的批評。如評周邦彥〈浪淘沙慢〉（曉陰重）：

　　空際出力，夢窗最得其訣。

　　三句一氣趕下，是清眞長技。

　　鉤勒勁健峭舉。

評柳永〈鬥百花〉（煦色韶光明媚）：

　　「媚」借叶。柳詞總以平敍見長，或發端、或結尾、或換

　　頭，以一、二語句勒、提、撥，有千鈞之力。〔註96〕

所謂「鉤勒」，原本是書畫的一種筆法，就書法而言，「鉤」指楷書筆畫末端彎曲的筆法，「勒」指的是楷書的橫筆；就繪畫而言，「鉤勒」指的是描繪輪廓、構形的方法，將這種書畫所講求的筆法、力道，運用在詞作的評點中，便可以看出周濟是將詞視爲一藝術作品，並從這個角度進行技法的分析與美感的評賞，使評點帶有藝術品評的意味。尤其周濟講究詞要有「氣力」，筆法要「勁健峭舉」，同時分析詞在創作時「或發端、或結尾、或換頭，以一、二語句勒、提、撥，有千鈞之力」，可見周濟不但是以一鑑賞者的角度來評賞詞作，更是在深諳創作的前提下，特別標舉詞中筆法，以作爲詞家的知音、詞作的解人，另一方面也培養讀者的藝術審美眼光，進而能學習創作的手法。一旦使詞成爲這樣一門亟需講究的藝術，詞體的地位和重要性立即提昇，同時能拓展評點的格局，評出屬於周濟的特殊詮解，並評出新意來。

　　就詞的創作來看，爲什麼要講求「鉤勒」？龍沐勛〈論常州詞派〉說得最確切：周濟「因講求運筆，而有所謂『鉤勒』，遂不能不『細研詞中曲折深淺之故』。」〔註97〕因此「鉤勒」概念的提出，便是爲了指點創作的方法。但「鉤勒」二字要如何解釋？況周頤《蕙

〔註95〕周濟《宋四家詞選‧序論》，〔清〕周濟輯：《宋四家詞選》，頁 1。

〔註96〕〔清〕周濟輯：《宋四家詞選》，頁 4；9。

〔註97〕龍沐勛：《龍楡生詞學論文集》，上海：上海古籍出版社，1997 年 7 月一版，頁 387

風詞話》云：「吾詞中之意，唯恐人不知，於是乎勾勒。夫其人必待吾勾勒而後能知吾詞之意，即亦何妨任其不知矣。」〔註98〕孫克強《清代詞學批評史論》基本上贊同這樣的看法，認爲：「顯明主旨的鈎勒是藝術造詣不高的尋常詞人慣用的手法，按說造詣深湛的大詞人應避免使用，但深諳藝術辯證法的周邦彥在全詞渲染的渾茫之中，恰當地使用之，使得詞旨在顯與不顯中閃動，似雲海之中忽現的峰巒，因而達到了『愈渾厚』的效果」。〔註99〕俞平伯《清眞詞釋》則云：「清眞詞立意分明，安章停妥，復以細筆襯之，故『愈鈎勒愈渾厚』。」〔註100〕葉嘉瑩〈論周邦彥詞〉又云：「其所謂『鈎勒』者，便正指周詞之工於對物態之描摹，而周詞對物態之描摹，則是每一筆鈎勒都有每一筆鈎著的作用，所以才能不流於淺薄重複，而可以令讀者於思索後體會出一種深厚之意味。」〔註101〕筆者以爲既然「鈎勒」指涉一種筆法，周濟在〈序論〉中又特別強調：「詞以思、筆爲入門階陛」，「筆以行意也」，「詞筆不外順逆反正」，「吞吐之妙，全在換頭、煞尾」〔註102〕，以俞平伯的說法，較能解釋。這種謀篇布局的方法，除了靠「思力」，更要有「筆力」，不管敘事、賦物，抑或「鎔情入景」、「鎔景入情」〔註103〕，在吞吐之間皆能恰到好處，使情感表達更爲深摯，便能成爲佳作。但這種表現的方法，不能流於賣弄，最好是能作到「以不鈎勒爲鈎勒」〔註104〕，才是眞正的掌

〔註98〕〔清〕況周頤：《蕙風詞話》，唐圭璋編：《詞話叢編》，頁4413。

〔註99〕孫克強：《清代詞學批評史論》，頁226～227。

〔註100〕俞平伯：《讀詞偶得　清眞詞釋》，北京：人民文學出版社，2000年12月一版，頁113。

〔註101〕葉嘉瑩：《唐宋詞名家論集》，臺北：正中書局，1995年8月初版，頁253。

〔註102〕周濟《宋四家詞選·序論》，〔清〕周濟輯：《宋四家詞選》，頁2～3。

〔註103〕周濟《宋四家詞選·序論》：「耆卿鎔情入景，故淡遠；方回鎔景入情，故穠麗。」〔清〕周濟輯：《宋四家詞選》，頁1。

〔註104〕俞平伯《清眞詞釋》：「申言鈎勒之義，他人何以薄，清眞何以厚？釋之曰：以鈎勒爲鈎勒則薄，以不鈎勒爲鈎勒則厚。」俞平伯：《讀詞偶得　清眞詞釋》，頁94。

握得宜。周濟之所以標舉「渾厚」這一審美標準，原因在於將周邦彥詞與唐代顏真卿的書法作聯結，其《介存齋論詞雜著》指出：

> 美成思力獨絕千古，如顏平原書，雖未臻兩晉，而唐初之法至此大備，後有作者，莫能出其範圍矣。讀得清真詞，多覺他人所作，都不十分經意。鉤勒之妙無如清真，他人一鉤勒便薄，清真愈鉤勒愈渾厚。〔註105〕

「渾厚」正是顏真卿書法的最大特色〔註106〕；尤其周濟指出「唐初之法至此大備，後有作者，莫能出其範圍矣」，更凸顯周邦彥筆法之純熟，足以作為習詞之典範。

　　當周濟結合「鉤勒」的概念來評點詞作時，為什麼會用「鉤勒勁健峭舉」的評語，來標舉周邦彥的〈浪淘沙慢〉（曉陰重），又要特別強調柳永〈鬥百花〉（煦色韶光明媚）：「或發端、或結尾、或換頭，以一、二語句勒、提、掇，有千鈞之力」？顯然從這種筆法的表現，也能看出作者在謀篇布局時思慮和情感的深刻度，因而用「勁健峭舉」和「千鈞之力」，來凸顯詞作入木三分、力透紙背的藝術感人效果。這種對「力」的美感的強調，便是周濟評點的最大特色，也是結合書法鑑賞來評點的具體表現，鄭曉華《書法藝術欣賞》云：「書法筆畫線條的『力感』對書法藝術來說非常重要，不可或缺。因為，『力』的存在，是書法美從物質的筆墨意態，到人的心靈的審美愉

〔註105〕周濟《介存齋論詞雜著》，〔清〕周濟：《詞辨》，頁 577～578。

〔註106〕如藍鐵、鄭朝《中國的書法藝術與技巧》云：顏真卿字體「方正飽滿，端莊嚴整，氣勢寬博。這些共同形成了它雄強渾厚、樸茂端莊的特有風格。」朱廷獻《中國書學概要》亦云：顏真卿書法「用蠶頭燕尾、折釵股、屋漏痕等法，故氣勢磅礡，雄偉無匹。」其〈大唐中興頌〉「以渾厚遒勁之筆勢書之，刻於永州浯溪之崖石，遂聞名於後世。」陳方既《中國書法美學思想史》則云：「顏真卿創造了莊重渾厚、雍容大度的書法形象。」藍鐵、鄭朝：《中國的書法藝術與技巧》，北京：中國青年出版社，1993 年 4 月一版，頁 205；朱廷獻：《中國書學概要》，臺北：臺灣商務印書館，1991 年 7 月出版，頁 110；陳方既：《中國書法美學思想史》，開封：河南人民美術出版社，2009 年 1 月出版，頁 144。

悅體驗這一過程得以實現的橋樑。」〔註107〕從這樣的角度看，周濟的評點是非常有創見的。以下再看幾個例子，如周濟評周邦彥〈六醜〉（正單衣試酒）：

> 十三字千迴百折，千錘百煉，以下如鷗羽自逝。
>
> 不說人惜花，却說花戀人。不從無花惜春，却從有花惜春。
>
> 不惜已簪之殘英，偏惜欲去之斷紅。〔註108〕

評周邦彥〈拜新月慢〉（夜色催更）：

> 全是追思，却純用實寫，但讀前闋，幾疑是賦也。換頭再為加倍跌宕之，他人萬萬無此力量。

評周邦彥〈尉遲盃〉（隋堤路）：

> 南宋諸公所斷不能到者，出之平實，故勝。一結拙甚。
>
> 〔註109〕

評周邦彥〈氐州第一〉（波落寒汀）：

> 竭力追逼，得換頭一句出，鈎轉，思牽情繞，力挽千鈞。
>
> 此與〈瑞鶴仙〉一闋，皆絕新機杼，而結體各別。此輕利，彼沉鬱。〔註110〕

可見周濟對詞作筆法的批評，不只是就詞作的藝術美感作賞析，還指涉創作的具體方法。如評周邦彥〈六醜〉（正單衣試酒）之「不說人惜花，却說花戀人。不從無花惜春，却從有花惜春。不惜已簪之殘英，偏惜欲去之斷紅」，除了除了突破一般傷春詞的寫法，在「願春暫留，春歸如過翼，一去無跡」造語的「千迴百折，千錘百煉」，更加深心裏的惆悵。又如周邦彥〈拜新月慢〉（夜色催更）的「全是追思，却純用實寫」，將過去「竹檻燈窗，識秋娘庭院。笑相遇，似覺瓊枝玉樹相倚，暖日明霞光爛」的相遇片段，寫得如在目前，換頭處則陡然帶出一切只剩追憶的事實，然而在「畫圖中、舊識春

〔註107〕鄭曉華：《書法藝術欣賞》（原書名：《中國書法藝術的歷史與審美》），臺北：五南圖書公司，2002年11月初版，頁77～78。

〔註108〕〔清〕周濟輯：《宋四家詞選》，頁2。

〔註109〕〔清〕周濟輯：《宋四家詞選》，頁3。

〔註110〕〔清〕周濟輯：《宋四家詞選》，頁4。

風面」的描寫中，以及結句的「怎奈向、一縷相思，隔溪山不斷」中，可知相思之綿長，所以周濟才會說「換頭再爲加倍跌宕之，他人萬萬無此力量」。因此要能達到如周邦彥一般「愈鈎勒愈渾厚」﹝註111﹞的境界，如何謀篇布局，用心於每一字句的表達，至關重要。俞平伯《清眞詞釋》云：「清眞詞立意分明，安章停妥，復以細筆襯之，故『愈鈎勒愈渾厚』。」﹝註112﹞葉嘉瑩《靈谿詞說》亦云：「周（邦彥）之以賦筆爲詞，一變五代以來諸作者之但重直感的敍寫，而將著重鈎勒的思索安排的手法帶入了詞的寫作之中，於是遂爲南宋後來之姜夔、吳文英、王沂孫、張炎諸作者開啓了無數法門。」﹝註113﹞兩位學者都指出了周邦彥詞筆法之特殊。從周濟對周邦彥詞筆法的解析，可看出周濟對詞的評賞，除了要求思緒周密、情感細膩，也欣賞跳脫一般構思的寫法，如周邦彥〈拜新月慢〉（夜色催更）帶入賦的寫法，周濟即評：「全是追思，却純用實寫，但讀前闋，幾疑是賦也。」惟有作者在造語和結構安排上多所經營，才能成爲別出心裁的創作，並使詞作的藝術價值得以提昇。

又，周濟用「千錘百煉」、「力挽千鈞」來凸顯周邦彥「鈎勒」之力道和藝術美感時，同時也指出了周邦彥「思力」和「筆力」的過人之處。因此，周濟所謂「鈎勒」之「渾厚」，「渾」可指「筆力」之純熟，包括造語和結構安排，「厚」則是指「思力」的展現，仰賴「人之性情、學問、境地」﹝註114﹞的積累，才能有如此的表現。以周濟評點的例子來看，所謂筆法不單是指一種寫作的技巧，情感的深摯、思慮的縝密和個人生命經驗的積累也包含其中，這才是周濟之所以用「渾厚」來形容其最高境界的原因。

﹝註111﹞ 周濟《宋四家詞選・序論》，〔清〕周濟輯：《宋四家詞選》，頁1。
﹝註112﹞ 俞平伯：《讀詞偶得 清眞詞釋》，頁113。
﹝註113﹞ 葉嘉瑩〈論辛棄疾詞〉，繆鉞、葉嘉瑩：《靈谿詞說》，臺北：正中書局，1993年8月臺初版，頁425。
﹝註114﹞ 周濟《介存齋論詞雜著》：「感慨所寄，不過盛衰。或纏綿未雨，或太息厝薪，或已溺己飢，或獨清獨醒，隨其人之性情、學問、境地，莫不有由衷之言。」〔清〕周濟：《詞辨》，頁577。

再如周濟評周邦彥〈瑞龍吟〉（章臺路）：

只一句，化去町畦。

不過桃花人面，舊曲翻新耳。看其由無情入，結歸無情，層層脫換，筆筆往復處。

評周邦彥〈瑞鶴仙〉（悄郊原帶郭）：

只閒閒說起。不扶殘醉，不見紅藥之繫情，東風之作惡，因而追溯昨日送客後，薄暮入城，因所攜之伎倦游，訪伴小憩，復成酣飲。換頭三句，反透出一「醉」字，「驚飆」句倒插「東風」，然後以「扶殘醉」三字點睛，結構精奇，金鍼度盡。

評周邦彥〈夜游宮〉（夜下斜陽照水）：

此亦是層疊加倍寫法，本只「不戀單衾」一句耳。加上前闋，方覺精力彌滿。〔註115〕

評柳永〈雨霖鈴〉（寒蟬淒切）：

清真詞多從耆卿奪胎，思力沉摰處，往往出藍，然耆卿秀淡幽豔，是不可及。後人掫其《樂章》，訾為俗筆，真瞽說也。

評柳永〈卜算子慢〉（江楓漸老）：

後闋一氣轉注，聯翩而下，清真最得此妙。〔註116〕

評秦觀〈好事近〉（春路雨添花）：

概括一生，結語遂作藤州之懺。造語奇警，不似少游尋常手筆。〔註117〕

評陳允平〈八寶裝〉（望遠秋平）：

西麓和平婉麗，最合世好，但無健舉之筆、沉摰之思。學之必使生氣沮喪，故為後人拈出。

評周密〈大聖樂〉（嬌綠迷雲）：

草窗最近夢窗，但夢窗思沉力厚，草窗則貌合耳。若其鏤

〔註115〕〔清〕周濟輯：《宋四家詞選》，頁1：4：5。
〔註116〕〔清〕周濟輯：《宋四家詞選》，頁9。
〔註117〕〔清〕周濟輯：《宋四家詞選》，頁11。

　　新鬥治，固自絕倫。

評周密〈花犯〉（楚江湄）：

　　草窗長於賦物，然惟此及〈瓊花〉二闋，一意盤旋，毫無
　　渣滓。他作縱極工切，不免就題尋典，就典趁韻，就韻成
　　句，墮落苦海矣。特拈出之，以爲南宋諸公針砭。〔註118〕

從周濟對「思力沉摯」，「健舉之筆、沉摯之思」，「思沉力厚」的強調，亦可了解周濟除了注意「造語奇警」、「結構精奇」，更重視寓有身世的感慨，以及個人生命經驗的特殊感悟，其中必須要有「沉摯之思」，如此一來，就算只是「桃花人面，舊曲翻新」，也能成爲「精力彌滿」的佳製，而不會只是「就題尋典，就典趁韻，就韻成句」而已。因此在周濟的評點中，特別是對周邦彥的推崇，其中最重要的即是有「沉摯之思」。相較於清代康熙時期先著、程洪《詞潔》對詞講究「渾成」、「渾化融洽」〔註119〕，並將周邦彥比作「詞中之老杜」〔註120〕，可以發現從清代初期就已經對周邦彥詞在內容情感和藝術手法上的表現，有所重視，只是到了周濟《宋四家詞選》才在談詞作寄託的前提下，凸顯周邦彥在詞作藝術上的成就。《詞潔》所謂：「宋末諸家，皆從美成出」〔註121〕，已然是對周邦彥詞的高度肯定與推崇；周濟《宋四家詞選》則以周邦彥爲首，再將其他相似風格和表現手法的詞家附於其下，提出「問塗碧山，歷夢窗、稼軒，

〔註118〕〔清〕周濟輯：《宋四家詞選》，頁38。

〔註119〕《詞潔》評姚寬〈生查子〉（郎如陌上塵）：「〈生查子〉，以渾成爲工。」評賀鑄〈臨江仙〉（巧剪合歡羅勝子）：「南宋小詞，僅能細碎，不能渾化融洽。即工到極處，只是用筆輕耳，於前人一種耀豔深華，失之遠矣。」〔清〕先著、程洪輯：《詞潔》，北京：河北大學出版社，2012年2月出版，頁7；74。

〔註120〕《詞潔》評張炎〈齊天樂〉（分明柳上春風眼）：「美成如杜，白石兼王、孟、韋、柳之長。」〔清〕先著、程洪輯：《詞潔》，頁202～203。

〔註121〕《詞潔》評秦觀〈滿庭芳〉（山抹微雲）：「詞家正宗，則秦少游、周美成。然秦之去周，不止三舍。宋末諸家，皆從美成出。」〔清〕先著、程洪輯：《詞潔》，頁126。

以還清眞之渾化」〔註122〕的學詞途徑，跳脫歷來詞選不是以類分，就是以調分，或是按照詞史發展來編選的模式，成功凸顯周邦彥在宋詞發展過程中的代表性地位。尤其以詞作爲取向的編選方式，除了讓柳永和吳文英的詞，在張惠言《詞選》批評他們「放浪通脫」、「枝而不物」〔註123〕後，能被較客觀的接受、認識和評價，以習詞範本來看，這樣對筆法的強調，並標擧學習目標的方式，更能達到訴求。

聯結周濟《宋四家詞選·序論》所提出的：「驅心若游絲之罥飛英，含毫如郢斤之斲蠅翼，以無厚入有間。」〔註124〕要達到「以無厚入有間」的境界，繆鉞〈常州派詞論家「以無厚入有間」說詮釋〉認爲：「需要有一種高妙的藝術」〔註125〕，吳宏一《清代詞學四論》則云：這就是游刃有餘的意思，「它在這裏所代表的，就是一份蘊藉深微的寫作技巧。有了它，才能使『有寄託』變成『無寄託』，才能使『入』變成『出』」，「因爲要求能『入』能『無寄託』，所以有講求技巧的必要。」〔註126〕筆者以爲這種「游刃有餘」、「蘊藉深微的寫作技巧」，亦可以周濟所謂筆法之「渾厚」來理解，詹安泰〈論寄託〉即云：「周氏所謂「無寄託」，非不必寄託也，寄託而出之以渾融，使讀者不能斤斤於跡象以求其眞諦，若可見若不可見，若可知若不可知，往復玩索而不容自已也。」〔註127〕詞要從有寄託到無寄託，確

〔註122〕〔清〕周濟輯：《宋四家詞選》，頁1。

〔註123〕張惠言《詞選·敍》：「其盪而不反，傲而不理，枝而不物，柳永、黃庭堅、劉過、吳文英之倫，亦各引一端，以取重於當世。而前數子者，又不免有一時放浪通脫之言出於其間。」〔清〕張惠言輯：《詞選》，頁536。

〔註124〕周濟《宋四家詞選·序論》，〔清〕周濟輯：《宋四家詞選》，頁1。

〔註125〕繆鉞〈常州派詞論家「以無厚入有間」說詮釋〉，繆鉞、葉嘉瑩：《詞學古今談》（臺北：萬卷樓圖書公司，1992年10月初版），頁191。

〔註126〕吳宏一：《清代詞學四論》，臺北：聯經出版公司，1990年7月初版，頁149～150。

〔註127〕詹安泰：〈論寄託〉，《詞學季刊》第三卷第三號，1936年9月，頁11～12。

實要多方構思，以求意旨深刻，但又不能過度執著於寄託，必須兼顧詞體美感的表現方式，因此筆法上的渾融純熟，更是關係到詞作藝術的高下。

從周濟《宋四家詞選》的評點來看，擴大寄託的內容，從政治上的寄託拓展為人生的感慨，並從詞作寄託意義的解讀，轉而提出重視寫詞的筆法，這樣的筆法，仍基於個人生命和情感的積累，這樣的觀點除了凸顯寄託的重要，還能較客觀的評價詞人和詞作，使評點的理論性更強，同時可以指導學詞的方法和途徑，使常州詞派的寄託理論得以拓展。

第三節　《宋四家詞選》評點的意義與影響

周濟的《宋四家詞選》非單純的選詞與存詞而已，他不但以此選本為宣揚理論的依據，還成為個人的代表著作。尤其跳脫詞史脈絡，完全以詞作為取向，成功樹立周邦彥、辛棄疾、吳文英、王沂孫的代表性地位。雖然針對這樣的編排方式，有的詞學家予以肯定，如清代杜文瀾《憩園詞話》云：「周止庵先生濟所選《宋四家詞選》，抉擇極精。四家者，以周、辛、王、吳為冠，以晏同叔等十三人附之，其論深得詞中三昧。」〔註128〕但也有不認同的，如趙尊嶽〈詞籍提要〉云：周濟《宋四家詞選》「以片玉、稼軒、花外、夢窗四家為主，各家之作，則分隸以持宗派之論者也。……縱不以時代相次第，即論詞筆，亦殊患其未安。」〔註129〕可是從正反兩方的意見中，可以發現標舉周邦彥、辛棄疾、吳文英、王沂孫這四家的詞作選輯，是前所未有的。為什麼清代乾隆時期黃蘇的《蓼園詞選》解析詞作中的寄託意旨，沒有建立理論、成一詞派？原因在於黃蘇主要延續《草堂詩餘》以小令、中調、長調的區分，作為編選的次序，不能

〔註128〕〔清〕杜文瀾《憩園詞話》，唐圭璋編：《詞話叢編》，頁 2853。
〔註129〕趙尊嶽〈詞籍提要〉，《詞學季刊》第三卷第一號，1936 年 3 月，頁 52。

建構唐宋詞史的整體發展脈絡，只能一首一首的解析，缺乏整體的觀視，也不容易提出系統而具有脈絡的見解，更不容易藉由自己獨特的編選方式，傳達特殊的詞學觀。但張惠言《詞選》和周濟《宋四家詞選》則不同，前者提出「意內而言外，謂之詞。其緣情造端，興於微言，以相感動。極命風謠里巷男女哀樂，以道賢人君子幽約怨悱不能自言之情」〔註130〕，所以對唐宋詞的評點以挖掘其中的「幽隱」為主，並以評點來印證詞有寄託的說法；周濟《宋四家詞選》雖然延續了張惠言以寄託解讀詞作的方式，呈現出對詞作寓意的重視，但更多的是從指導創作的角度，解讀一首詞的章法、造語和結構安排，並結合書法和繪畫的理論及技巧，談詞作之「鈎勒」，就評點詞的歷史發展來看，這種評點方式顯然是一大突破。細部來看，周濟《宋四家詞選》評點的意義與影響有以下三點：

一、解析筆法，指導創作

以唐宋詞評點的發展來看，周濟《宋四家詞選》的評點算是其中立場最鮮明，訴求也最明確的，為了擴大寄託的內容，因此提出「感慨所寄，不過盛衰」的說法，認為只要發自「人之性情、學問、境地」的「由衷之言」〔註131〕，皆可錄入詞選；同時強調「夫詞，非寄託不入，專寄託不出」〔註132〕，談詞之寄託固然可以凸顯詞體的地位與重要，但在創作時，若是胸中橫互「寄託」二字，如何創新與突破？因此周濟所謂的詞「能入又能出」，一方面指詞的鑑賞，另一方面則指創作，而他的評點尤其著重對創作的指導。要使詞從「有寄託」到「無寄託」，達到「一物一事，引而申之，觸類多通，驅心若游絲之罥飛英，含毫如郢斤之斲蠅翼，以無厚入有間」

〔註130〕張惠言《詞選・敘》，〔清〕張惠言輯：《詞選》，頁536。

〔註131〕周濟《介存齋論詞雜著》：「感慨所寄，不過盛衰。或綢繆未雨，或太息厝薪，或己溺己飢，或獨清獨醒，隨其人之性情、學問、境地，莫不有由衷之言。」〔清〕周濟：《詞辨》，頁577。

〔註132〕周濟《宋四家詞選・序論》，〔清〕周濟輯：《宋四家詞選》，頁1。

〔註133〕的創作狀態，就要講究筆法，才能使詞旨、詞意更爲深刻。
周濟之所以在評點時，針對詞之筆法進行解析，就是爲了提供創作
的方法和參考。

　　周濟《宋四家詞選・序論》云：

　　　文人卑塡詞爲小道，未有以全力注之者。其實專精一、二
　　　年，便可卓然成家。若厭難取易，雖畢生馳逐，費煙楮爾。
　　　余少嗜此，中更三變，年逾五十，始識康莊。自悼冥行之
　　　艱，遂慮問津之誤，不揣輓陋，爲察察言。退蘇進辛，糾
　　　彈姜、張，剗剌陳、史，芟夷盧、高，皆足駭世。〔註134〕

周濟編輯此選是爲指點創作，所以在評點時亦著重解析詞的創作手
法，包括「舊曲如何翻新」〔註135〕，如何「發端、結尾、換頭」
〔註136〕，如何「將身世之感打并入豔情」〔註137〕，「於寫景中見
情」、「於言情中布景」〔註138〕，如何賦物〔註139〕，結語如何有韻味
〔註140〕等，都在詞作的評點中清楚點出，對於掌握詞的創作確有幫
助。謝桃坊《中國詞學史》云：「周濟論詞，克服了專主寄託的偏向，
所以在評論作品時能較爲確切地認識作品的意義和對作品藝術進行

〔註133〕周濟《宋四家詞選・序論》，〔清〕周濟輯：《宋四家詞選》，頁1。
〔註134〕周濟《宋四家詞選・序論》，〔清〕周濟輯：《宋四家詞選》，頁3。
〔註135〕周濟評周邦彥〈瑞龍吟〉（章臺路）：「不過桃花人面，舊曲翻新耳。
　　　　看其由無情入，結歸無情，層層脫換，筆筆往復處。」〔清〕周濟
　　　　輯：《宋四家詞選》，頁1。
〔註136〕周濟評柳永〈鬥百花〉（煦色韶光明媚）：「柳詞總以平敍見長，或
　　　　發端、或結尾、或換頭，以一、二語句勒、提、掇，有千鈞之力。」
　　　　〔清〕周濟輯：《宋四家詞選》，頁9。
〔註137〕周濟評秦觀〈滿庭芳〉（山抹微雲）：「將身世之感打并入豔情，又
　　　　是一法。」〔清〕周濟輯：《宋四家詞選》，頁11。
〔註138〕周濟評賀鑄〈薄倖〉（淡妝多態）：「耆卿於寫景中見情，故淡遠；方
　　　　回於言情中布景，故濃至。」〔清〕周濟輯：《宋四家詞選》，頁12。
〔註139〕周濟評王沂孫〈花犯〉（古嬋娟）：「賦物能將人、景、情思，一齊
　　　　融入，最是碧山長處。由其心細、筆靈、取徑曲、布勢遠故也。不
　　　　減白石風流。」〔清〕周濟輯：《宋四家詞選》，頁25。
〔註140〕周濟評秦觀〈金明池〉（瓊苑金池）：「此詞最明快，得結語韻味便
　　　　遠。」〔清〕周濟輯：《宋四家詞選》，頁12。

深入的分析。」〔註141〕黃志浩《常州詞派研究》云：「在詞學理論上，他（指周濟）將張惠言重內容、重立意的詞學思想進一步推向審美領域。」〔註142〕就周濟《宋四家詞選》的評點來看，他雖然也強調詞中之寄託，如評辛棄疾和王沂孫的相關詞作，都會聯結當時的政治環境以及詞人遭遇作解讀，指出王沂孫〈齊天樂〉（綠槐千樹西窗悄）是有「身世之感」，〈掃花游〉（卷簾翠溼）是「刺朋黨日繁」〔註143〕，辛棄疾〈賀新郎〉（鳳尾龍香撥）則表達一種「謫逐正人，以致離亂」的憤慨和「晏安江沱，不復北望」〔註144〕的悲痛；但除此之外，周濟更重視詞的創作，在評賞詞作，以之為示範時，仔細解析詞人謀篇布局的手法，提出他對創作的看法，從「意感偶生，假類畢達，閱載千百，聲欬弗違」，再到「賦情獨深，逐境必寤，醞釀日久，冥發妄中」〔註145〕，作詞是有分階段，並且要循序漸進的。

因此周濟所提：「問塗碧山，歷夢窗、稼軒，以還清眞之渾化」〔註146〕，是以這四家為評析和比較的依據，以之為代表，並以此作為學詞的不同的階段。學詞從王沂孫詞入門，學的即是其「思」、「筆」之經營，周濟云：「詞以思、筆為入門階梯。碧山思、筆，可謂雙絕」，但缺點是「圭角太分明，反覆讀之，有水清無魚之恨。」〔註147〕進而要學吳文英詞的「立意高，取徑遠」，但也有缺點，就是「過嗜餖飣」〔註148〕，難免影響讀者的接受程度；所以要再學辛棄疾詞的「即事敘景」，「鬱勃」而「情深」之作〔註149〕，但缺點則是「有英雄語，

〔註141〕謝桃坊：《中國詞學史》，頁 319。

〔註142〕黃志浩：《常州詞派研究》，北京：中國社會科學出版社，2008 年12 月一版，頁 156。

〔註143〕〔清〕周濟輯：《宋四家詞選》，頁 26；28。

〔註144〕〔清〕周濟輯：《宋四家詞選》，頁 15。

〔註145〕周濟《宋四家詞選‧序論》，〔清〕周濟輯：《宋四家詞選》，頁 1。

〔註146〕周濟《宋四家詞選‧序論》，〔清〕周濟輯：《宋四家詞選》，頁 1。

〔註147〕周濟《宋四家詞選‧序論》，〔清〕周濟輯：《宋四家詞選》，頁 2。

〔註148〕周濟《宋四家詞選‧序論》：「夢窗立意高，取徑遠，皆非餘子所及，惟過嗜餖飣，以此被議。」〔清〕周濟輯：《宋四家詞選》，頁 2。

〔註149〕周濟《介存齋論詞雜著》：「北宋詞多就景敘情，故珠圓玉潤，四照

無學問語，故往往鋒頭太露」〔註150〕；最終要以周邦彥之「渾厚」
爲典範，才符合周濟對詞的審美要求。吳宏一《清代詞學四論》云：
周濟「所以要標舉宋四家詞，要人從南宋入手，用意就是在：要人
學詞先從南宋入手，然後『由南追北』，回到北宋以前的高渾淳厚，
以上接《風》、《騷》。……『問途碧山，歷夢窗、稼軒，以還清眞之
渾化』的眞正含義，它是在示人學詞所從入之途，而不是要人以此
爲止境。」〔註151〕從這樣的角度看，周濟的評點不是只有單純的評
賞詞作，而是有意藉由評點引導創作，在強調詞從「有寄託」入，
從「無寄託」出的同時，還提供具體的創作途徑與參考，要宣揚並
拓展其詞學觀點，就會更有說服力。

就評點詞的發展來看，在周濟以前的評點，各有不同的評賞標
準，如南宋黃昇《花庵詞選》稱李白〈菩薩蠻〉（平林漠漠煙如織）、〈憶
秦娥〉（簫聲咽）：「二詞爲百代詞曲之祖」〔註152〕；明代沈際飛《古
香岑草堂詩餘》欣賞「情暢、語俊、韻協，音調不見扭造」〔註153〕
之作；卓人月、徐士俊《古今詞統》則認爲：「詞又當描寫柔情，曲
盡幽隱」〔註154〕；清代先著、程洪《詞潔》推崇周邦彥詞，極力稱
許「美成如杜」〔註155〕；黃蘇《蓼園詞選》和張惠言《詞選》則同

玲瓏，至稼軒、白石一變而爲即事敘景，使深者反淺，曲者反直。
吾五十年來服膺白石，而以稼軒爲外道，由今思之，可謂替人捫籥
也。稼軒鬱勃，故情深；白石放曠，故情淺；稼軒縱橫，故才大；
白石局促，故才小。」〔清〕周濟：《詞辨》，頁578。

〔註150〕周濟《介存齋論詞雜著》：「稼軒不平之鳴，隨處輒發，有英雄語，
　　　　無學問語，故往往鋒頭太露。」〔清〕周濟：《詞辨》，頁578。

〔註151〕吳宏一：《清代詞學四論》，臺北：聯經出版公司，1990年7月初版，
　　　　頁150。

〔註152〕〔宋〕黃昇編集：《唐宋諸賢絕妙詞選》，頁5。

〔註153〕沈際飛評劉過〈唐多令〉（蘆葉滿汀洲）：「情暢、語俊、韻協，音
　　　　調不見扭造，此改之得意之筆。」〔明〕沈際飛評選：《古香岑草堂
　　　　詩餘·正集》，卷二，頁18。

〔註154〕徐士俊《古今詞統·序》，〔明〕卓人月彙選、徐士俊參評：《古今
　　　　詞統》，頁441。

〔註155〕《詞潔》評張炎〈齊天樂〉（分明柳上春風眼）：「美成如杜，白石

樣強調詞中之寄託，從「士不得志」〔註156〕和「感世不遇」〔註157〕
的角度來解讀詞作，但他們並沒有明確指出要如何達到這樣的審美
標準和要求；周濟則不同，在《宋四家詞選》中，可以看到周濟對
於創作途徑和方法的具體說明，他還認為填詞要專心專力，「全力注
之」〔註158〕，顯見重視。這就是周濟評點的最大拓展，使評點從鑑
賞進展到創作的引導，並讓常州詞派的寄託理論，有了實踐的方法。
謝桃坊《中國詞學史》云：周濟「從學詞過程來重新解釋了張惠言
的比興寄託說，使常州詞派的理論得到完善和豐富，對近代詞學極
盛局面的形成有著積極的作用。」〔註159〕從理論的鮮明以及藉由評
點指導創作的影響來看，周濟對常州詞派的拓展的確有著關鍵的作
用。

二、重新評定詞家的地位

　　周濟《介存齋論詞雜著》云：「詞有高下之別，有輕重之別。」
〔註160〕在《宋四家詞選》的評點中，周濟也為宋代詞家的地位重新
作了評價。首先最明顯的，即是標舉周邦彥詞的代表性地位，並以周
邦彥詞為學詞之典範，以救浙西詞派專尚姜夔、張炎詞所出現的問
題。浙西詞派講「醇雅」，留心「字琢句鍊」〔註161〕的藝術，所以推

　　　兼王、孟、韋、柳之長。與白石並有中原者，後起之玉田也。」〔清〕
　　　先著、程洪輯：《詞潔》，頁202～203。
〔註156〕黃蘇評何籀〈點絳脣〉（鶯踏花翻）：「士不得志而悲憫之懷，難以
　　　顯言，託於閨怨，往往如是。」黃蘇《蓼園詞選》，〔清〕黃蘇、周
　　　濟、譚獻選評，尹志騰校點：《清人選評詞集三種》，濟南：齊魯書
　　　社，1988年9月一版，頁9。
〔註157〕張惠言評溫庭筠〈菩薩蠻〉（小山重疊金明滅）：「此感士不遇也。」
　　　〔清〕張惠言輯：《詞選》，頁537。
〔註158〕周濟《宋四家詞選·序論》：「文人卑填詞為小道，未有以全力注之
　　　者。其實專精一、二年，便可卓然成家。」〔清〕周濟輯：《宋四家
　　　詞選》，頁3。
〔註159〕謝桃坊：《中國詞學史》，頁322～323。
〔註160〕周濟《介存齋論詞雜著》，〔清〕周濟：《詞辨》，頁577。
〔註161〕汪森〈《詞綜》序〉：「鄱陽姜夔出，句琢字鍊，歸於醇雅，於是史

崇姜夔、張炎詞，但周濟認爲：「姜、張在南宋亦非巨擘」，後人「過尊白石，但主清空」，以致「不能細研詞中曲折深淺之故」〔註162〕，對於學詞會有所侷限。周濟還指出：「白石詞如明七子詩，看是高格響調，不耐人細思。白石以詩法入詞，門徑淺狹，如孫過廷書，但便後人模仿。」〔註163〕爲了擴大詞的格局，拓展學詞之門徑，周濟因而提出以周邦彥詞爲典範的看法，至於姜夔和張炎詞，則只視爲學詞的一個過程，最終要能以周邦彥詞爲標準，才是習詞之正軌。

　　原本在周濟《介存齋論詞雜著》中，就已充分推崇周邦彥詞，並稱：「美成思力獨絕千古，如顏平原書，雖未臻兩晉，而唐初之法至此大備，後有作者，莫能出其範圍矣。」〔註164〕在《宋四家詞選》中，則稱「清眞，集大成者也」，並指示：「問塗碧山，歷夢窗、稼軒，以還清眞之渾化」〔註165〕的學詞途徑。雖然在《宋四家詞選》中，標舉了周邦彥、辛棄疾、吳文英、王沂孫四家，但實際上，周濟最推崇的仍是周邦彥詞，因爲在《宋四家詞選》的七十六則評語中，有二十六則是專門針對周邦彥詞而評，仔細解析其章法、句法、造語，談其筆法，運思的巧妙，以及「本色佳製」〔註166〕的呈現，

───────────────────

　　　達祖、高觀國羽翼之，張輯、吳文英師之於前，趙以夫、蔣捷、周
　　　密、陳允衡、王沂孫、張炎、張翥效之於後。譬之於樂，舞箾至於
　　　九變，而詞之能事畢矣。」朱彝尊《詞綜·發凡》云：「塡詞最雅，
　　　無過石帚。」〔清〕朱彝尊抄撮，汪森增定：《詞綜》，《四部備要·
　　　集部》，頁1：5。
〔註162〕周濟《介存齋論詞雜著》云：「近人頗知北宋之妙，然終不免有姜、
　　　張二字橫互胸中，豈知姜、張在南宋亦非巨擘乎！論詞之人，叔夏
　　　晚出，既與碧山同時，又與夢窗別派，是以過尊白石，但主清空。
　　　後人不能細研詞中曲折深淺之故，羣聚而和之，并爲一談，亦固其
　　　所也。」〔清〕周濟：《詞辨》，頁577。
〔註163〕周濟《介存齋論詞雜著》，〔清〕周濟：《詞辨》，頁578。
〔註164〕周濟《介存齋論詞雜著》，〔清〕周濟：《詞辨》，頁577。
〔註165〕周濟《宋四家詞選·序論》，〔清〕周濟輯：《宋四家詞選》，頁1。
〔註166〕周濟評周邦彥〈少年游〉（并刀如水）：「此亦本色佳製也，本色
　　　至此便足。再過一分，便入山谷惡道矣。」〔清〕周濟輯：《宋四家
　　　詞選》，頁3。

標舉意味濃厚。爲什麼周濟沒有延續張惠言《詞選》對溫庭筠詞的青睞，而要特別凸顯周邦彥詞的代表性地位？劉少雄〈周濟與南宋典雅詞派〉認爲：

> 浙派以醇雅的概念籠括南宋姜吳張王諸家，周濟則進一步打通了南北界限，不但以文句之雅爲評選詞作的基本準則，而且更重意格之有無寄託，此外，他更深入文體底層，從清實疏密的特質著眼，釐析衆家，分屬四體；至此，原先「姜派」一個系統內的家數，便被打散到辛、吳、王所代表的三體內。其實，細加考察，所謂四體，應可簡化爲兩個體系：周濟說「稼軒由北開南，夢窗由南追北，是詞家轉境」，稼軒所代表的是變體的清疏之筆，「南宋諸公，無不傳其衣缽」，王沂孫等輩即承其緒而發展爲雅正清空之調；夢窗所代表的是質實密麗之體，由吳上溯經辛派，則到清眞虛實並重的渾涵之境；在周濟詞統裏，清眞乃集大成者，是衆流所歸，如此，無論四體或二體，都只不過是清眞一體的分支罷了。〔註167〕

從浙派到常派，周濟對周邦彥的推崇，以及所提出的習詞途徑，原來還有著更根本的理論原因。從這個角度看，周濟的詞學論述和《宋四家詞選》的編纂，在清代詞學發展上，便有著更重要的影響。另外，余筠珺〈問塗‧經歷‧回還——周濟「四家學詞門徑」的理論建構〉則從周濟《宋四家詞選》的「門徑觀」來理解，認爲：「〈宋四家詞選目錄序論〉藉『問塗』、『歷』、『還』等具有方向性的動作來安排『家數』之間的遞進關係，形成『門徑』觀」，「『四家門徑』與『寄託』、『蘊藉』、『思筆離合』相互融通的過程，反覆鍛鍊便有可能『以有寄託入，以無寄託出』，清眞詞法即是由『門徑』進入之後，最終要『回還』的典範。」〔註168〕因此，周邦彥詞的被推舉，

〔註167〕劉少雄：〈周濟與南宋典雅詞派〉，《中國文哲研究集刊》1994 年 9 月，頁 169。

〔註168〕余筠珺：〈問塗‧經歷‧回還——周濟「四家學詞門徑」的理論建構〉，《東華漢學》2013 年 6 月，頁 162；166。

亦與周濟詞學理論的建構有關。

　　筆者除了同意以上觀點，認爲這也跟周濟編輯《宋四家詞選》的目的有關。周濟在〈序論〉中有云：「文人卑塡詞爲小道，未有以全力注之者。其實專精一、二年，便可卓然成家。……自悼冥行之艱，遂慮問津之誤，不揣輇陋，爲察察言。」〔註169〕爲了創作，必須提供具體的學詞途徑，也必須指點門徑，因此標舉周邦彥、辛棄疾、吳文英、王沂孫四家，特別是鍛鍊最深的周邦彥詞，最值得細細體會與學習。至於張惠言所推崇的溫庭筠詞，周濟認爲：「飛卿醞釀最深，故其言不怒不懾，備剛柔之氣」，「《花間》極有渾厚氣象，如飛卿則神理超越，不復可以跡象求矣。」〔註170〕可見周濟並沒有否定張惠言對溫庭筠詞的推崇，周濟云：「皋文曰：『飛卿之詞深美閎約』，信然。」〔註171〕兩者在推崇的詞家上有所不同，是因爲張惠言要證明詞能道出「賢人君子幽約怨悱不能自言之情」〔註172〕，特意以看似寫男女之情的溫庭筠詞來作示範，點出其中隱含的深意，來強調詞具有與詩、賦一樣的功能，同樣重要，不可以「小道」視之；周濟則是在這樣的前提下，更論證「塡詞」亦非「小道」，不可漫不經心或等閒視之，因此標舉鍛鍊最深的周邦彥詞，以說明塡詞也要「全力注之」的重要。同時爲了解決張惠言專講詞之寄託，未能提出具體作法的問題，因此以周詞之「渾厚」，作爲習詞的目標。在這樣的影響下，張惠言從詞的本體，確立詞體的重要，強調詞體的功能；周濟則從詞的創作著眼，標舉詞家，並提供創作的方法和途徑，使詞的生命得以延續，同時讓寄託之說不再只是空談。

　　此外，周濟也回歸詞作藝術成就，對柳永、吳文英詞的整體表現，給予客觀評價，同時針對張惠言《詞選》批評他們「放浪通脫」、

〔註169〕周濟《宋四家詞選・序論》，〔清〕周濟輯：《宋四家詞選》，頁3。
〔註170〕周濟《介存齋論詞雜著》，〔清〕周濟：《詞辨》，頁577。
〔註171〕周濟《介存齋論詞雜著》，〔清〕周濟：《詞辨》，頁577。
〔註172〕張惠言《詞選・敘》，〔清〕張惠言輯：《詞選》，頁536。

「枝而不物」〔註173〕的言論，作出修正。周濟評柳永〈雨霖鈴〉（寒蟬淒切）：

> 清眞詞多從耆卿奪胎，思力沉摯處，往往出藍，然耆卿秀淡幽豔，是不可及。後人撫其《樂章》，訾爲俗筆，眞瞽說也。〔註174〕

認爲柳永部分詞作確實不雅，但不可因此全盤否定柳詞，其中仍有值得參考和取徑之處，除了這首詞，還有柳永〈鬥百花〉（煦色韶光明媚）之「以平敘見長」，用「一、二語句勒、提、掇，有千鈞之力」〔註175〕，既然「清眞詞多從耆卿奪胎」，則柳永詞亦可作爲學習的一個階段。至於吳文英詞，周濟認爲：

> 夢窗奇思壯采，騰天潛淵，返南宋之清泚，爲北宋之穠摯。

> 皋文不取夢窗，是爲碧山門逕所限耳！夢窗立意高，取徑遠，皆非餘子所及。惟過嗜餖飣，以此被議，若其虛實並到之作，雖清眞不過也。〔註176〕

從這樣的角度看，吳文英「立意高，取徑遠」的佳詞也不該被忽略。以這樣的觀點，「次第古人之作，辨其是非」〔註177〕，才能眞正辨別和區分詞作高下。周濟之所以能重新評價宋代詞家，最主要的原因是能跳脫張惠言以「感士不遇」〔註178〕解讀詞作的限制，因此能看到詞家的整體藝術表現，所提出的看法也就更能被接受。

〔註173〕張惠言《詞選・敘》：「其溫而不反，傲而不理，枝而不物，柳永、黃庭堅、劉過、吳文英之倫，亦各引一端，以取重於當世。而前數子者，又不免有一時放浪通脫之言出於其間。」〔清〕張惠言輯：《詞選》，頁536。

〔註174〕〔清〕周濟輯：《宋四家詞選》，頁9。

〔註175〕周濟評柳永〈鬥百花〉（煦色韶光明媚）：「柳詞總以平敘見長，或發端、或結尾、或換頭，以一、二語句勒、提、掇，有千鈞之力。」〔清〕周濟輯：《宋四家詞選》，頁9。

〔註176〕周濟《宋四家詞選・序論》，〔清〕周濟輯：《宋四家詞選》，頁1；2。

〔註177〕周濟《詞辨・序》，〔清〕周濟：《詞辨》，頁576。

〔註178〕張惠言評溫庭筠〈菩薩蠻〉（小山重疊金明滅）：「此感士不遇也。」〔清〕張惠言輯：《詞選》，頁537。

三、將評點提昇爲美感的賞析

　　從南宋黃昇《花庵詞選》以來，在唐宋詞的評點中，可以看到評點者多採取從詞的命意、造語、章法等角度切入，進行分析和評賞；或是分享讀詞當下的感受，如明代徐士俊對《古今詞統》的評點，其評李煜〈虞美人〉(春花秋月何時了)：「讀之可哭，然文人貪生如此，亦可笑。」〔註179〕主要是根據評點者個人的生命經驗與體會，隨興所至的發表看法；但也有著重詞作政治寓意解讀的評點方式，如清代黃蘇《蓼園詞選》和張惠言《詞選》的評點，以此強調詞的社會功能和針砭現實的作用。不管如何，多只能就詞論詞，以此加強讀者對詞作的賞析與領略。其中比較有特色的，應屬明代沈際飛《古香岑草堂詩餘》和徐士俊《古今詞統》的評點，如評周邦彥〈蕙蘭芳引〉(寒瑩晚空)：「一部《西廂》只此句。」〔註180〕評黃庭堅〈歸田樂〉(暮雨濛堦砌)(對景還消瘦)：「二詞爲董解元導師。」〔註181〕將詞與《西廂記》的創作加以聯結，作了創意的比擬，使詞的評點變得更多樣化。但這仍屬偶一爲之的創意發想，周濟則不同，在《宋四家詞選》的評點中，可以看到周濟是有意將詞的創作與書畫概念作聯結，著意分析詞的筆法，認爲書畫要講究氣力與筆力的展現，詞同樣也是如此，因此用「勁健峭舉」、「千鈞之力」〔註182〕來評賞詞作，使詞提昇爲一藝術作品，需要進行藝術的品鑑，好讓創作者的巧思經營與作品的藝術價值得以凸顯。如此一來，填詞就不再是「小道」，而是一門需要仔細鑽研的學問，有關詞的評點，因爲帶有藝術美感的賞析，也可以更有變化。

〔註179〕〔明〕卓人月彙選、徐士俊參評：《古今詞統》，頁620。

〔註180〕〔明〕沈際飛評選：《古香岑草堂詩餘‧正集》，卷三，頁3。

〔註181〕〔明〕卓人月彙選、徐士俊參評：《古今詞統》，頁25。

〔註182〕周濟評周邦彥〈浪淘沙慢〉(曉陰重)：「鈎勒勁健峭舉。」評柳永〈鬥百花〉(煦色韶光明媚)：「柳詞總以平敘見長，或發端、或結尾、或換頭，以一、二語句勒、提、掇，有千鈞之力。」〔清〕周濟輯：《宋四家詞選》，頁4；9。

　　雖然在清代康熙時期先著、程洪的《詞潔·序》，就已提及：「論詞於宋人，亦猶語書法、清言於魏晉間，是後之無可加者也。」〔註183〕但這只是一種比喻，眞正結合書畫鑑賞方法來評點詞作的，則是周濟。黃志浩《常州詞派研究》認爲：「關於周濟『出入說』的理論來源，極可能與其引入書畫理論有關。」〔註184〕陳水雲《清代詞學發展史論》則云：「在周濟的無寄託理論裏，寄託與形象之間的距離被取消了，讀者與文本之間的隔閡被解除了，它呈現出來的是『金碧山水，一片空濛』的渾融境界。這與張惠言堅持的取類比附有著本質的不同，前者是主張追尋作者的原意，後者是強調讀者對文本意義的主動闡釋。」〔註185〕筆者以爲從書畫理論的角度來解釋周濟「夫詞，非寄託不入，專寄託不出」〔註186〕的論點，固然可以，但如果從周濟的評點來看，亦能找到相關的論據。遲寶東《常州詞派與晚清詞風》雖也指出：「周濟開始注意作品中的情景描寫，使鑑賞向眞正的藝術審美活動靠近。」〔註187〕但眞正使周濟的評點提昇爲藝術美感的賞析，應屬筆法之解析與探討，這正是周濟評點的一大拓展。

結　語

　　周濟《宋四家詞選》在張惠言《詞選》以寄託解詞的基礎上，加以拓展，在評點時，避免逐字逐句的詮解方式，而是以讀者的立場，在大方向上指出詞作的主要寓意，作爲參考，保留讀者的詮釋空間；同時提出「夫詞，非寄託不入，專寄託不出」〔註188〕的看法，爲詞

〔註183〕先著《詞潔·序》，〔清〕先著、程洪輯：《詞潔》，頁1。

〔註184〕黃志浩：《常州詞派研究》，頁177。

〔註185〕陳水雲：《清代詞學發展史論》，北京：學苑出版社，2005年7月一版，頁381。

〔註186〕周濟《宋四家詞選·序論》，〔清〕周濟輯：《宋四家詞選》，頁1。

〔註187〕遲寶東：《常州詞派與晚清詞風》，天津：南開大學出版社，2008年1月一版，頁72。

〔註188〕周濟《宋四家詞選·序論》，〔清〕周濟輯：《宋四家詞選》，頁1。

的創作拓展途徑，並以「問塗碧山，歷夢窗、稼軒，以還清眞之渾化」
〔註189〕爲學詞的不同階段。因此在評點時，也充分展現周濟對創作，
尤其是筆法的重視，除了強調周邦彥詞爲本色，還結合書畫概念，以
周邦彥之「渾厚」爲審美標準，使評點提昇至美感賞析的層次，同時
發揮指導創作的功能，進而讓常州詞派的寄託理論，有了具體實踐的
可能。

〔註189〕周濟《宋四家詞選·序論》，〔清〕周濟輯：《宋四家詞選》，頁1。

第五章　以教學爲導向的解析
——譚獻評點周濟《詞辨》析論

　　譚獻，字仲修，號復堂，浙江仁和人，生於清道光十二年（1832），卒於光緒二十七年（1901）。根據《復堂日記》所述：「予欲撰《篋中詞》，以衍張茗珂、周介存之學。」〔註1〕可知譚獻主要承繼張惠言、周濟的詞學觀，尤其提出「作者之用心未必然，而讀者之用心何必不然」〔註2〕的觀點，爲張惠言以寄託解詞找到理論的支持，在實際以寄託解詞時，也可以變得更圓融，在常州詞派的發展過程中，具有重要影響。譚獻的詞學觀點主要見於徐珂所輯《復堂詞話》〔註3〕，以及對周濟《詞辨》的評點，尤其以評點的部分最爲重要，因爲譚獻除了在評點時提出「柔厚說」〔註4〕，對張惠言、周濟的

〔註1〕〔清〕譚獻：《復堂日記》，《叢書集成續編》，臺北：新文豐出版公司，1991 年 7 月臺一版，卷三，丙子年，頁 725。

〔註2〕譚獻《復堂詞錄・序》，〔清〕譚獻：《復堂詞話》，唐圭璋編：《詞話叢編》，北京：中華書局，2005 年 10 月二版，頁 3987。

〔註3〕〔清〕譚獻：《復堂詞話》，唐圭璋編：《詞話叢編》。

〔註4〕譚獻評周密〈解語花〉（晴絲罥蝶）：「『淺薄東風，莫因循、輕把杏鈿狼藉』柔厚在此，豈非《風》詩之遺。」〔清〕譚復堂評，徐珂、三多、趙逢年校刊：《譚評詞辨》，線裝書，1920 年出版，卷一，頁 10。

詞論也有所發揮與闡釋，同時作出修正與討論，譚獻云：「予固深
知周氏之意，而持論小異，大抵周氏所謂變，亦予所謂正也，而折
衷柔厚則同。」﹝註 5﹞顯然兩者的詞學觀點有所不同，值得探討。
就評點的發展來看，譚獻對周濟《詞辨》的評點也呈現較大的拓展，
首先是在評點的方式上，大量採用旁批的方式，針對詞的作法進行
細膩的解析，顯現以教學爲導向的評點目的，譚獻〈《詞辨》跋〉即
云：「及門徐仲可中翰，錄《詞辨》，索予評泊，以示規範。」﹝註 6﹞
就是爲了「以示規範」，所以作了詳細的說明與提點；其次，爲拓
展詞的評點，譚獻亦結合書法理論，對詞的創作以及呈現的境界，
有巧妙的比喻，尤其著重談詞之用筆和筆勢的問題，對字法、句法、
章法皆有獨到的看法，使評點變得極有個人特色。

　　譚獻對周濟《詞辨》的評點，根據徐珂於民國十四年〈《復堂詞
話》跋〉所述：「師之論詞諸說，散見文集、日記，及所纂《篋中詞》、
所評周止庵《詞辨》。光緒庚子，珂里居，思輯爲專書，請於師曰：
『集錄緒論，弟子職也。侍教有年，請從事。』師諾。其年冬，書
成，呈師。師曰：『可名之曰：《復堂詞話》。』」﹝註 7﹞可知有部分
收入譚獻《復堂詞話》，但只有評語，無從得知評語的形式是眉批、
旁批或尾批。目前有尹志騰根據徐珂於光緒年間刊刻，附有譚獻評
語及批點符號的原刊本，將直書改爲橫書的方式重印，收入《清人
選評詞集三種》﹝註 8﹞，但與民國九年（1920）徐珂所刊《譚評詞辨》
線裝書﹝註 9﹞略有不同。徐珂所刊《譚評詞辨》，將譚獻〈《詞辨》
跋〉和〈周氏止庵介存齋論詞雜著〉列在卷一、卷二之前，尹志騰

﹝註 5﹞ 譚獻〈《詞辨》跋〉，〔清〕譚復堂評：《譚評詞辨》，頁 1。
﹝註 6﹞ 譚獻〈《詞辨》跋〉，〔清〕譚復堂評：《譚評詞辨》，頁 1。
﹝註 7﹞ 徐珂〈《復堂詞話》跋〉，〔清〕譚獻：《復堂詞話》，唐圭璋編：《詞
　　　 話叢編》，頁 4020。
﹝註 8﹞ 〔清〕黃蘇、周濟、譚獻選評，尹志騰校點：《清人選評詞集三種》，
　　　 濟南：齊魯書社，1988 年 9 月一版。
﹝註 9﹞ 〔清〕譚復堂評：《譚評詞辨》，線裝書，1920 年出版。

重新排印的《詞辨》則將之列在卷一、卷二之後；徐珂所刊《譚評詞辨》只收到蔣捷〈賀新涼〉（夢冷黃金屋），尹志騰重印本則根據潘曾瑋光緒四年《詞辨》刊本，補錄張翥〈多麗〉（晚山青）和康與之〈寶鼎現〉（夕陽西下）各一首；另外，徐珂所刊《譚評詞辨》錄有蘇軾〈賀新涼〉（乳燕飛華屋）一首，尹志騰重印本則根據潘曾瑋光緒四年《詞辨》刊本，補錄李玉〈賀新涼〉（篆縷銷金鼎）一首〔註10〕。為依循譚獻評點《詞辨》原貌，故以1920年徐珂所刊《譚評詞辨》線裝書為論述依據。

第一節　譚獻評點周濟《詞辨》的標準

在譚獻對周濟《詞辨》的評點中，提出詞要「柔厚」的主張，如評晏幾道〈臨江仙〉（夢後樓臺高鎖）時，以眉批的方式，指出：

> 所謂柔厚在此。〔註11〕

又在評周密〈解語花〉（晴絲罥蝶）時，於「淺薄東風，莫因循、輕把杏鈿狼藉」一句右旁，以「。」標記，並以旁批的方式，點出：

> 柔厚在此，豈非《風》詩之遺。〔註12〕

尤其譚獻〈《詞辨》跋〉還特別強調：「予固深知周氏之意，而持論小異，大抵周氏所謂變，亦予所謂正也，而折衷柔厚則同。」〔註13〕因此詞要「柔厚」，不但是譚獻論詞的主要觀點，也是他對常州詞派詞論的承繼。就譚獻的觀點來看，顯然「柔厚」的主張與《詩經·國風》的表現手法是有所關聯的，朱熹《詩集傳·序》解釋：

> 凡《詩》之所謂《風》者，多出於里巷歌謠之作。所謂男女相與詠歌，各言其情者也。惟《周南》、《召南》，親被文王之化以成德，而人皆有以得其性情之正。故其發於言

〔註10〕《譚評詞辨》，卷二，頁3；8；《清人選評詞集三種》，頁178；188。
〔註11〕〔清〕譚復堂評：《譚評詞辨》，卷一，頁4。
〔註12〕〔清〕譚復堂評：《譚評詞辨》，卷一，頁10。
〔註13〕譚獻〈《詞辨》跋〉，〔清〕譚復堂評：《譚評詞辨》，頁1。

者，樂而不過於淫，哀而不及於傷。是以二篇獨爲《風詩》之正經。自《邶》而下，則其國之治亂不同，人之賢否亦異，其所感而發者，有邪正是非之不齊，而所謂先王之風者，於此焉變矣。〔註14〕

劉熙載（1813-1881）《藝概・詩概》云：

〈詩序〉：「《風》，風也。風以動之。」可知《風》之義至微至遠矣。觀《二南》詠歌文王之化，辭意之微遠何如？〔註15〕

從這樣的角度看，詞的重要性不容小覷，因爲它不是單純的言情之作，而是延續了《詩經・國風》以來的文學傳統，在表現手法上具有含蓄蘊藉、「溫柔敦厚」〔註16〕的特點，在文學功能上則具有針砭時事的作用。因此，譚獻之所以標舉詞要「柔厚」，並根據此點說明詞是「《風》詩之遺」，便是要凸顯詞的文學價值。這樣的觀點也與張惠言《詞選》所提出：詞是「極命風謠里巷男女哀樂，以道賢人君子幽約怨悱不能自言之情。低迴要眇，以喻其致。蓋詩之比興，變風之義，騷人之歌，則近之矣」〔註17〕的詞學觀點是一致的，目的都是要扭轉詞爲「小道」的認知，並澄清詞非「雕琢曼辭」〔註18〕，

〔註14〕 朱熹《詩集傳・序》，〔宋〕朱熹：《晦庵先生朱文公集》，據上海涵芬樓影印明嘉靖本，《四部叢刊・正編・集部》，臺北：臺灣商務印書館，1979年臺一版，頁1391。

〔註15〕 〔清〕劉熙載：《藝概》，臺北：漢京文化事業公司，1985年9月初版，頁49。

〔註16〕 《禮記・經解》云：「溫柔敦厚，詩之教也。」〔漢〕鄭玄注：《禮記鄭注》，《四部備要・經部》，臺北：臺灣中華書局，1970年6月臺二版，卷十五，頁1。

〔註17〕 張惠言《詞選・敘》：「詞者，蓋出於唐之詩人，採樂府之音以制新律，因繫其詞，故曰詞。傳曰：意內而言外，謂之詞。其緣情造端，興於微言，以相感動。極命風謠里巷男女哀樂，以道賢人君子幽約怨悱不能自言之情。低迴要眇，以喻其致。蓋詩之比興，變風之義，騷人之歌，則近之矣。」〔清〕張惠言輯：《詞選》，據清道光十年宛鄰書屋刻本影印，《續修四庫全書・集部・詞類》，上海：上海古籍出版社，2002年初版，頁536。

〔註18〕 張惠言《詞選・敘》：詞之「至者，則莫不惻隱盱愉，感物而發，觸

毫無意義的一種文學技藝而已。譚獻《復堂詞錄・序》特別強調：

> 琱琢曼詞，蕩而不反，文焉而不物者，過矣靡矣，又豈詞
> 之本然也哉。〔註19〕

從這樣的說法，更可以明白譚獻之所以提出詞要「柔厚」的原因，也可以視爲推尊詞體的具體表現。

　　事實上早在譚獻編《篋中詞》和《復堂日記》時，就已提出有關「柔厚」的說法。如《篋中詞》評郭麐（1767-1831）詞：

> 南宋詞敝，瑣屑餖飣。朱、厲二家，學之者流爲寒乞。枚
> 庵高朗，頻伽清疏，浙派爲之一變。而郭詞則疏俊，少年
> 尤喜之。予初事倚聲，頗以頻伽名雋，樂於風詠。繼而微
> 窺柔厚之旨，乃覺頻伽之薄。又以詞尚深澀，而頻伽滑矣，
> 後來辨之。〔註20〕

《復堂日記》則云：

> 讀《絕妙好詞箋》，南宋樂府，清詞妙句，略盡於此，高於
> 唐人選唐詩矣。四水潛夫塡詞名家，善別擇，非《花間》、
> 《草堂》之繁猥。南宋人詞，情語不如景語，而融法使才，
> 高者亦有合於柔厚之旨。〔註21〕

> 塡詞至嘉慶，俳諧之病已淨。即蔓衍闒緩，貌似南宋之習，
> 明者亦漸知其非。常州派興，雖不無皮傅，而比興漸盛。
> 故以浙派洗明代淫蔓之陋，而流爲江湖。以常派挽朱、厲、
> 吳、郭佻染餖飣之失，而流爲學究。近時頗有人講南唐、
> 北宋，清眞、夢窗、中仙之緒旣昌，玉田、石帚漸爲已陳
> 之芻狗。周介存有「從有寄託入，以無寄託出」之論，然
> 後體益尊，學益大。〔註22〕

　　類條㹃，各有所歸，非苟爲雕琢曼辭而已。」〔清〕張惠言輯：《詞
　　選》，頁536。
〔註19〕譚獻《復堂詞錄・序》，〔清〕譚獻：《復堂詞話》，唐圭璋編：《詞話
　　叢編》，頁3987。
〔註20〕〔清〕譚獻輯：《篋中詞》，據清光緒八年刻本影印，《續修四庫全書・
　　集部・詞類》，卷三，頁651。
〔註21〕〔清〕譚獻：《復堂日記》，《叢書集成續編》，卷二，庚午年，頁712。
〔註22〕〔清〕譚獻：《復堂日記》，卷三，丙子年，頁725。

顯然，譚獻之所以提出「柔厚」的主張，是有鑑於浙西詞派學南宋詞所出現的「瑣屑餖飣」、空疏滑薄等弊病，因此要以詞之「柔厚」來救浙派空疏之蔽，並提高詞體的地位。而「柔厚」的內容爲何？便是延續常州詞派所謂的詞要有所寄託，並講尚比興，以符合「溫柔敦厚，詩之教」〔註23〕的要求，因爲譚獻《復堂日記》說明自己編纂《篋中詞》的原則就是：「選言尤雅，以比興爲本，庶幾大廓門庭，高其牆宇。」〔註24〕這樣的出發點，確實與常州詞論一脈相承。但譚獻也注意到「以常派挽朱、厲、吳、郭佻染餖飣之失，而流爲學究」的問題，因而認同周濟所提出「從有寄託入，以無寄託出」〔註25〕的方法，方能使詞之「體益尊，學益大」，可見譚獻談詞的使命感，是將治詞視爲一門學問，並且慎重以對。

譚獻以「柔厚」的出發點來評詞，具體的表現是採取與張惠言一樣從寄託來解詞的方法。雖然周濟提出「感慨所寄，不過盛衰」〔註26〕的觀點，爲張惠言以「感士不遇」〔註27〕來解詞的限制，作出修正，但譚獻反而比較認同張惠言的說法，其評溫庭筠〈菩薩蠻〉（小山重疊金明滅）等五首，指出：「以〈士不遇賦〉讀之最確。」〔註28〕可見譚獻在承繼常州詞論時，針對詞的本體和功能，還是比

〔註23〕《禮記‧經解》，〔漢〕鄭玄注：《禮記鄭注》，《四部備要‧經部》，卷十五，頁1。

〔註24〕譚獻《復堂日記》：「予欲訂《篋中詞》全本，今年當首定之。選言尤雅，以比興爲本，庶幾大廓門庭，高其牆宇。」〔清〕譚獻：《復堂日記》，卷六，壬午年，頁1。

〔註25〕周濟《宋四家詞選‧序論》：「夫詞，非寄託不入，專寄託不出。」〔清〕周濟輯：《宋四家詞選》，頁1。

〔註26〕周濟《介存齋論詞雜著》：「感慨所寄，不過盛衰。或綢繆未雨，或太息厝薪，或已溺己飢，或獨清獨醒，隨其人之性情、學問、境地，莫不有由衷之言。見事多，識理透，可爲後人論世之資。詩有史，詞亦有史，庶乎自樹一幟矣。若乃離別懷思，感士不遇，陳陳相因，唾瀋互拾，便思高揖溫、韋，不亦恥乎！」〔清〕周濟：《詞辨》，頁577。

〔註27〕張惠言評溫庭筠〈菩薩蠻〉（小山重疊金明滅）：「此感士不遇也。」〔清〕張惠言輯：《詞選》，頁537。

〔註28〕〔清〕譚復堂評：《譚評詞辨》，卷一，頁1。

較認同張惠言的論點。譚獻《復堂詞錄・序》云：

> 詞不必無《頌》，而大旨近《雅》。於《雅》不能大，然亦非小，殆《雅》之變者歟。其感人也尤捷，無有遠近幽深，風之使來。是故比興之義，升降之故，視詩較著，夫亦在於爲之者矣。……又其爲體，固不必與莊語也，而後側出其言，旁通其情，觸類以感，充類以盡。……言思擬議之窮，而喜怒哀樂之相發，嚮之未有得於詩者，今遂有得於詞。〔註29〕

所謂「喜怒哀樂之相發，嚮之未有得於詩者，今遂有得於詞」，詞既然具有「旁通其情，觸類以感，充類以盡」的功能，而且「大旨近《雅》」，則詞人的創作必然有值得深究之處，因此張惠言面對溫庭筠〈菩薩蠻〉（小山重疊金明滅）一系列的創作，「以〈士不遇賦〉讀之」，挖掘詞之深意，就是爲了證明詞的價值，譚獻當然持贊同的意見。而譚獻所謂「《雅》之變者」，若依據朱熹《詩集傳・序》的解釋：「至於《雅》之變者，亦皆一時賢人君子閔時病俗之所爲，而聖人取之。其忠厚惻怛之心，陳善閉邪之意，猶非後世能言之士所能及之。此《詩》之爲經，所以人事浹於下，天道備於上，而無一理之不具也。」〔註30〕劉熙載《藝概・詩概》亦云：「《大雅》之變，具憂世之懷；《小雅》之變，多憂生之意。」〔註31〕則詞所能具有的文學價值和社會功能，不但前有所承，更是值得繼續傳揚下去，所以譚獻才會強調：詞者「感人也尤捷，無有遠近幽深，風之使來。是故比興之義，升降之故，視詩較著，夫亦在於爲之者矣。」只要抓住這樣的特點，便能延續詞體的生命，擴大它的影響。面對張惠言解詞所衍生牽強附會的質疑，譚獻則提出：「作者之用心未必然，

〔註29〕譚獻《復堂詞錄・序》，〔清〕譚獻：《復堂詞話》，唐圭璋編：《詞話叢編》，頁3987～3988。

〔註30〕朱熹《詩集傳・序》，〔宋〕朱熹：《晦庵先生朱文公集》，據上海涵芬樓影印明嘉靖本，《四部叢刊・正編・集部》，臺北：臺灣商務印書館，1979年臺一版，頁1391。

〔註31〕〔清〕劉熙載：《藝概・詩概》，頁49。

而讀者之用心何必不然」〔註32〕的論點，以從理論上根本解決這樣的問題，同時也讓詞的評點和詮釋開展更大、更自由的空間。如譚獻評蘇軾〈卜算子〉（缺月掛疏桐）即云：「皋文《詞選》以〈考槃〉為比，言非河漢也。此亦鄙人所謂：『作者未必然，讀者何必不然。』」〔註33〕這也讓譚獻的「柔厚說」更趨向張惠言以寄託論詞的主張。

除此之外，譚獻評詞的第二個標準便是講求藝術的表現手法，這樣的觀點其實是在周濟「夫詞，非寄託不入，專寄託不出」〔註34〕的論點上所開展的，譚獻評馮延巳〈蝶戀花〉（六曲闌干偎碧樹）：

> 金碧山水，一片空濛。此正周氏所謂「有寄託入，無寄託出」也。〔註35〕

譚獻用「金碧山水，一片空濛」，解釋周濟的「有寄託入，無寄託出」，但何謂「金碧山水」？王菊生《中國繪畫學概論》云：「按著色效果的不同，山水畫又可分成沒骨、青綠、淺絳、水墨四種」，青綠山水「以施用濃重的石青、石綠、石黃顏料，表現山石樹木的蒼翠。因施用的石色的多少不同，又有『大青綠』與『小青綠』之分。大青綠又稱『金碧山水』。在著色分量上，小青綠輕於大青綠。」〔註36〕金碧山水是工筆山水，工筆畫法要如何達到「一片空濛」、不露痕跡的境界？當然要講求詞的表達方式。謝桃坊《中國詞學史》云：「金碧山水，一片空濛」，「這是一種渾然的境界，作者可能有寄託融入詞中，而卻無寄託的痕跡，撲朔迷離，渾然天成。」〔註37〕黃志浩《常州詞派研究》則云：所謂「一片空濛」，是指「運用豐美聯翩藝術形

〔註32〕譚獻《復堂詞錄·序》，〔清〕譚獻：《復堂詞話》，唐圭璋編：《詞話叢編》，頁3987。
〔註33〕〔清〕譚復堂評：《譚評詞辨》，卷二，頁3。
〔註34〕周濟《宋四家詞選·序論》，〔清〕周濟輯：《宋四家詞選》，頁1。
〔註35〕〔清〕譚復堂評：《譚評詞辨》，卷一，頁1。
〔註36〕王菊生：《中國繪畫學概論》，長沙：湖南美術出版社，1998年5月一版，頁223。
〔註37〕謝桃坊：《中國詞學史》（修訂本），成都：巴蜀書社，2002年12月一版，頁349。

象的朦朧性與多意性，創作出極富意蘊張力的渾融詞境。」〔註38〕可見譚獻雖然強調寄託，但也重視詞的表達技巧與藝術美感。惟有善於「融法使才」，並「合於柔厚之旨」〔註39〕者，才能成為具有藝術價值的創作。因此譚獻在評點周濟《詞辨》的過程中，著意解析詞的筆法、筆勢，除了賞鑑，也有指導創作的用意。以下討論譚獻對周濟《詞辨》的評點。

第二節　譚獻評點周濟《詞辨》的方法

　　譚獻的評點大量採用旁批的方式，並配合批點符號的使用，直接在詞句之旁作細膩的解析，若與周濟的評點比較，周濟是結合書畫中「鉤勒」的概念來分析詞的筆法，提供創作的參考；譚獻的評點則結合書法理論，談作詞之筆法、筆勢及境界，以教學為導向，引導學生深入閱讀並掌握詞作寓意，清楚指出技法，給予習詞的指導。譚獻〈《詞辨》跋〉指出：「及門徐仲可中翰，錄《詞辨》，索予評泊，以示規範。」〔註40〕對照譚獻的批評方式，正好可以呼應這樣的評點目的。

一、以詩、賦解詞

　　譚獻論詞，提出詞要「柔厚」，在選《篋中詞》時也特別謹慎，「選言尤雅，以比興為本，庶幾大廓門庭，高其牆宇。」〔註41〕在評周濟《詞辨》時，也明顯可以看到譚獻對詞運用比興，有所寓託的重視，因此對詞中的關鍵字句，特別予以標示，以強調深入閱讀

〔註38〕黃志浩：《常州詞派研究》，北京：中國社會科學出版社，2008 年 12 月一版，頁 174。

〔註39〕譚獻《復堂日記》：「南宋人詞，情語不如景語，而融法使才，高者亦有合於柔厚之旨。」〔清〕譚獻：《復堂日記》，卷二，庚午年，頁 712。

〔註40〕譚獻〈《詞辨》跋〉，〔清〕譚復堂評：《譚評詞辨》，頁 1。

〔註41〕譚獻《復堂日記》：「予欲訂《篋中詞》全本，今年當首定之。選言尤雅，以比興為本，庶幾大廓門庭，高其牆宇。」〔清〕譚獻：《復堂日記》，卷六，壬午年，頁 1。

與體會的重要。如譚獻評周邦彥〈滿庭芳〉（風老鶯雛），在「地卑山近，衣潤費爐煙」一句右旁，以「。」批點，旁批云：「《離騷》廿五，去人不遠。」又，評姜夔〈暗香〉（舊時月色），在「翠尊易泣，紅萼無言耿相憶」一句右旁，以「。」批點，旁批則云：「深美有《騷》、〈辨〉意。」〔註42〕邱世友《詞論史論稿》認爲，譚獻是根據：「其比興寄託與《離騷》抒放逐之情同一契機」〔註43〕，所以作出這樣的解析，這也反映出譚獻對填詞的看法是：「以《風》、《雅》、《騷》、〈辨〉爲傳統，把詞家對現實生活感受最深者，運用比興，寄託於渾涵的意境之中。」〔註44〕譚獻的這種評點方式，是著眼於詞人的際遇以及心靈的抑鬱，因而上溯《騷》、〈辨〉的傳統，作出連結，讓詞人幽深隱微的情感得以凸顯，也使讀者對詞作可以有更深刻的體會。雖然不免有一些過度的解讀，如評歐陽修〈蝶戀花〉（越女採蓮秋水畔），在「窄袖輕羅」一句右旁，旁批曰：「小人常態」；又在「霧重煙輕，不見來時伴」一句右旁，以「。」批點，旁批則云：「君子道消。」〔註45〕刻意放大這些字句，再往政治寓意作聯結，易引起爭議。但大體上仍能點到爲止，提供另一觀點的解讀作爲參考，如評馮延巳〈蝶戀花〉（幾日行雲何處去）：「『行雲』、『百草』、『千花』、『香草』、『雙燕』，必有所託。」評陳克〈菩薩蠻〉（赤闌橋盡香街直），在「午香吹暗塵」一句右旁，以「。」批點，旁批云：「風刺顯然」；在「風簾自在垂」一句右旁，以「。」批點，旁批云：「不聞不見無窮。」評王沂孫〈埽花游〉（卷簾翠溼），在「亂碧迷人，總是江南舊樹」一句右旁，以「。」批點，旁批云：「風刺。」〔註46〕這對詞作的意義以及詞人的寫作目的，可進行更深入的思考與探尋。雖然譚

〔註42〕〔清〕譚復堂評：《譚評詞辨》，卷一，頁6；卷二，頁7。

〔註43〕邱世友：《詞論史論稿》，北京：人民文學出版社，2002年1月一版，頁279。

〔註44〕邱世友：《詞論史論稿》頁279。

〔註45〕〔清〕譚復堂評：《譚評詞辨》，卷一，頁4。

〔註46〕〔清〕譚復堂評：《譚評詞辨》，卷一，頁3；8；11。

獻強調詞要「柔厚」，以《風》、《騷》比興的手法入詞，講尙詞之寓託，但不至於出現強爲解詞的情況。

　　譚獻對周濟《詞辨》的評點，除了強調詞中寓託，以呼應他的論詞主張，更重要的還提出「以詩解詞」和「以賦解詞」的方法，是爲評點的一大進展。張惠言以「感士不遇」〔註47〕解溫庭筠〈菩薩蠻〉（小山重疊金明滅），並以賦法解析一連十四首的創作，譚獻雖然基本上延續以寄託解詞的方式，並云：「以〈士不遇賦〉讀之最確。」〔註48〕但在實際解析時，則可看出他對「以賦解詞」的強調，以下引出譚獻對溫庭筠〈菩薩蠻〉的評點：

起步

小山重疊金明滅，鬢雲欲度香腮雪。懶起畫蛾眉，弄妝梳洗遲。　照花前後鏡，花面交相映。新帖繡羅襦，雙雙金鷓鴣。

觸起

水精簾裏頗黎枕，暖香惹夢鴛鴦錦。江上柳如煙，雁飛殘月天。　藕花秋色淺，人勝參差剪。雙鬢隔香紅，玉釵頭上風。

提

玉樓明月長相憶，柳絲裊娜春無力。門外草萋萋，送君聞

小歇

馬嘶。　畫樓金翡翠，香燭消成淚。花落子規啼，綠窗殘夢迷。

追敘

寶函鈿雀金鸂鶒，沉香閣上吳山碧。楊柳又如絲，驛橋春

指點今情　　　　　　　　頓

雨時。　畫樓音信斷，芳草江南岸。鸞鏡與花枝，此情誰

〔註47〕張惠言評溫庭筠〈菩薩蠻〉（小山重疊金明滅）：「此感士不遇也。」〔清〕張惠言輯：《詞選》，頁537。
〔註48〕〔清〕譚復堂評：《譚評詞辨》，卷一，頁1。

得知。

餘韻

南園滿地堆輕絮，愁聞一霎清明雨。雨後卻斜陽，杏花零

收束

落香。　無言勻睡臉，枕上屏山掩。時節欲黃昏，無憀獨

倚門。　以〈士不遇賦〉讀之最確。〔註49〕

從譚獻對溫庭筠〈菩薩蠻〉這五首的解讀方式來看，是將這五首視
爲一整體，認爲是在表達一種「士不遇」的情感，在關鍵字句旁的
批點符號及批語，除了點明詞之章法，更標示情感的細膩變化，說
明有此感慨的原因。比如譚獻在「懶起畫蛾眉，弄妝梳洗遲」一句
右旁，以「‧」批點，說明此句是「起步」；在「江上柳如煙，雁
飛殘月天」一句右旁，以「‧」批點，並指此句是「觸起」；在「玉
樓明月長相憶」一句右旁以「。」批點，說明此句是「提」；在「香
燭消成淚」一句右旁以「‧」批點，說明此句是「小歇」；接著指
出「寶函鈿雀金鸂鶒」是「追敘」；「畫樓音信斷」是「指點今情」；
在「鸞鏡與花枝，此情誰得知」一句右旁，以「。」批點，說明此
句是「頓」；在「雨後卻斜陽，杏花零落香」一句右旁，以「。」
批點，說明此句是「餘韻」；而「時節欲黃昏，無憀獨倚門」則是
「收束」，五首詞呈現一種情感上的起伏變化，以「懶起畫蛾眉，
弄妝梳洗遲」爲發端，帶出「江上柳如煙，雁飛殘月天」的夢境，
另一方面則有所追憶，在情與境的交織中，默默傾訴「此情誰得知」
的無奈，最後在「時節欲黃昏，無憀獨倚門」中作結。從這樣的表
達方式看，譚獻推想寄寓作者個人情感或遭遇的可能性很高，而且
如果將一系列作品集合起來解讀，在章法上亦有起承轉合的線索，
彼此之間可以找到相呼應之處，所以認爲張惠言以〈士不遇賦〉來
解讀並非沒有原因。而且透過這種解讀方式，再加上批點符號的提
點，引導讀者從「‧」的關鍵字句，明其章法，再從「。」的標示，

〔註49〕〔清〕譚復堂評：《譚評詞辨》，卷一，頁1。

體會此詞的言外之意和韻味，使讀者對詞作有更深入的理解，影響應是正面的。

　　對比張惠言《詞選》的評點和解讀，他在「懶起畫蛾眉，弄粧梳洗遲」；「江上柳如煙，雁飛殘月天」；「玉樓明月長相憶」；「鸞鏡與花枝，此情誰得知」幾句右旁，也都有「‧」或「。」的批點符號〔註50〕，顯然譚獻是認同張惠言對這幾句的重點解讀，但對張惠言所指：「『照花』四句，《離騷》『初服』之意。」〔註51〕譚獻既沒有特別標示，也沒有回應或說明，可見譚獻的評點雖然也將此詞與「士不遇」的情感作聯結，並強調「作者之用心未必然，而讀者之用心何必不然」〔註52〕，但在實際解讀詞作時，仍保留了相當的空間，不將詞句視為只有某種特定的寓意，而沒有其他詮釋的可能；譚獻作為一個評點者，並採旁批的方式，就是為了發揮引導和提點的作用，使唐宋詞在不斷被解讀的過程中，能有更豐富的意涵。就譚獻所謂「以〈士不遇賦〉讀之最確」這句話來看，除了呼應張惠言的解讀，更開啟與前人批評進行對話和討論的可能。

　　以下再看譚獻「以詩解詞」的例子。如譚獻評韋莊〈菩薩蠻〉（紅樓別夜堪惆悵）等四首：

　　　　紅樓別夜堪惆悵，香燈半卷流蘇帳。殘月出門時，美人和淚辭。　　琵琶金翠羽，弦上黃鶯語。勸我早歸家，綠窗人似花。

　　　　人人盡說江南好，遊人只合江南老。春水碧於天，畫船聽雨眠。　　鑪邊人似月，皓腕凝霜雪。未老莫還鄉，還鄉須斷腸。

〔註50〕〔清〕張惠言輯：《詞選》，頁537～538。
〔註51〕〔清〕張惠言輯：《詞選》，頁537。
〔註52〕譚獻《復堂詞錄‧序》，〔清〕譚獻：《復堂詞話》，唐圭璋編：《詞話叢編》，頁3987。

半面語

如今卻憶江南樂，當時年少春衫薄。騎馬倚斜橋，滿樓紅

袖招。　翠屏金屈曲，醉入花叢宿。此度見花枝，白頭誓

意不盡而語盡，「卻憶」、「此度」四字，度人金針

不歸。

至此揭出

洛陽城裏春光好，洛陽才子他鄉老。柳暗魏王隄，此時心

轉迷。　桃花春水綠，水上鴛鴦浴。凝恨對斜暉，憶君君

不知。〔註53〕

在眉批的部分，譚獻特別點出：

亦填詞中《古詩十九首》。即以讀《十九首》心眼讀之。

強顏作愉快語。怕腸斷，腸亦斷矣。

項莊舞劍。怨而不怒之義。〔註54〕

邱世友《詞論史論稿》認爲：「這個比喻在於揭示柔厚的實質，在於

不懾不怒，不獷不纖，從而得其含蓄溫厚的情思。」〔註55〕這是從

理論面探討「柔厚」在詞作中的表現手法，因爲如果把「柔厚」理

解爲傳承自「詩教」的「溫柔敦厚」，則韋莊「凝恨對斜暉，憶君君

不知」情感的「怨而不怒」當然是一明證。但在譚獻的評點中，其

實拋出一個更重要議題，即「以讀《十九首》心眼讀之」。劉熙載《藝

概・詩概》云：「《古詩十九首》與蘇、李同一悲慨，……知人論世

者，自能得諸言外。」〔註56〕譚獻《古詩錄・敘》亦云：「遺篇《十

九》，其義也遠。」〔註57〕這代表譚獻的解詞方式，不是單純從詞的

字面來解讀，也不是只就單首詞作解讀，而是將詞與詞人生平作聯

〔註53〕〔清〕譚復堂評：《譚評詞辨》，卷一，頁2。

〔註54〕〔清〕譚復堂評：《譚評詞辨》，卷一，頁2。

〔註55〕邱世友：《詞論史論稿》，頁267。

〔註56〕〔清〕劉熙載：《藝概・詩概》，頁52。

〔註57〕譚獻《古詩錄・敘》，〔清〕譚獻：《譚獻集》，杭州：浙江古籍出版
社，2012年8月一版，頁16。

結，認爲詞還可能反映了現實情況，有深刻的創作意旨，因此集合相關作品，追索其中的承繼與呼應關係，所讀的不是只有詞人透過詞句所進行的述說，還包括詞人隱藏在詞中的眞實情感，以及詞的言外之意。這種「以詩解詞」，還有針對溫庭筠〈菩薩蠻〉（小山重疊金明滅）所提出的：「以〈士不遇賦〉讀之最確」，就評點唐宋詞的發展來看，代表著評點已從針對詞作意旨及藝術的評賞，成爲強調讀者解讀的創新詮釋。在明代《古今詞統》的評點中，徐士俊評黃庭堅〈漁家傲〉（萬水千山來此土）：「讀者果能會得此意，則秋波一轉，亦是禪機。」〔註58〕提出了「讀者」的概念，重視讀者的體會與解讀，但仍是就詞而論詞；清代張惠言以寄託解詞，認爲蘇軾〈卜算子〉（缺月掛疏桐）「與〈考槃〉詩極相似」〔註59〕，溫庭筠〈菩薩蠻〉十四首「篇法彷彿〈長門賦〉」〔註60〕，拓展了詞的解讀模式，同時以此證明詞非「小道」，而是有資格「與詩賦之流同類而風誦之」〔註61〕，有意提昇詞的文學地位與價值，但只是在詞的內容意義和章法上，與詩、賦作聯結；譚獻則不同，他認爲溫庭筠〈菩薩蠻〉（小山重疊金明滅）以〈士不遇賦〉來解讀才是最準確的，韋莊〈菩薩蠻〉（紅樓別夜堪惆悵）等四首，則是可以「以讀《十九首》心眼讀之」，顯然譚獻對詞有著自己的理解，因爲詞非「小道」，亦非「雕琢曼辭」〔註62〕，已是常州詞派論詞、評詞的基本態度和立場，但如何在評點唐宋詞的過程中，還能開創新局，展現自己獨到的眼光？譚獻於是採取「以賦解詞」、「以詩解詞」的方式，積極探討溫庭筠〈菩薩蠻〉（小山重

〔註58〕〔明〕卓人月彙選、徐士俊參評：《古今詞統》，據明崇禎刻本影印，《續修四庫全書・集部・詞類》，頁5。
〔註59〕〔清〕張惠言輯：《詞選》，頁542。
〔註60〕〔清〕張惠言輯：《詞選》，頁537。
〔註61〕張惠言《詞選・敘》，〔清〕張惠言輯：《詞選》，頁536。
〔註62〕譚獻《復堂詞錄・序》：「琱琢曼詞，蕩而不反，文爲而不物者，過矣靡矣，又豈詞之本然也哉。」〔清〕譚獻：《復堂詞話》，唐圭璋編：《詞話叢編》，頁3987。

疊金明滅）等詞的章法安排，以及韋莊〈菩薩蠻〉（紅樓別夜堪惆悵）等詞的言外之意，讓溫、韋詞在詞句、意旨的評賞之外，得以加入評點者個人的詮釋與識見，使讀者在閱讀的過程中，不只欣賞了前人詞作，還清楚看到評點者所扮演的角色，以及精闢解析。尤其譚獻大量採取旁批的方式，不斷引導、提點讀者仔細閱讀，評點者鮮明的介入作品與讀者之間，成為極具特色的評點方式；又因為譚獻所使用的批點符號標示在關鍵詞句之旁，批語極為精簡，不至於對讀者造成閱讀的干擾，反而能作為一種參考。再加上譚獻在評蘇軾〈卜算子〉（缺月掛疏桐）時，重申：

> 皋文《詞選》以〈考槃〉為比，言非河漢也。此亦鄙人所謂：「作者未必然，讀者何必不然。」〔註63〕

這不但為自己的詮釋，找到立論的依據，當然也能提高接受的程度。況且如果與張惠言對韋莊〈菩薩蠻〉（紅樓別夜堪惆悵）的解讀相比，張惠言評韋莊〈菩薩蠻〉（紅樓別夜堪惆悵）：「此詞蓋留蜀後寄意之作。一章言奉使之志，本欲速歸。」評韋莊〈菩薩蠻〉（人人盡說江南好）：「此章述蜀人勸留之辭，即下章云『滿樓紅袖招』也。江南即指蜀，中原沸亂，故曰『還鄉須斷腸』。」〔註64〕對詞的實際指涉以及詞人真正的寫作動機，作出確切的解讀，但譚獻並沒有如此，他只是提供另一種解讀詞作的途徑，或者取徑詩法，或者取徑賦法，而標示在詞句之旁的批點符號，用以提點，強調的仍是讀者自己的體會。在這樣的過程中，非但不會過度解讀，反而呈現詞的多義性。況且作品一旦寫成，本來就可以一再被討論，透過不同的評點與解讀方式，使詞可以被深入閱讀與解析，開啟其他的思索，譚獻的這個作法，不只是為了印證詞中之寄託，更是為了拓展評詞的方式。又，詩和賦之間具有共通點，賦是「古詩之流」，共同具備「一以諷

〔註63〕〔清〕譚復堂評：《譚評詞辨》，卷二，頁3。
〔註64〕〔清〕張惠言輯：《詞選》，頁539。

諫」、「一以言志」〔註65〕的功能，譚獻用這樣的方式進行解讀，更直接呼應他對詞要「柔厚」，是「《風》詩之遺」〔註66〕的主張，並再次強調了詞的意義和價值。

　　再看譚獻對唐珏〈水龍吟〉（淡妝人更嬋娟）的評點：

> 淡妝人更嬋娟，晚奩淨洗鉛華膩。泠泠月色，蕭蕭風度，
> 闇
> 嬌紅欲避。太液池空，霓裳舞倦，不堪重記。歎冰魂猶在，
> 推闡以盡能
> 翠輿難駐，玉簪爲誰輕墜。　別有凌空一葉，泛清寒、素
> 合
> 波千里。珠房淚溼，明璫恨遠，舊遊夢裏。羽扇生秋，瓊
> 一唱三歎，有遺音者矣
> 樹不夜，尚遺仙意。奈香雲易散，綃衣半脫，露涼如水。

眉批則云：

> 「汐社」諸篇，當以江淹〈雜詩〉法讀之；更上，則郭璞〈游仙〉、元亮〈讀山海經〉。字字訣麗，學者取月，於此梯雲。〔註67〕

譚獻認爲這首詞「當以江淹〈雜詩〉法讀之；更上，則郭璞〈游仙〉、元亮〈讀山海經〉。」爲什麼要取徑詩法以作解讀，與江淹（444～505）〈雜詩〉、郭璞（276～324）〈游仙詩〉、陶潛（365～427）〈讀山海經〉有何關聯？鍾嶸（468～518）《詩品》云：「文通（江淹）詩體總雜，

〔註65〕劉熙載《藝概·賦概》云：「賦，古詩之流。古詩如《風》、《雅》、《頌》是也，即《離騷》出於《國風》、《小雅》可見。」「古人賦詩與後世作賦，事異而意同。意之所取，大抵有二：一以諷諫，《周語》『瞍賦矇誦』是也；一以言志，《左傳》趙孟曰：『請皆賦以卒君貺，武亦以觀七子之志』，韓宣子曰：『二三子請皆賦，起亦以知鄭志』是也。言志諷諫，非雅麗何以善之？」〔清〕劉熙載：《藝概》，頁86；95。
〔註66〕〔清〕譚復堂評：《譚評詞辨》，卷一，頁10。
〔註67〕譚獻評周密〈解語花〉（晴絲罥蝶）：「柔厚在此，豈非《風》詩之遺。」〔清〕譚復堂評：《譚評詞辨》，卷一，頁13。

善於模擬。」﹝註68﹞嚴羽（1195～1245）《滄浪詩話》云：「擬古惟江文通最長，擬淵明似淵明，擬康樂似康樂，擬左思似左思，擬郭璞似郭璞。」﹝註69﹞而郭璞〈游仙詩〉則不單純是對仙境的嚮往，鍾嶸《詩品》云：「游仙之作，詞多慷慨，乖遠玄宗。」﹝註70﹞劉熙載《藝概·詩概》亦云：郭璞游仙詩「假棲遯之言，而激烈悲憤，自在言外。」﹝註71﹞因此游仙只是表相，真正的目的是藉以詠懷。陶潛〈讀山海經〉是讀《山海經》有感，但最後一首：「巖巖顯朝市，帝者慎用才。何以廢共鯀，重華為之來。仲父獻誠言，桓公乃見猜。臨沒告飢渴，當復何及哉。」﹝註72﹞針砭現實意味更是濃厚。因此譚獻將唐珏〈水龍吟〉（淡妝人更嬋娟）與這些詩作相聯結，顯然也認為唐珏的詞有所寄寓，抒發的正是遺民的感慨，因此一開始「以江淹〈雜詩〉法讀之」，讀的是詞之謀篇命意，如何「開」、「合」，如何「推闡以盡能」，以及是否前有所承；接著便要讀詞人生平遭遇的寄寓，探討詞人真正的寫作目的，所謂「一唱三嘆，有遺音者矣」，便是讀者要仔細體會處。這種評點方式，在大方向上是以寄託解詞的發揮，但譚獻為這種解詞方式找到更多論據，說明詩、賦、詞之間，在「旁通其情，觸類以感，充類以盡」﹝註73﹞的這一點，都是可以共通的。因此在評詞時，時時與詩、賦，甚至是古文作一聯結和比擬，如評溫庭筠〈南歌子〉（似帶如絲柳）：「源出古樂府。」評王沂孫〈齊天樂〉（一襟餘恨宮魂斷）：「此是學唐人句法、章法。『庾郎

﹝註68﹞〔梁〕鍾嶸：《詩品》，臺北：金楓出版社，1999 年 4 月一版，頁 131。
﹝註69﹞〔宋〕嚴羽：《滄浪詩話》，臺北：金楓出版社，1999 年 4 月一版，頁 96。
﹝註70﹞〔梁〕鍾嶸：《詩品》，頁 111。
﹝註71﹞〔清〕劉熙載：《藝概》，頁 54。
﹝註72﹞楊勇：《陶淵明集校箋》，臺北：正文書局，1987 年 1 月出版，頁 247。
﹝註73﹞譚獻《復堂詞錄·序》：「又其為體，固不必與莊語也，而後側出其言，旁通其情，觸類以感，充類以盡。……言思擬議之窮，而喜怒哀樂之相發，嚮之未有得於詩者，今遂有得於詞。」〔清〕譚獻：《復堂詞話》，唐圭璋編：《詞話叢編》，頁 3987～3988。

先自吟秋賦』，遜其蔚跂。」評范仲淹〈漁家傲〉（塞下秋來風景異）：「沉雄似張巡五言。」評辛棄疾〈摸魚兒〉（更能消幾番風雨）：「權奇倜儻，純用太白樂府詩法。」評辛棄疾〈漢宮春〉（春已歸來）：「以古文長篇法行之。」評劉過〈玉樓春〉（春風只在園西畔）：「能用齊、梁小樂府意法入塡詞，便參上乘。」〔註74〕除了是爲解其章法、句法、風格的相似，作深刻的掌握，更是爲了凸顯詞的文學深度，以及文學意義和價值，這便是譚獻要說：詞「於《雅》不能大，然亦非小」〔註75〕的原因，也是其詞學觀在評點中的具體實踐。

二、結合書法理論，分析作詞筆法

譚獻對周濟《詞辨》的評點，除了談詞之寓託，還運用旁批的方式，仔細解析詞之筆法、筆勢的問題，明顯可以看出是書法理論的結合與運用，拓展了評點詞的方法，也開啓不同的詞學批評議題。又因爲譚獻清楚指出作詞技法，足以作爲習詞的參考，使他的評點更具教學意味，這是譚獻熟悉詞的創作以及對書法藝術頗有心得的具體表現。然而，針對詞的創作，費心談其筆法、筆勢者，在詞話的論述中，並不少見，譚獻以評點的方式作標舉和說明，兩者有何不同，值得探討。以下列出譚獻的相關評點，如評周邦彥〈六醜〉（正單衣試酒）：

逆入平出，亦平入逆出

正單衣試酒，悵客裏、光陰虛擲。願春暫留，春歸如過翼，

搏兔用全力

一去無跡。爲問家何在，夜來風雨，葬楚宮傾國。釵鈿墮處遺芳澤，亂點桃蹊，輕翻柳陌。多情更誰追惜，但蜂媒

〔註74〕〔清〕譚復堂評：《譚評詞辨》，卷一，頁2；11；卷二，頁3；5；6；8。

〔註75〕譚獻《復堂詞錄・序》：「詞不必無《頌》，而大旨近《雅》。於《雅》不能大，然亦非小，殆《雅》之變者歟。」〔清〕譚獻：《復堂詞話》，唐圭璋編：《詞話叢編》，頁3987。

處處斷處處連

蝶使，時叩窗槅。　東園岑寂，漸朦朧暗碧，靜遶珍叢底，

成嘆息。長條故惹行客，似牽衣待話，別情無極。殘英小，

願春暫留

強簪巾幘，終不似，一朵釵頭顫裊，向人欹側。漂流處、

春歸如過翼，仍用逆挽，此片玉所獨

莫趁潮汐。恐斷紅、尚有相思字，何由見得。〔註76〕

評周邦彥〈花犯〉（粉牆低）：

逆入

粉牆低，梅花照眼，依然舊風味。露痕輕綴，疑淨洗鉛華，

平出

無限清麗。去年勝賞曾孤倚。冰盤共宴喜，更可惜、雪中

放筆爲直幹

高士，香篝熏素被。　今年對花太匆匆，相逢似有恨，依

如顏魯公書

依愁悴。凝望久，青苔上、旋看飛墜。相將見、脆圓薦酒，

力透紙背

人正在、空江煙浪裏。但夢想、一枝瀟灑，黃昏斜照水。

眉批云：

「凝望久」以下，筋搖脈動。〔註77〕

評吳文英〈齊天樂〉（煙波桃葉西陵路）：

煙波桃葉西陵路，十年斷魂潮尾。古柳重攀，輕鷗驟別，

領句亦是提肘書法　　　　　　便沉著

陳跡危亭獨倚。涼颸乍起，渺煙磧飛颿，暮山橫翠。但有

追敘

江花，共臨秋鏡照憔悴。　華堂燭暗送客，眼波回盼處，

芳豔流水。素骨凝冰，柔蔥蘸雪，猶憶分瓜深意。清尊未

洗，夢不溼行雲，謾沾殘淚。可惜秋宵，亂蛩疏雨裏。

〔註76〕〔清〕譚復堂評：《譚評詞辨》，卷一，頁5～6。
〔註77〕〔清〕譚復堂評：《譚評詞辨》，卷一，頁7。

眉批云：

　　雖不是平起，而結響頗道。〔註78〕

首先在談詞之用筆時，譚獻使用了「逆入」的概念，譚獻認爲周邦彥〈花犯〉「粉牆低，梅花照眼，依然舊風味」這句是「逆入」，而〈六醜〉「願春暫留，春歸如過翼，一去無跡」一句則是「逆入平出，亦平入逆出。」在這裏譚獻都使用了「·」的批點符號，談的正是筆法的問題。唐代書評家張懷瓘〈論用筆十法〉云：「起筆蹙衄，如峰巒之狀。」〔註79〕劉熙載《藝概·書概》云：「逆入、澀行、緊收，是行筆要法。」〔註80〕鄭曉華《書法藝術欣賞》則云：「書法的入筆，分爲兩大類：一爲順入法，二爲逆入法。順入法是露鋒入筆，逆入法則是藏鋒入筆。」〔註81〕依此來看，所謂的「逆入」，乃指情感上欲露不露，帶有一種吞吐之感，如「粉牆低，梅花照眼，依然舊風味」，「依然」二字便蘊含一種深沉的感慨，以此起筆，便見字句鍛鍊之深。而「願春暫留，春歸如過翼，一去無跡」一句，用「願春暫留」的頓宕，試圖挽回，卻是加速春的逝去，情感奔瀉而有波折，非單純的「逆入」而已，而是「逆入」和「平出」的交融，因此譚獻標舉此句是「逆入平出，亦平入逆出。」陳匡石《宋詞舉》云：「『逆入平出，亦平入逆出。』前者以意言，後者以筆言。實則作者此時已入化境，並無平逆之成心耳。」〔註82〕周濟《宋四家詞選》亦云：「十三字千迴百折，千錘百煉，以下如鷗羽自逝。」〔註83〕顯見周邦彥詞用筆之渾融，確實如譚獻所云：「已是磨杵成鍼手段，用筆欲

〔註78〕〔清〕譚復堂評：《譚評詞辨》，卷一，頁9。

〔註79〕〔唐〕張懷瓘〈論用筆十法〉，《歷代書法論文選》，上海：上海書畫出版社，1979年10月一版，頁216。

〔註80〕〔清〕劉熙載：《藝概》，頁162。

〔註81〕鄭曉華：《書法藝術欣賞》，頁429。

〔註82〕陳匡石編著、鐘振振校點：《宋詞舉》，南京：江蘇古籍出版社，2002年4月一版，頁87。

〔註83〕周濟評周邦彥〈六醜〉（正單衣試酒），〔清〕周濟輯：《宋四家詞選》，頁2。

落不落。」〔註84〕

　　接著談詞之結句，譚獻評周邦彥〈六醜〉(正單衣試酒)的「恐斷紅、尚有相思字，何由見得」是「春歸如過翼，仍用逆挽，此片玉所獨」，而吳文英〈齊天樂〉(煙波桃葉西陵路)，「雖不是平起，而結響頗遒。」何謂「逆挽」？又要如何使「結響頗遒」？清代道光年間書法家朱和羹〈臨池心解〉云：「作字以精、氣、神爲主。落筆處要力量，橫勒處要波折，轉捩處要圓勁，直下處要提頓，挑趯處要挺撥，承接處要沉著，映帶處要含蓄，結局處要回顧。操之縱之，六轡在手；解衣磅礴，色舞眉飛。董思翁云：『作字須攢捉。』即米元章無垂不縮、無往不收意也。」〔註85〕顯然，「逆挽」不只是單純的用筆問題，還包括筆勢的收放，詞的結句要有韻味，就如書法之收筆，特別要講究。以周邦彥〈六醜〉(正單衣試酒)來說，已是「春歸如過翼」，卻還依舊不捨，但又不是直說，而是以「恐斷紅、尚有相思字，何由見得」，曲折幽咽地傾訴眷戀難捨之情，使詞韻味無窮。清代陳洵《海綃說詞》云：「『斷紅』句逆挽『留』字，『何由見得』逆挽『去』字，言外有無限意思。」〔註86〕陳匪石《宋詞舉》則云：「結句曰『恐』，曰『何由』，逆挽而不直下，拙重而不呆滯，尤清眞所獨。」〔註87〕因此譚獻用書法之「逆挽」，也就是收筆須有所回顧〔註88〕來形容，顯見體悟之深。而吳文英〈齊天樂〉(煙波桃葉西陵路)的結句「可惜秋宵，亂蛩疏雨裏」，景中含情，感慨之深頗能照映全詞，所以譚獻也以「遒勁」來形容。這種評點方式，因爲著眼於詞與書法之間的共性，將詞人謀篇命意的巧

〔註84〕譚獻評周邦彥〈蘭陵王〉(柳陰直)，〔清〕譚復堂評：《譚評詞辨》，卷一，頁5。

〔註85〕〔清〕朱和羹〈臨池心解〉，《歷代書法論文選》，頁734。

〔註86〕〔清〕陳洵《海綃說詞》，唐圭璋編：《詞話叢編》，頁4631；4970。

〔註87〕陳匪石編著、鐘振振校點：《宋詞舉》，頁89。

〔註88〕鄭曉華《書法藝術欣賞》談收筆，亦云：「行草書中，筆畫連帶，一筆盡處，往往鈎回下帶，筆勢與下一字首筆相連，至行尾力收之。」鄭曉華：《書法藝術欣賞》，頁431。

思與書法之講究筆力作一聯結，並配合旁批的方式，讓讀者可以聚焦在關鍵字句上，進而感受和體會詞人情思鍛鍊的過程，如周邦彥〈花犯〉(粉牆低)「凝望久，青苔上、旋看飛墜。相將見、脆圓薦酒，人正在、空江煙浪裏」的「筋搖脈動」、「力透紙背」，讓評點成爲詞作藝術美感得以彰顯的提點，也使詞的解析更爲細膩，這是譚獻評詞別具特色之處。

此外，譚獻在評溫庭筠與歐陽炯詞時，更將詞與書法作聯結和比擬，如評溫庭筠〈更漏子〉(玉爐香)：

似直下語，正從「夜長」逼出，亦書家無垂不縮之法

玉爐香，紅蠟淚，偏照畫堂秋思。眉翠薄，鬢雲殘，夜長衾枕寒。　梧桐樹，三更雨，不道離愁正苦。一葉葉，一聲聲，空階滴到明。〔註89〕

評溫庭筠〈南歌子〉(手裏金鸚鵡)：

手裏金鸚鵡，胸前繡鳳皇。偷眼暗形相。不如從嫁與，作鴛鴦。

眉批云：

盡頭語。單調中重筆，五代後絕響。

評溫庭筠〈南歌子〉(倭墮低梳髻)：

倭墮低梳髻，連娟細埽眉。終日兩相思。爲君憔悴盡，百花時。

眉批云：

「百花時」三字，加倍法，亦重筆也。〔註90〕

評歐陽炯〈南鄉子〉(岸遠沙平)：

岸遠沙平，日斜歸路晚霞明。孔雀自憐金翠羽。臨水，認得行人驚不起。

眉批云：

〔註89〕〔清〕譚復堂評：《譚評詞辨》，卷一，頁1。
〔註90〕〔清〕譚復堂評：《譚評詞辨》，卷一，頁1～2。

未起意先改，直下語似頓挫；「認得行人驚不起」，頓挫語
似直下。「驚」字倒裝。〔註91〕

所謂「無垂不縮」、「重筆」、「頓挫」，都是書法在談用筆時經常使用
的概念。先以「無垂不縮」來看，譚獻認爲溫庭筠〈更漏子〉（玉爐
香）的「梧桐樹，三更雨，不道離愁正苦。一葉葉，一聲聲，空階
滴到明」，「似直下語，正從『夜長』逗出，亦書家無垂不縮之法」，
何謂「無垂不縮」？南宋姜夔〈續書譜〉云：「翟伯壽問於米老曰：
『書法當何如？』米老曰：『無垂不縮，無往不收。』此必至精至熟，
然後能之。」〔註92〕喬志強《中國古代書法理論解讀》解釋：「無垂
不縮，指寫豎畫時，筆畫末端都要『縮』筆，即『回鋒』收筆。無
往不收，指寫橫畫時，在筆畫末端要有一個向左『回鋒』收筆的動
作，使起筆、收筆得以前後呼應，使得筆畫圓潤、有力。」〔註93〕
就溫庭筠的「梧桐樹，三更雨，不道離愁正苦。一葉葉，一聲聲，
空階滴到明」來看，確實是從「夜長衾枕寒」而來，是爲加深離愁
別恨之苦，但在愁思難解，幽怨無以復加之際，卻用「一葉葉，一
聲聲，空階滴到明」作結，有所收束，含蓄蘊藉，別有韻致。事實
上，在周濟《宋四家詞選・序論》中，也提出過「無垂不縮」的概
念，周濟云：「詞筆不外順逆反正，尤妙在複、在脫，複處無垂不縮，
故脫處如望海上三山妙發。」〔註94〕可見，從周濟到譚獻都是結合
書法的概念和理論來談詞筆的運用，周濟在〈序論〉中說明其作法
和重要，譚獻則藉由評點在批評中實踐，兩者亦可視爲是一種承繼
關係。

至於「重筆」和「頓挫」，則是從基本的運筆變化而來，劉熙
載《藝概・書概》云：「書家於『提』、『按』兩字，有相合而無相

〔註91〕〔清〕譚復堂評：《譚評詞辨》，卷一，頁2。
〔註92〕〔宋〕姜夔〈續書譜〉，《歷代書法論文選》，頁385。
〔註93〕喬志強編著：《中國古代書法理論解讀》，上海：上海人民美術出版
　　　　社，2012年1月一版，頁91。
〔註94〕周濟《宋四家詞選・序論》，〔清〕周濟輯：《宋四家詞選》，頁3。

離。故用筆重處正須飛提，用筆輕處正須實按，始能免墮飄二病。」〔註95〕唐代張懷瓘〈玉堂禁經〉云：頓筆是「摧鋒驟衂是也」；挫筆是「挨鋒捷進是也」〔註96〕。鄭曉華《書法藝術欣賞》解釋；頓是「運筆的突然加重」；挫是「運筆中筆鋒的快速擺動」〔註97〕。譚獻用這樣的概念說明溫庭筠〈南歌子〉（手裏金鸚鵡）的「不如從嫁與，作鴛鴦」是「單調中重筆」；溫庭筠〈南歌子〉（倭墮低梳髻）的「為君憔悴盡，百花時」，「『百花時』三字，加倍法，亦重筆也」；歐陽炯〈南鄉子〉（岸遠沙平）的「認得行人驚不起」，則是「頓挫語似直下」，結句的刻意加重，以帶出情感的波瀾起伏，與一般結在景中，蘊含無限感慨的作法不同，所以譚獻特別予以說明。透過譚獻的這種比擬方式，確實能對詞的各種表達技巧有所掌握與了解。

　　但譚獻所提出的「無垂不縮」和「頓挫」，是否純指筆法和技巧的問題？不全然如此。因為譚獻評辛棄疾〈祝英臺近〉（寶釵分），在「是他春帶愁來，春歸何處，卻不解帶將愁去」一句右旁，以「·」批點，旁批曰：

　　　　託興深切，亦非全用直筆。〔註98〕

顯然，運筆中的「頓挫」等變化，除了帶有一種情感的回環往復，還

〔註95〕〔清〕劉熙載：《藝概》，頁164。

〔註96〕〔唐〕張懷瓘〈玉堂禁經〉論用筆法：「又有用筆腕下起伏之法，用則有勢，字無常形。一曰頓筆，摧鋒驟衂是也；則努法下腳用之。二曰挫筆，挨鋒捷進是也；下三點皆用之。」《歷代書法論文選》，頁220。

〔註97〕鄭曉華《書法藝術欣賞》云：「書法的行筆以提按為基礎，一切運筆的技巧都在提按的起伏運動中變化和發生。提按的變化除了行筆過程中的自然起落，還可以透過其他一些特殊的運筆法來調整，如頓（運筆的突然加重）、挫（運筆中筆鋒的快速擺動）、顫（運筆中的上下、左右輕微振動）、衂（運筆中的逆回重複）、轉（運筆中方向的自然變化，有時需捻轉筆管調鋒以適應之）、折（運筆中透過筆尖翻動而實現的方向轉換），透過上述筆法的配合運用，不同風格、形狀的線條、筆畫，都可以在持續不斷的運筆動作中一一得以實現。」鄭曉華：《書法藝術欣賞》，頁430。

〔註98〕〔清〕譚復堂評：《譚評詞辨》，卷二，頁4。

可能是有所「託興」，對照溫庭筠〈更漏子〉(玉爐香)的「一葉葉，
一聲聲，空階滴到明」和歐陽炯〈南鄉子〉(岸遠沙平)的「認得行人
驚不起」，也不能完全免除有所「託興」的可能。因此，若以「託興
深切」來理解詞中的「無垂不縮」和「頓挫」，以使詞意更為深刻，
又能有一種含蓄蘊藉的美感，也能與譚獻所提出的詞要「柔厚」相呼
應。

　　若與詞話之談用筆來作比較，如陳匪石《聲執》云：「行文有兩
要素，曰氣、曰筆。氣載筆而行，筆因文而變。昌黎曰：『氣盛則言
之短長與聲之高下者皆宜。』長短高下，與筆之曲直有關。抑揚垂
縮，筆為之，亦氣為之。就詞而言，或一波三折，或老幹無枝，或
欲吐仍茹，或點睛破壁，且有同見於一篇中者，百鍊鋼與繞指柔，
變化無端，原為一體。」〔註99〕這裏同樣提出了「行筆」的要點，
但未能立即對應詞例來看，因此詞話的理論意味較濃厚；而譚獻的
評點，因為使用旁批的方式，將詞的作法與書法的筆法作更直接的
聯結，不但有評賞的功能，還能在詞句之旁進行細膩的解析，同時
作為創作的參考，融合鑑賞、批評與指導創作為一體，就批評而言，
可與詞話互為參照，各具特色。龔鵬程《中國文學批評史論》云：
細部批評「致力於挖掘一篇文章的美感要素，用圈、點、批、注、
畫線等方法，詳論文章的各種優缺點，……隱隱然形成了一些共同
的法則，有個基本批評架構可尋；不似詩話詞話，言人人殊，無法
找出大家在進行批評時所持以討論的基本法式。」〔註100〕以此而
論，則譚獻結合書法理論探討詞的筆法，不但呈現特殊的審美角度
與批評方式，還使評點展現個人的創見與識見，值得重視。

三、講求詞之章法

　　譚獻評點周濟《詞辨》，除了「以詩解詞」、「以賦解詞」，講求

〔註99〕〔清〕陳匪石《聲執》，唐圭璋編：《詞話叢編》，頁4949～4950。
〔註100〕龔鵬程：《中國文學批評史論》，北京：北京大學出版社，2008年6
　　　　月一版，頁165～166。

詞之筆法，還特別留心詞之章法，以旁批的方式作標舉與提點，如前所引譚獻評唐珏〈水龍吟〉(淡妝人更嬋娟)，指出「太液池空，霓裳舞倦，不堪重記」是「開」，「珠房淚溼，明璫恨遠，舊遊夢裏」是「合」〔註101〕；評周邦彥〈六醜〉(正單衣試酒)，指出「靜遶珍叢底，成嘆息」是「處處斷處處連」〔註102〕，這些都涉及到章法的問題。何謂章法？宋代張炎《詞源》云：「作慢詞，看是甚題目，先擇曲名，然後命意。命意既了，思量頭如何起，尾如何結，方始選韻，而後述曲。最是過片，不要斷了曲意，須要承上接下。」〔註103〕周濟《宋四家詞選‧序論》亦云：「吞吐之妙，全在換頭、煞尾。古人名換頭爲過變，或藕斷絲連，或異軍突起，皆須令讀者耳目振動，方成佳製。」〔註104〕清代劉熙載《藝概‧詞曲概》則云：「詞之章法，不外相摩相盪，如奇正、空實、抑揚、開合、工易、寬緊之類是已。詞中承接轉換，大抵不外紆徐斗健，交相爲用，所貴融會章法，按脈理節拍而出之。」〔註105〕因此，所謂章法，與整首詞的謀篇布局有關，足以展現詞人不同的巧思及情感深度，譚獻又是如何透過評點展開有關章法的討論？以下列出相關詞例。如譚獻評歐陽修〈採桑子〉(羣芳過後西湖好)：

埽處即生

羣芳過後西湖好，狼藉殘紅。飛絮濛濛，垂柳欄杆盡日風。

悟語是戀語

笙歌散盡游人去，始覺春空。垂下簾櫳，雙雙歸來細雨中。

〔註106〕

周邦彥〈齊天樂〉(綠蕪凋盡臺城路)：

〔註101〕〔清〕譚復堂評：《譚評詞辨》，卷一，頁13。
〔註102〕〔清〕譚復堂評：《譚評詞辨》，卷一，頁5～6。
〔註103〕〔宋〕張炎：《詞源》，唐圭璋編：《詞話叢編》，頁258。
〔註104〕周濟《宋四家詞選‧序論》，〔清〕周濟輯：《宋四家詞選》，頁3。
〔註105〕〔清〕劉熙載：《藝概‧詞曲概》，唐圭璋編：《詞話叢編》，頁3698。
〔註106〕〔清〕譚復堂評：《譚評詞辨》，卷一，頁3。

亦是以掃爲生法

綠蕪凋盡臺城路，殊鄉又逢秋晚。暮雨生寒，鳴蛩勸織，

深閣時聞裁翦。雲窗靜掩，嘆重拂羅裀，頓疏花簟。尚有

應「殊鄉」

練囊，露螢清夜照書卷。　荊江留滯最久，故人相望處，

點化成句，開後來多少章法

離思何限。渭水西風，長安亂葉。空憶詩情宛轉。憑高眺

結束出奇，正是哀樂無端

遠，正玉液新蒭，蟹螯初薦。醉倒山翁，但愁斜照斂。

〔註107〕

譚獻對章法的分析，著重在詞之起、結，以及過片處的承接轉換，
這些都可以看出詞人的用心經營處。先從起句來看，譚獻指出歐陽
修〈採桑子〉的起句「羣芳過後西湖好」是「掃處即生」，周邦彥〈齊
天樂〉的起句「綠蕪凋盡臺城路」亦是「以掃爲生法」，何謂「掃處
即生」？俞平伯《清眞詞釋》評周邦彥〈望江南〉（游妓散）云：

譚評《詞辨》於歐陽修〈採桑子〉首句「羣芳過後西湖好」，
旁批曰：「掃處即生」，正可移用。猛下「游妓散」三字，
便覺繁華過眼而空，筆力竟直注結尾矣。以下步步逼緊，
直逼出「無處不淒淒」之神理來，一首只是一句，一句只
是一感覺。〔註108〕

可見「掃處即生」或「以掃爲生」，指的是特意以一情境之結，轉
而下開另一情境，本以爲話已說至盡頭，此情此景已再無描繪可
能，卻轉而帶出另一層感受，寫出另一番體悟。接著在過片處，歐
陽修以「笙歌散盡游人去」，周邦彥則以「荊江留滯最久」作呼應，
並由此寫出詞人心中的感慨。最後在結尾處，或以景作結，或點出
「烈士暮年之感」〔註109〕，餘韻無窮，因此譚獻特別針對周詞云：

〔註107〕〔清〕譚復堂評：《譚評詞辨》，卷一，頁5。
〔註108〕俞平伯：《讀詞偶得　清眞詞釋》，頁78。
〔註109〕俞平伯《清眞詞釋》評周邦彥〈齊天樂〉（綠蕪凋盡臺城路）：「結句用

「結束出奇，正是哀樂無端。」對詞人情感的掌握和體會可謂相當
細膩。透過譚獻對詞作章法的分析，亦可加深讀者對詞人構思和謀
篇布局的了解，在評賞其他詞作或進而學習創作時也能有所依據。

又如，譚獻評秦觀〈望海潮〉(梅英疏淡)：

　　梅英疏淡，冰澌融泄，東風暗換年華。金古俊游，銅駝巷
　　　　　　　　　　頓宕
　　陌，新晴細履平沙。長記誤隨車，正絮翻蝶舞，芳思交加。
　　　旋斷仍連　　　　　陳、隋小賦縮本，填詞家不以唐人為止境也
　　柳下桃溪，亂分春色到人家。西園夜飲鳴笳。有華燈礙月，
　　飛蓋妨花。蘭苑未空，行人漸老，重來是事堪嗟。煙暝酒
　　旗斜，但倚樓極目，時見栖鴉。無奈歸心，暗隨流水到天
　　涯。

評周邦彥〈大酺〉(對宿煙收)：

　　　　　　　辟灌皆有賦心，前周後吳，所以為大家也
　　對宿煙收，春禽靜、飛雨時鳴高屋。牆頭青玉斾，洗鉛華
　　都盡，嫩稍相觸。潤逼琴絲，寒侵枕障，蟲網吹黏簾竹。
　　郵亭無人處，聽簷聲不斷，困眠初熟。奈愁極頻驚，夢輕
　　　　　　　　此亦新亭之淚
　　難記，自憐幽獨。　　行人歸意速，最先念、流潦妨車轂。
　　怎奈向、蘭成憔悴，衛玠清羸，等閒時、易傷心目。未怪
　　平陽客，雙淚落、笛中哀曲。況蕭索、青蕪國。紅糝鋪地，
　　　　　　　　　　一句一折，一步一態然，周昉美人，非時世妝也
　　門外荊桃如菽。夜遊共誰秉燭。〔註110〕

譚獻在評溫庭筠〈菩薩蠻〉(小山重疊金明滅)等五首時，提出：「以
〈士不遇賦〉讀之最確。」〔註111〕採取了「以賦解詞」的方式，

　　　古入神，有烈士暮年之感。」俞平伯：《讀詞偶得　清真詞釋》，頁117。
〔註110〕　〔清〕譚復堂評：《譚評詞辨》，卷一，頁5；6。
〔註111〕　〔清〕譚復堂評：《譚評詞辨》，卷一，頁1。

並聯結詞人遭遇，解讀詞之意旨及言外之意，同時也從謀篇布局的角度對詞作進行分析，指出「懶起畫蛾眉，弄妝梳洗遲」是「起步」，「江上柳如煙，雁飛殘月天」是「觸起」，「玉樓明月長相憶」又「提」，「寶函鈿雀金鸂鶒」是「追敘」，「時節欲黃昏，無憀獨倚門」是「收束」〔註112〕，五首詞可以像賦一般進行篇章作法的分析，證明填詞並非「琱琢曼詞」〔註113〕，而是要講究章法脈絡，因此評點也能以此切入，對詞的作法加以解析，探究詞與詞之間的承接和呼應關係。在對秦觀和周邦彥這兩首詞進行評點時，譚獻提出秦觀〈望海潮〉（梅英疏淡）的「西園夜飲鳴笳。有華燈礙月，飛蓋妨花」是「陳、隋小賦縮本，填詞家不以唐人為止境也」，周邦彥〈大酺〉（對宿煙收）的「牆頭青玉旆，洗鉛華都盡，嫩稍相觸」則是「辟灌皆有賦心，前周後吳，所以為大家也」，何謂「陳、隋小賦縮本」？陳匪石《宋詞舉》云：「『華燈』八字，一片富麗華貴氣象，造句之工，如齊、梁小賦。」〔註114〕可見譚獻雖然欣賞秦觀鍊句之工，但更重視詞人情感的厚度，因此在下句「蘭苑未空，行人漸老，重來是事堪嗟」右旁，以「‧」批點，要讀者深入體會秦觀的感慨，詞之有意義，就在這些身世的感懷中，句法、章法只是為了使詞人的情感更深刻的表達出來。因此譚獻評周邦彥詞「辟灌皆有賦心，前周後吳，所以為大家也」，「賦心」為何？劉勰《文心雕龍‧詮賦》云：「賦者，鋪也；鋪采摛文，體物寫志也。」〔註115〕劉熙載《藝概‧賦概》亦云：「賦，辭欲麗，跡也；義欲雅，心也。」〔註116〕譚獻《篋中

〔註112〕〔清〕譚復堂評：《譚評詞辨》，卷一，頁1。

〔註113〕譚獻《復堂詞錄‧序》：「琱琢曼詞，蕩而不反，文焉而不物者，過矣靡矣，又豈詞之本然也哉。」〔清〕譚獻：《復堂詞話》，唐圭璋編：《詞話叢編》，頁3987。

〔註114〕陳匪石評秦觀〈望海潮〉（梅英疏淡），陳匪石編著、鍾振振校點：《宋詞舉》，頁114。

〔註115〕〔梁〕劉勰著，周振甫注：《文心雕龍注釋》，頁115。

〔註116〕〔清〕劉熙載：《藝概》，頁95。

詞‧序》云：「昔人之論賦曰：『懲一而勸百。』又曰：『曲終而奏雅。』麗淫麗則，辨於用心；無小非大，皆曰立言，爲詞亦有然矣。」〔註117〕可見，譚獻是從「言志」、「立言」的這點，將詞和賦貫串起來。譚獻雖然對詞的謀篇布局之法進行解析，但仍重視詞人之心、詞人之志，因此在周邦彥高度精煉的詞句背後，更要體會他的「奈愁極頻驚，夢輕難記，自憐幽獨」和「行人歸意速，最先念、流潦妨車轂」的感慨與憂傷，這才是解析章法的眞正目的和意義。

　　同樣的，譚獻評王沂孫〈齊天樂〉（碧痕初化池塘草），在「樓陰時過數點，椅欄人未睡，曾賦幽恨」一句右旁，批曰：「拓成遠勢，過變中又一法」時，又特別標舉「漢苑飄苔，秦宮墜葉，千古淒涼不盡」的「盤拏倔強」和「已覺蕭疏，更堪秋夜永」的「繞樑之音」；評王沂孫〈齊天樂〉（一襟餘恨宮魂斷），已眉批曰：「此是學唐人句法、章法。『庾郎先自吟秋賦』，遜其蔚跂。」又特別指出「病葉驚秋，枯形閱世，銷得斜陽幾度」一句，「玩其弦指，收裏處有變徵之音」；評王沂孫〈瑣窗寒〉（趁酒梨花），在過片「曾見，雙蛾淺」一句右旁，批曰：「章法」的同時，又在「數東風、二十四番，幾番誤了西園宴」一句右旁，批曰：「幽咽如訴」〔註118〕。這種兼賞詞之章法、意旨和詞人之心的評點方式，可以看出譚獻極力呈現詞人的用心經營處，同時強調詞人情感的灌注，但何者是主，何者是輔？當然詞旨是主，章法是輔。詞旨要深，分析章法才有意義。

　　譚獻對章法的解析，如果聯結他運用書法理論來談詞的筆法，也可以看出兩者之間的關聯。唐代書法家歐陽詢（557～641）〈八訣〉云：「澄神靜慮，端己正容，秉筆思生，臨池志逸。虛拳直腕，指齊掌空，意在筆前，文向思後。」〔註119〕劉熙載《藝概‧書概》亦云：

〔註117〕譚獻《篋中詞‧序》，〔清〕譚獻輯：《篋中詞》，據清光緒八年刻本影印，《續修四庫全書‧集部‧詞類》，頁616。
〔註118〕〔清〕譚復堂評：《譚評詞辨》，卷一，頁10～11；11；12。
〔註119〕〔唐〕歐陽詢〈八訣〉，《歷代書法論文選》，頁98。

「唐太宗論書曰:『吾之所為,皆先作意,是以果能成。』虞世南作《筆髓》,其一為〈辨意〉。蓋書雖重法,然意乃法之所受命也。」〔註120〕周濟《宋四家詞選·序論》則云:「筆以行意也。」〔註121〕譚獻既然結合書法理論來解析詞之句法、章法,書法講求「意在筆前」、「書雖重法,然意乃法之所受命」,填詞同樣也要講求「意旨」,如果不是在詞須講求「意旨」的前提下,有關章法的論述要如何展開,詞之筆法又要如何呈現力道?因此譚獻雖然談詞之章法,但他所談的章法和筆法,都是在詞須有所「託興」〔註122〕的架構下展開,這也可視為他重「柔厚之旨」〔註123〕詞學觀點的展現。

第三節　譚獻評點周濟《詞辨》的意義與影響

孫琴安《中國評點文學史》云:「如果說張惠言對詞的評點創立了常州詞派的基本理論和觀點,周濟對詞的評點充實、完善和修正了張惠言和常州詞派的理論和主張,那麼譚獻對詞的評點則進一步發展了周濟和常州詞派的理論,強調含蓄深婉,使常州詞派在晚清仍獲得了一定的影響。」〔註124〕這段話是根據譚獻所提詞要「柔厚」〔註125〕,並以「作者之用心未必然,而讀者之用心何必不然」〔註126〕,為張惠言以比興寄託解詞樹立理論依據的這些拓展,給

〔註120〕〔清〕劉熙載:《藝概》,頁170。

〔註121〕周濟《宋四家詞選·序論》,〔清〕周濟輯:《宋四家詞選》,頁2。

〔註122〕譚獻評辛棄疾〈祝英臺近〉(寶釵分):「託興深切,亦非全用直筆。」〔清〕譚復堂評:《譚評詞辨》,卷二,頁4。

〔註123〕譚獻《篋中詞》評郭麐詞:「予初事倚聲,頗以頻伽名雋,樂於風詠。繼而微窺柔厚之旨,乃覺頻伽之薄。又以詞尚深澀,而頻伽滑矣,後來辨之。」〔清〕譚獻輯:《篋中詞》,卷三,頁651。

〔註124〕孫琴安:《中國評點文學史》,頁319。

〔註125〕譚獻〈《詞辨》跋〉:「予固深知周氏之意,而持論小異,大抵周氏所謂變,亦予所謂正也,而折衷柔厚則同。」〔清〕譚復堂評:《譚評詞辨》,頁1。

〔註126〕譚獻《復堂詞錄·序》,〔清〕譚獻:《復堂詞話》,唐圭璋編:《詞話叢編》,頁3987。

予肯定。然而，實際從譚獻評點詞的方式來看，其意義和影響有二：一是透過旁批的方式，並結合書法理論，對詞的筆法和章法進行細膩的分析，使讀者得以掌握讀詞的要領，同時可以作爲習詞的參考，讓評點發揮教學和指導的功能；二是透過「以詩解詞」和「以賦解詞」的方式，展現自己的識見與創見，並確立詩、賦、詞之間的共通特性，凸顯詞的文學功能和詞作意義，藉以提高詞體的地位。以下詳論之。

一、以旁批進行精研細讀，發揮指導功能

從評點唐宋詞的發展來看，南宋黃昇《花庵詞選》採用詞人名下批語、詞牌下批語和尾批的方式，針對詞人風格和詞作主旨、藝術表現等進行評賞〔註127〕，趙聞禮《陽春百雪》雖然只有少量評點，但也採用詞牌下批語和尾批的方式，標舉詞人、詞作的特點，進行評賞〔註128〕；明代沈際飛評點《古香岑草堂詩餘》和徐士俊評點《古今詞統》，則使用不同的批點符號，並配合眉批的方式，或就詞的藝術特點，或根據讀者的感悟與體會，展現評點者對詞的掌握與領略〔註129〕；清代先著、程洪《詞潔》與黃蘇《蓼園詞選》的評點，則

〔註127〕 如評僧覺範：「名惠洪，許彥周稱其善作小詞，情思婉約，似秦少游云。」〔宋〕黃昇編集：《唐宋諸賢絕妙詞選》，據上海涵芬樓景印明刻本，《四部叢刊・正編・集部》，頁71。

〔註128〕 如評賀鑄〈小梅花〉（城下路淒風露）（縛虎手懸河口）（思前別記時節）：「右三闋櫽括唐人詩歌爲之，是亦集句之義，然其間語意聯屬，飄飄然有豪縱高舉之氣，酒酣耳熱，浩歌數過，亦一快也。」〔宋〕趙聞禮輯：《陽春白雪》，據宛委別藏清抄本影印，《續修四庫全書・集部・詞類》，頁391。

〔註129〕 如沈際飛評秦觀〈桃源憶故人〉（碧紗影弄東風曉）：「『海棠開了』，下轉出『啼鳥』、『妝點』』，趣溢不窘。」徐士俊評劉克莊〈沁園春〉（一卷陰符）：「用人用物，用事用言，愈實愈空。正如善用劍者，但見寒光一片，不見劍，亦不見身。」〔明〕沈際飛評選：《古香岑草堂詩餘・正集》，卷一，頁32；〔明〕卓人月彙選、徐士俊參評：《古今詞統》，據明崇禎刻本影印，《續修四庫全書・集部・詞類》，頁121。

在「風骨」、「興象」〔註130〕、「寄託」〔註131〕的前提下，著重對詞作內容主旨的解析；常州詞派張惠言《詞選》的評點採用尾批的方式，探求詞人的寫作動機和詞作意義；周濟《宋四家詞選》則採用眉批的方式，將評點的重心轉向對筆法的解析，提出「從有寄託入，以無寄託出」〔註132〕的觀點，避免詞的創作和解讀受到侷限，同時使寄託理論得以拓展和充實。這些評點因多採眉批或尾批的方式，經常是以詞人風格或詞作主旨和藝術特點為主，進行評賞，以幫助讀者掌握詞之要點；譚獻則不同，他大量使用旁批的方式，直接在詞句之旁進行批點和說明，注意到細部的問題，並可作為評賞和創作的參考。

雖然從沈際飛《古香岑草堂詩餘》開始，就使用不同的批點符號〔註133〕，有意引導讀者在關鍵字句上多作體會，但批點符號所代表的意思並不明確，若沒有透過相應的說明，有時難免覺得抽象，不見得能具體掌握和深刻了解；周濟《宋四家詞選》雖然也有使用旁批的方式，但他的旁批只用以點明字聲或協韻，如評吳文英〈齊天樂〉（煙波桃葉西陵路），針對「華堂燭暗送客」的「燭」字，

〔註130〕《詞潔》評晏幾道〈南鄉子〉（新月又如眉）：「小詞之妙，如漢、魏五言詩，其風骨、意味、興象，迥乎不同。苟徒求之色澤字句間，斯末矣。」〔清〕先著、程洪輯，劉崇德、徐文武點校：《詞潔》，北京：河北大學出版社，2012 年 2 月出版，頁 60。

〔註131〕如黃蘇評韓駒〈念奴嬌〉（海天向晚）：「按：此詞總是憂君憂國之念，觸題而發耳。題是『詠月』，開首從『秋』字寫起，漸入到月。固就月說到姮娥之幽獨，即是蘇東坡修『瓊樓玉宇，高處不勝寒』之意，借以比君勢之孤也。次闋，就望月之人獨立無偶，以見己之獨立少同心也。結處『此情誰會』，不過嘆想得同志之人耳。比興深切，含而不露，斯為情景交融者。凡寫景而不寓情，則意盡言中，便少佳製。」黃蘇《蓼園詞選》，〔清〕黃蘇、周濟、譚獻選評，尹志騰校點：《清人評詞集三種》，頁 100。

〔註132〕周濟《宋四家詞選·序論》：「夫詞，非寄託不入，專寄託不出。」〔清〕周濟輯：《宋四家詞選》，頁 1。

〔註133〕〔明〕沈際飛《古香岑草堂詩餘四集·發凡》：「靈慧新特之句，用『○』；爾雅流麗之句，用『、』；鮮奇警策之字，用『◎』；冷異巉削之字，用『✓』；鄙拙膚陋字句，用『｜』。」〔明〕沈際飛評選：《古香岑草堂詩餘·正集》，頁 4～5。

以旁批的方式標註：「作平」；評吳文英〈解蹀躞〉(醉雲又兼醒雨)，
針對「秋黯朱橋鎖深巷」的「黯」字，以旁批的方式標註：「可叶」
〔註 134〕。只有譚獻具體發揮旁批的批評功能，配合批點符號的使
用，直接在詞句之旁，或就詞意，或就詞旨，或就筆法、章法，進
行細膩的解析，有助於讀者的掌握。龔鵬程《中國文學批評史論》
云：「細部批評雖然把文章看成是活物，用象喻、起承轉合及抑揚頓
挫等對偶結構來說明其複雜的內部關聯，可是他既已運用了這些批
評框架，它便不太可能仍保持文章的活潑性，其中必有某種程度的
割裂損傷了一體渾圓的完整性。」〔註 135〕但以譚獻的評點來看，因
為他個人的學養、識見，以及對詞的深入解析，採用旁批，對詞所
進行的批評，並不會有割裂詞情、詞意的問題，反而因為批評具有
見地，如陳匡石《宋詞舉》和俞平伯《清眞詞釋》都會參考他的批
評，或贊同或進而延伸討論〔註 136〕，顯見譚獻評點受到重視的程
度。況且在譚獻針對詞之章法和筆法進行解析時，對詞之評賞和創
作，提供具體的意見，可作為參考。龔鵬程《中國文學批評史論》
亦云：「用細部批評法批閱文章，指出其中各種為文法則、建立各種
條例，使細部批評帶有很濃的規範性和指導性意味。」〔註 137〕以譚
獻評點《詞辨》的出發點是為「以示規範」〔註 138〕，他採用旁批的

〔註 134〕周濟評吳文英〈齊天樂〉(煙波桃葉西陵路)、〈解蹀躞〉(醉雲又兼
　　　　　醒雨)，〔清〕周濟輯：《宋四家詞選》，頁 35。
〔註 135〕龔鵬程：《中國文學批評史論》，頁 172。
〔註 136〕如譚獻評秦觀〈望海潮〉(梅英疏淡) 的「西園夜飲鳴笳。有華燈
　　　　　礙月，飛蓋妨花」是「陳、隋小賦縮本」，陳匡石《宋詞舉》亦云：
　　　　　「『華燈』八字，一片富麗華貴氣象，造句之工，如齊、梁小賦。」
　　　　　又，俞平伯評周邦彥〈望江南〉(游妓散) 云：「譚評《詞辨》於歐
　　　　　陽修〈採桑子〉首句『羣芳過後西湖好』，旁批曰：『埽處即生』，
　　　　　正可移用。」陳匡石編著、鐘振振校點：《宋詞舉》，頁 114；俞平
　　　　　伯：《讀詞偶得　清眞詞釋》，頁 78。
〔註 137〕龔鵬程：《中國文學批評史論》，頁 172。
〔註 138〕譚獻〈詞辨〉跋：「及門徐仲可中翰，錄《詞辨》，索予評泊，以
　　　　　示規範。」〔清〕譚復堂評：《譚評詞辨》，頁 1。

方式，最能發揮指導和教學的功能。

　　同時因爲譚獻結合書法理論進行評點，使他的評語顯得靈活而有變化，並且具有藝術美感，如評周邦彥〈六醜〉(正單衣試酒)，針對「願春暫留，春歸如過翼，一去無跡」一句，旁批云：「逆入平出，亦平入逆出。」〔註139〕評溫庭筠〈更漏子〉(玉爐香)，針對「梧桐樹，三更雨，不道離愁正苦。一葉葉，一聲聲，空階滴到明」一句，旁批云：「似直下語，正從『夜長』逗出，亦書家無垂不縮之法」〔註140〕，都很耐人尋味。譚獻將書法藝術與詞作美感巧妙結合，使讀者在評賞詞作時，可以拓展欣賞的角度，多方琢磨與體會，這是譚獻評點的一大特色。

二、標舉詩、賦、詞之共通特性，推尊詞體

　　張惠言《詞選》的評點，以「感士不遇」〔註141〕解溫庭筠〈菩薩蠻〉(小山重疊金明滅)的創作動機，並以詞能道出「賢人君子幽約怨悱不能自言之情」〔註142〕，上溯《風》、《騷》之旨，證明詞非「鄙俗之音」〔註143〕，從而肯定詞的文學價值；周濟《宋四家詞選》則爲證明塡詞亦非小道〔註144〕，一方面透過〈序論〉說明塡詞要點，

〔註139〕　〔清〕譚復堂評：《譚評詞辨》，卷一，頁5～6。
〔註140〕　〔清〕譚復堂評：《譚評詞辨》，卷一，頁1。
〔註141〕　張惠言評溫庭筠〈菩薩蠻〉(小山重疊金明滅)：「此感士不遇也。」〔清〕張惠言輯：《詞選》，頁537。
〔註142〕　張惠言《詞選・敍》：「詞者，蓋出於唐之詩人，採樂府之音以制新律，因繫其詞，故曰詞。傳曰：意內而言外，謂之詞。其緣情造端，興於微言，以相感動。極命風謠里巷男女哀樂，以道賢人君子幽約怨悱不能自言之情。低迴要眇，以喻其致。蓋詩之比興，變風之義，騷人之歌，則近之矣。」〔清〕張惠言輯：《詞選》，頁536。
〔註143〕　張惠言《詞選・敍》解釋選輯目的是爲：「塞其下流，導其淵源，無使風雅之士懲於鄙俗之音，不敢與詩賦之流同類而風誦之也。」〔清〕張惠言輯：《詞選》，頁536。
〔註144〕　周濟《宋四家詞選・序論》：「文人卑塡詞爲小道，未有以全力注之者。其實專精一、二年，便可卓然成家。若厭難取易，雖畢生馳逐，費煙楮爾。余少嗜此，中更三變，年逾五十，始識康莊。自悼冥行

如詞之筆法、用韻、章法〔註 145〕等，再透過評點的方式，標舉各家特點，以提供「問塗碧山，歷夢窗、稼軒，以還清眞之渾化」〔註 146〕的學詞途徑，作爲參考；這都讓詞體的重要性得以凸顯，尤其講求詞之比興寄託，更扭轉明代以來重情、重藝術表現的認知，如王世貞《藝苑巵言》即云：「詞須宛轉緜麗，淺至儇俏，挾春月煙花於閨幨內奏之，一語之豔，令人魂絕，一字之工，令人色飛，乃爲貴耳。」〔註 147〕譚獻則在張惠言、周濟的基礎上，在詞的作法上和意旨上，找到詩、賦、詞之間的共同特點，透過「以詩解詞」和「以賦解詞」的方式加強論證，肯定詞體的文學功能和價值，提高詞體地位。詩、賦、詞之間的共同特點爲何？譚獻《古詩錄·敘》云：「詩者，古之所以爲史。託體比興，百姓與能，勞人思婦，陳之太師。」又云：「獻撰錄是集，亦欲推本情性，規矩《雅》、《頌》，匪徒標舉美文，遺饟學子。」〔註 148〕而賦亦是文人君子藉以「立言」，甚至有「懲一而勸百」〔註 149〕的作用，這與譚獻對詞的定義相當類似，譚獻《復堂詞錄·序》即云：詞者，「大旨近《雅》……其感人也尤捷，無有遠近幽深，風之使來。是故比興之義，升降之故，視詩較著。」〔註 150〕

之艱，遂慮問津之誤，不揣輓陋，爲察察言。退蘇進辛，糾彈姜、張，剗刺陳、史，芟夷盧、高，皆足駭世。」〔清〕周濟輯：《宋四家詞選》，頁 3。

〔註 145〕周濟《宋四家詞選·序論》：「詞筆不外順逆反正，尤妙在複、在脫，複處無垂不縮，故脫處如望海上三山妙發」；「東眞韻寬平，支先韻細膩，魚歌韻纏綿，蕭尤韻感慨，各具聲響，莫草草亂用」；「吞吐之妙，全在換頭、煞尾，古人名換頭爲過變，或藕斷絲連，或異軍突起，皆須令讀者耳目振動，方成佳製。」〔清〕周濟輯：《宋四家詞選》，頁 3。

〔註 146〕周濟《宋四家詞選·序論》，〔清〕周濟輯：《宋四家詞選》，頁 2。

〔註 147〕〔明〕王世貞《藝苑巵言》，唐圭璋編：《詞話叢編》，頁 385。

〔註 148〕譚獻《古詩錄·敘》，〔清〕譚獻：《譚獻集》，頁 16～17。

〔註 149〕譚獻《篋中詞·序》云：「昔人之論賦曰：『懲一而勸百。』又曰：『曲終而奏雅。』麗淫麗則，辨於用心；無小非大，皆曰立言，爲詞亦有然矣。」〔清〕譚獻輯：《篋中詞》，頁 616。

〔註 150〕譚獻《復堂詞錄·序》：「詞不必無《頌》，而大旨近《雅》。於《雅》

可見譚獻就是在詩、賦、詞之間所具有的「託體比興」、「規矩《雅》、《頌》」的共同特點上，採取「以詩解詞」和「以賦解詞」的方式來評點周濟《詞辨》，最明顯的就是評韋莊〈菩薩蠻〉（紅樓別夜堪惆悵）等四首的「以讀《十九首》心眼讀之」〔註151〕，以及評溫庭筠〈菩薩蠻〉（小山重疊金明滅）等五首的「以〈士不遇賦〉讀之最確」〔註152〕，這樣一來，不但展現譚獻個人的識見，還使讀者對詞人情感和詞作意旨有更深刻的掌握，影響應是正面的。雖然譚獻提出「作者之用心未必然，而讀者之用心何必不然」〔註153〕，爲張惠言以寄託解詞樹立理論根據〔註154〕，但不免仁者見仁，智者見智，只有在詩、賦、詞之間找到共通性，才能讓這種以寄託解詞的方式有更強的立論依據。

其實，譚獻之所以會採取「以詩解詞」和「以賦解詞」的方式，是爲加深對詞意、詞旨的探尋，另一方面也是要凸顯所評之文體具有價值，如此才能使評點本身同樣具有意義。康來新《晚清小說理論研究》云：「評點是從作品本身出發，道道地地是實用的文學批評，所有的評點者無不正視文學作品本身的權威性，他們最關心的是作品本身，全力以赴的是怎樣對作品本身做最精確的分析與闡釋，評點可說是一種極爲徹底的研讀。」〔註155〕同樣地，清代爲扭轉詞爲「小道」

不能大，然亦非小，殆《雅》之變者歟。其感人也尤捷，無有遠近幽深，風之使來。是故比興之義，升降之故，視詩較著，夫亦在於爲之者矣。」〔清〕譚獻：《復堂詞話》，唐圭璋編：《詞話叢編》，頁 3987。
〔註151〕〔清〕譚復堂評：《譚評詞辨》，卷一，頁 2。
〔註152〕〔清〕譚復堂評：《譚評詞辨》，卷一，頁 1。
〔註153〕譚獻《復堂詞錄·序》，〔清〕譚獻：《復堂詞話》，唐圭璋編：《詞話叢編》，頁 3987。
〔註154〕葉嘉瑩〈常州詞派比興寄託之說的新檢討〉即云：譚獻這種說法「爲讀者以一己之自由聯想來比附說詞提出了公然支持的理論，於是常州詞論的比興寄託之說，乃無往而不可通了。」葉嘉瑩〈常州詞派比興寄託之說的新檢討〉，葉嘉瑩：《清詞叢論》，頁 167。
〔註155〕康來新：《晚清小說理論研究》，臺北：大安出版社，1986 年 6 月初

的認知，除了在理論上作建構，證明詞非「雕琢曼辭」〔註156〕，評點也發揮了關鍵的作用，尤其以譚獻的評點最爲明顯。

結　語

　　譚獻爲說明詞體特色及創作要點，在門人徐珂的建議下，針對周濟《詞辨》進行評點，除了探求詞中的比興寄託，呼應他對詞要「柔厚」的主張，更採取「以詩解詞」和「以賦解詞」的方式，標舉詩、賦、詞之間的共同特點，提高詞體的地位和文學價值。除此之外，還結合書法理論，同時採用旁批的方式，對詞的字法、句法、章法進行細膩的解析，使評點具有個人的創見和識見，評語本身亦具藝術美感，在唐宋詞評點的歷史發展中，具有鮮明的批評意識，評點也有相當的理論依據，代表性十足。

　　版，頁 36。

〔註156〕張惠言《詞選・敘》：詞之「至者，則莫不惻隱盱愉，感物而發，觸類條鬯，各有所歸，非苟爲雕琢曼辭而已。」〔清〕張惠言輯：《詞選》，頁 536。

第六章　爲理論而選詞的企圖
——陳廷焯《詞則》評點析論

　　陳廷焯，原名世焜，字耀先，一字亦峰，江蘇丹徒人，生於清咸豐三年（1853），卒於清光緒十八年（1892）。其於清光緒十七年撰成《白雨齋詞話》〔註1〕，推崇張惠言《詞選》，認爲此選「掃靡曼之浮音，接《風》、《騷》之眞脈」〔註2〕，「輪扶大雅，卓乎不可磨

〔註1〕　陳廷焯《白雨齋詞話》有八卷本與十卷本，八卷本由陳廷焯父親陳鐵峰與陳氏門人包榮翰、許正詩等整理，並於清光緒二十年付印，許正詩〈《白雨齋詞話》後記〉云：「先師陳亦峰先生，宅心孝友，卓然有以自見。既歿二年，太夫子鐵峰先生整其遺著，得若干帙，正詩與同門王雷夏諸君子因有剞劂之請。而鐵峰先生謙抑至再，以爲不足傳，僅許刻其詞話八卷，並詩詞附焉。」因此，唐圭璋《詞話叢編》所收《白雨齋詞話》即爲八卷本。後於1983年時，由陳氏後人出示陳廷焯《白雨齋詞話》十卷原稿本，並交由上海古籍出版社刊印，才得見陳廷焯《白雨齋詞話》十卷原貌。屈興國《白雨齋詞話足本校注》即以十卷本爲底稿。本文以下所引《白雨齋詞話》，均據上海古籍出版社所刊印之《白雨齋詞話》十卷本。見許正詩〈《白雨齋詞話》後記〉，陳廷焯：《白雨齋詞話》，唐圭璋編：《詞話叢編》，北京：中華書局，2005年10月二版，頁3978；〔清〕陳廷焯：《白雨齋詞話》，上海：上海古籍出版社，1984年5月一版；屈興國校注：《白雨齋詞話足本校注》，濟南：齊魯書社，1983年11月一版。
〔註2〕　〔清〕陳廷焯：《白雨齋詞話》，卷五，頁159。

滅」〔註3〕，同時在這樣的基礎上，提出「溫厚和平，詩教之正，亦詞之根本」〔註4〕的詞學主張，接軌常州詞派張惠言之說，被視為常州詞論的承繼者與發揚者，謝桃坊《中國詞學史》云：「繼張惠言、周濟、譚獻、馮煦之後，陳廷焯再將常州詞派的理論推向了新的高峰。」〔註5〕而《詞則》編於清光緒十六年，以期「《風》、《雅》正宗，於斯不墜」〔註6〕，共分《大雅》、《放歌》、《別調》、《閑情》四集，收錄唐、五代、宋、金、元、明、清詞共二千三百六十首，修正了陳廷焯早年編《雲韶集》過於「蕪雜」〔註7〕的缺點，同時針對每一首詞進行評點，是陳廷焯《白雨齋詞話》撰成的基礎，也是陳廷焯詞學思想的具體展現。陳廷焯不像張惠言只有將詞上附《風》、《騷》，以詞能道「賢人君子幽約怨悱不能自言之情」的這點，歸結「詩之比興，變風之義，騷人之歌，則近之矣」〔註8〕；而是直接點出詞是「發源於《風》、《雅》，推本於《騷》、〈辨〉」〔註9〕，以詩教之旨論詞，因此「溫厚和平」便成為詞的基本要求。然而，要達到這一要求，陳廷焯不只透過詞話的理論闡述，建構明晰的詞史發展脈絡，還透過《詞則》樹立名家典範，同時以評點的方式進行批評與議論，以作為評賞和習詞的參考，藉以樹立正軌，使唐宋詞成為常州詞論之代言和印證。

〔註3〕　〔清〕陳廷焯：《白雨齋詞話》，卷七，頁225。
〔註4〕　〔清〕陳廷焯：《白雨齋詞話》，卷九，頁314。
〔註5〕　謝桃坊：《中國詞學史》（修訂本），成都：巴蜀書社，2002年12月一版，頁356。
〔註6〕　陳廷焯《詞則・序》，〔清〕陳廷焯編選：《詞則》，上海：上海古籍出版社，1984年5月一版，頁1。
〔註7〕　陳廷焯《白雨齋詞話》：「癸酉甲戌之年，余初習倚聲，曾選古今詞二十六卷，得三千四百三十四首，名曰《雲韶集》。自今觀之，殊病蕪雜。」癸酉甲戌是同治十三年（1874），陳廷焯年約二十二歲。〔清〕陳廷焯：《白雨齋詞話》，卷九，頁321～322。
〔註8〕　張惠言《詞選・敍》，〔清〕張惠言輯：《詞選》，據清道光十年宛鄰書屋刻本影印，《續修四庫全書・集部・詞類》，上海：上海古籍出版社，2002年初版，頁536。
〔註9〕　陳廷焯《白雨齋詞話・自序》，〔清〕陳廷焯：《白雨齋詞話》，頁2。

　　從常州詞派諸位大家，包括張惠言、周濟、譚獻的評點來看，他們在評點中凸顯詞之有寄託，並以此爲評賞標準，同時結合詩、賦之作法以及書畫概念來評詞，拓展評點的格局，並在章法、筆法的分析中，發揮教學指導的作用，使常州詞派的評點既可作爲理論之實踐，亦可作爲習詞之參考，有助於推揚詞論。在這樣的評點基礎上，陳廷焯《詞則》的評點要如何拓展，又有何特色？以下依序探討。陳廷焯編選的《詞則》，今有上海古籍出版社於 1984 年出版陳廷焯手稿本，據唐圭璋〈《詞則》後記〉，可知此一稿本爲陳廷焯後人出示〔註10〕，彌足珍貴，因以此本爲論述依據。

第一節　《詞則》編輯目的及評點標準

一、導正詞風，溯源《風》、《騷》

　　陳廷焯編選《詞則》目的有二，就詞作選輯而言，是爲延續張惠言《詞選》宗旨，同時修正其選詞過於嚴苛的問題；就創作而言，則是爲了標舉《風》、《騷》之旨，作爲習詞典範，同時延續詞之命脈。陳廷焯《詞則・序》云：

> 詞也者，樂府之變調，《風》、《騷》之流派也。溫、韋發其端，兩宋名賢暢其緒，《風》、《雅》正宗，於斯不墜。金、元而後，競尚新聲，眾喙爭鳴，古調絕響。操選政者，率昧正始之義，媸妍不分，《雅》、《鄭》並奏，後之爲詞者，茫乎不知其所從。卓哉皋文，《詞選》一編，宗風賴以不滅，可謂獨具隻眼矣；惜篇幅狹隘，不足以見諸賢之面目，而

〔註10〕唐圭璋〈《詞則》後記〉：陳廷焯「以舊選《雲韶集》『蕪雜』，另選《詞則》四集，即大雅、放歌、閒情、別調集。每集六卷，共二十四卷，計收唐、五代、宋、金、元、明、清詞二千三百六十首，凡七易稿而成書。上有眉批，旁有圈識，字跡工整，用力彌勤。同時著《白雨齋詞話》，意圖與《詞則》相輔而行。今陳氏後人將此兩種珍藏多年之先人手澤貢獻於世，至爲可敬。」〔清〕陳廷焯編選：《詞則》，〈《詞則》後記〉，頁 1。

去取未當者，十亦有二三。〔註11〕

《大雅集‧序》則云：

> 詞至兩宋而後，幾成絕響。古之爲詞者，志有所屬，而故
> 鬱其辭；情有所感，而或隱其義；而要皆本諸《風》、《騷》，
> 歸於忠厚。自新聲競作，懷才之士，皆不免爲風氣所囿，
> 務取悅人，不復求本原所在。迦陵以豪放爲蘇、辛，而失
> 其沉鬱；竹垞以清和爲姜、史，而昧厥旨歸，下此者更無
> 論矣。無往不復，皋文溯其源，蒿庵引其緒，兩宋宗風，
> 一燈不滅。斯編之錄，猶是志也。〔註12〕

可見，陳廷焯編選《詞則》的目的非常明確，乃是有鑑於元、明以
後詞體衰微，當時又崇尚豔情詞，詞風流於淫靡，因此，一方面確
立詞爲「《風》、《騷》之流派」，凸顯詞體在文學史上的地位和價值，
另一方面則以《風》、《騷》之旨來規範創作，導正詞風，並以此爲
延續詞體生命的唯一方法。陳廷焯所提出的「古之爲詞者，志有所
屬，而故鬱其辭；情有所感，而或隱其義；而要皆本諸《風》、《騷》，
歸於忠厚」，便是張惠言《詞選》「詞者，極命風謠里巷男女哀樂，
以道賢人君子幽約怨悱不能自言之情」〔註13〕論點的闡釋與發揮，
同時將詞的起源、特質以及肩負的功能，都作出更精確的定義。面
對「閑情之作」，陳廷焯的態度又是如何？《閑情集‧序》云：

> 茲編之選，綺說邪思，皆所不免。然夫子刪詩，並存《鄭》、
> 《衛》，知所懲勸，於義何傷？名以「閑情」，欲學者情有
> 所閑，而求合於正，亦聖人「思無邪」旨也。〔註14〕

《白雨齋詞話》亦云：

> 閑情之作，雖屬詞中下乘，……然則何爲而可？曰：根柢
> 於《風》、《騷》，涵泳於溫、韋，以之作正聲也可，以之
> 作豔體亦無不可。……古人詞佳者如……張子野之「舞徹

〔註11〕陳廷焯《詞則‧序》，〔清〕陳廷焯編選：《詞則》，頁1。
〔註12〕陳廷焯《大雅集‧序》，〔清〕陳廷焯編選：《詞則》，頁7。
〔註13〕張惠言《詞選‧敘》，〔清〕張惠言輯：《詞選》，頁536。
〔註14〕陳廷焯《閑情集‧序》，〔清〕陳廷焯編選：《詞則》，頁841。

〈梁州〉，頭上宮花顫未休。」……均無害為婉雅。而余
所愛者，則張子野「望極藍橋，正暮雲千里，幾重山，幾
重水。」……皆極其雅麗，極其淒秀。……今人不知作詞
之難，至於豔詞，更以為無足輕重，率爾操觚，揚揚得意，
不自知其可恥，此《關雎》所以不作也，此《鄭》聲所以
盈天下也，此則余之所大懼也。〔註15〕

從這兩段論述，可以看到陳廷焯對淫靡詞風的憂心，因此面對閑情之
作，雖不可盡刪，但也再三強調創作必須「合於正」，合於聖人「思
無邪」之旨，「柢於《風》、《騷》，涵泳於溫、韋」，故而，惟有詞作
「婉雅」者能被選入，也惟有「極其雅麗，極其淒秀」之詞，方能為
習詞之參考，不致誤入歧途。

　　陳廷焯《白雨齋詞話‧自序》云：「《詞話》十卷，本諸《風》、
《騷》，正其情性，溫厚以為體，沉鬱以為用。」〔註16〕陳廷焯以
這樣的主張建立詞論的架構，並以此作為《詞則》的編選標準，標
舉詞體正聲，使學詞者能「本諸《風》、《騷》，歸於忠厚」，以期「兩
宋宗風，一燈不滅」〔註17〕，在這樣的過程中，必然要處理有關詞
之正變的問題。《白雨齋詞話》卷九云：「自溫、韋以迄玉田，詞之
正也，亦詞之古也。元、明而後，詞之變也。茗柯、蒿庵，其復古
者也。斯編若傳，輪扶大雅，未必無補。」〔註18〕正者，能謹守《風》、
《騷》溫厚之旨，這才是學詞者應該遵循的途徑；變者，不合乎
《風》、《騷》之旨，也不具溫厚之意，視為歧出。配合這樣的詞論
主張，選錄詞作，可以看出陳廷焯有意藉由《詞則》樹立兩宋詞體
的正軌，以為典範。陳廷焯之所以提出此說，其實與張惠言有著同
樣的目的。張惠言《詞選‧敘》云：「自宋之亡而正聲絕，元之末
而規矩隳，以至於今，四百餘年，作者十數，諒其所是，互有繁變，

〔註15〕〔清〕陳廷焯：《白雨齋詞話》，卷六，頁209～218。
〔註16〕陳廷焯《白雨齋詞話‧自序》，〔清〕陳廷焯：《白雨齋詞話》，頁3。
〔註17〕陳廷焯《大雅集‧序》，〔清〕陳廷焯編選：《詞則》，頁7。
〔註18〕〔清〕陳廷焯：《白雨齋詞話》，卷九，頁318。

皆可謂安蔽乖方，迷不知門戶者也。」〔註19〕張惠言輯錄《詞選》
是爲指出門戶，提供正確的學詞途徑。陳廷焯肯定張惠言的作法，
《白雨齋詞話》有云：「千古詞宗，溫、韋發其源，周、秦竟其緒，
白石、碧山，各出機杼，以開來學。嗣是六百餘年，鮮有知者。得
茗柯一發其旨，而斯詣不滅。」〔註20〕然而，陳廷焯亦云：「特其
識解雖超，尚未能盡窮底蘊。」〔註21〕因此在張惠言的基礎上，藉
由詞話的闡述，建構明晰的理論主張，並透過選詞樹立名家典範，
以達到「兩宋宗風，一燈不滅」的目的，並使《詞則》成爲常州詞
派之代言和印證，成爲己派家法，也藉以約束並規範當時的詞體創
作。

二、溫厚以爲體，沉鬱以爲用

　　陳廷焯在《白雨齋詞話》中，提出：「溫厚以爲體，沉鬱以爲
用」〔註22〕的觀點，這句話同時也是陳廷焯《詞則》評點的標準。
「溫厚」是詞之根本，指涉詞之意旨，即指詞要寓含寄託，並具
《風》、《騷》寓以勸戒之旨，足以顯示詞家的忠厚之心，所謂：「溫
厚和平，詩教之正，亦詞之根本也。」〔註23〕即是此意。但除了「溫
厚」之外，陳廷焯還提出詞要「沉鬱」的說法，貫串整部詞話，並
云：

　　　　作詞之法，首貴沉鬱，沉則不浮，鬱則不薄。顧沉鬱未易
　　　　強求，不根柢於《風》、《騷》，烏能沉鬱？〔註24〕

顯然，「沉鬱」亦是陳廷焯論詞的重要概念與評詞的審美標準，之所
以提出「沉鬱說」，目的在指導創作，以期矯正「浮」、「薄」之詞風，
並有規範的作用。但「沉鬱」二字何意？《白雨齋詞話》云：

〔註19〕張惠言《詞選·敘》，〔清〕張惠言輯：《詞選》，頁536。
〔註20〕〔清〕陳廷焯：《白雨齋詞話》，卷六，頁183～184。
〔註21〕〔清〕陳廷焯：《白雨齋詞話》，卷六，頁184。
〔註22〕陳廷焯《白雨齋詞話·自序》，〔清〕陳廷焯：《白雨齋詞話》，頁3。
〔註23〕〔清〕陳廷焯：《白雨齋詞話》，卷九，頁314。
〔註24〕〔清〕陳廷焯：《白雨齋詞話》，卷一，頁7。

> 所謂沉鬱者，意在筆先，神餘言外。寫怨夫思婦之懷，寓
> 孽子孤臣之感。凡交情之冷淡，身世之飄零，皆可於一草
> 一木發之。而發之又必若隱若顯，欲露不露，反覆纏綿，
> 終不許一語道破。匪獨體格之高，亦見性情之厚。〔註25〕

就這段敘述來看，所謂「寫怨夫思婦之懷，寓孽子孤臣之感。凡交情
之冷淡，身世之飄零，皆可於一草一木發之」，便是指詞要有所寄託，
即使是一草一木，也能寄寓身世之感，但表現方式要如何？便是不能
直接道破，反而要運用一種比較含蓄婉轉，「若隱若顯，欲露不露」，
同時蘊含無限深意與韻味的方式表達，其中的情感與意旨就更顯深
摯，這就是陳廷焯對詞需寓含寄託，同時又能兼具藝術美感的審美要
求。

　　《白雨齋詞話》又云：

> 入門之始，先辨雅俗；雅俗既分，歸諸忠厚；既得忠厚，
> 再求沉鬱；沉鬱之中，運以頓挫，方是詞中最上乘。

> 溫厚和平，詩詞一本也。然爲詩者，既得其本，而措語則
> 以平遠雍穆爲正，沉鬱頓挫爲變，特變而不失其正，即於
> 平遠雍穆中，亦不可無沉鬱頓挫也。詞則以溫厚和平爲本，
> 而措語即以沉鬱頓挫爲正，更不必以平遠雍穆爲貴。詩與
> 詞同體異用者在此。〔註26〕

「沉鬱」作爲使忠厚之旨得以深刻呈現的一種表達方式，不只用以淬
鍊詞意，以提昇詞的藝術境界，它也是詞之爲詞的重要特質。因此在
「溫厚和平，詩教之正，亦詞之根本也」的命題揭示之後，陳廷焯隨
即提出：「然必須沉鬱頓挫出之，方是佳境。否則不失之淺露，即難
免平庸。」〔註27〕可見，陳廷焯不只採用「沉鬱」的標準來評詞，他
還將「沉鬱」視爲創作的準則，在創作時，除了注重詞之如何措語，
更要重視情感的醞釀及構思，如此才能成爲佳製。謝桃坊《中國詞學

〔註25〕〔清〕陳廷焯：《白雨齋詞話》，卷一，頁9～10。
〔註26〕〔清〕陳廷焯：《白雨齋詞話》，卷一，頁7。
〔註27〕〔清〕陳廷焯：《白雨齋詞話》，卷九，頁314。

史》云：「所謂『沉鬱』，即『意』的深沉鬱結，此『意』即是一種個人或個人關於社會的憂患意識，要求將它含蓄地表達，純是自我眞實性情的流露。」〔註28〕張宏生《清代詞學的建構》則云：沉鬱「以深刻的思想性作爲出發點，以比興寄託作爲表情達意的形式，以『欲露不露，反覆纏綿』作爲溝通主客體的審美經驗，以溫厚忠愛作爲全部創作活動的旨歸。所以，所謂『沉鬱』，實際上是對中國古典美學經驗的某些重要部分所做的總結和提煉。」〔註29〕兩位學者從憂患意識、比興寄託和審美經驗作出解釋，更可以明白陳廷焯所提詞要「沉鬱」，不但關乎詞之本體，亦指向創作與批評，是常州詞派寄託理論的延續與發揮。

因爲持這樣的審美標準，所以在檢視歷來詞作時，陳廷焯也以這樣的標準來評詞，如評唐五代詞：「唐五代詞，不可及處，正在沉鬱。宋詞不盡沉鬱，然如子野、少游、美成、白石、碧山、梅溪諸家，未有不沉鬱者。」〔註30〕又如，評馮延巳詞：「馮正中詞，極沉鬱之致，窮頓挫之妙，纏綿忠厚，與溫、韋相伯仲也。」〔註31〕在陳廷焯的評語中，可以發現「沉鬱」二字，綜合了創作法則與藝術美感的要求，這不只是陳廷焯批評與創作的本原，也是選詞之根本，只有寓含《風》、《騷》溫厚之旨，並有沉鬱頓挫之美感者，方能錄入《詞則》，以作爲習詞之典範。但爲什麼會有這種以「沉鬱」爲評詞標準的論述出現？屈興國〈《白雨齋詞話》的「沉鬱」說〉認爲：「它的立足基礎是儒家的中庸之道，以儒家的溫柔敦厚的詩教來規範它，也就是把儒家的學說當作認識現實事物的指導和前提。」〔註32〕謝桃坊《中國詞

〔註28〕謝桃坊：《中國詞學史》（修訂本），頁366。

〔註29〕張宏生：《清代詞學的建構》，南京：江蘇古籍出版社，1999年9月一版，頁112。

〔註30〕〔清〕陳廷焯：《白雨齋詞話》，卷一，頁8。

〔註31〕〔清〕陳廷焯：《白雨齋詞話》，卷九，頁320；卷十，頁361。

〔註32〕屈興國〈《白雨齋詞話》的「沉鬱」說〉，屈興國校注：《白雨齋詞話足本校注》，頁918。

學史》則云：其中「滲透著其深沉的憂患意識」，而「以沉鬱論詞在晚清的社會條件下，能夠激勵人們關心國家和民族的命運，改變人們的詞爲豔科的觀念，眞正能起到尊體的作用。」〔註33〕兩種說法都結合陳廷焯所處的時代背景作出解釋，以理解「沉鬱說」的立論基礎。可是，當陳廷焯以「沉鬱」爲評詞標準時，是否會出現問題？因爲唐宋詞人不一定在創作時寓含這樣的憂患意識，陳廷焯又是如何在評點中開展這樣的議題？以下續論之。

第二節　《詞則》評點的方法

　　陳廷焯對於詞的評點，很早就建立清楚的概念，將之視爲一種融合批評與鑑賞的行爲，以作爲讀者與詞作之間的橋梁，陳廷焯在清同治十三年（1874）撰述《詞壇叢話》時，指出：

> 詞與詩不同，詩有五言，有七言，讀者易知。詞則句調參差，短長不一，初覽者難於辨識，故妄加圈點，而空首一字，使閱者觸目洞然。
>
> 古人一詞之妙，必有本旨，驟觀或者茫然。余不揣固陋，妄加眉批。亦間有批於詞後者，其有合與否，未敢自信。而先輩諸名公所論，則必註某人云云，不敢掠古人之美也。
>
> 〔註34〕

可見，陳廷焯對於詞句的批點，除了方便讀者掌握詞意，亦有標示佳句的作用，眉批則用以評賞「一詞之妙」或揭露詞之意旨，前人的批評亦同時納入，以作參考和對照。在《詞則》的評點中，陳廷焯基本上也沿用這樣的方式和原則來評詞，批點符號配合眉批的意見，標示在詞句右旁，以作提點，尾批則引述前人評語，以作參照；除此之外，陳廷焯還在每一首詞之上，加上「。。。」、「、。。」、「。。」、「。」、「、。」、「、、。」、「、」、「、、」、「、、、」等

〔註33〕謝桃坊：《中國詞學史》，頁 370。

〔註34〕〔清〕陳廷焯：《詞壇叢話》，唐圭璋編：《詞話叢編》，頁 3742；3743。

九種符號〔註35〕，品評詞作高下，明顯是在張惠言《詞選》以「。。
。」、「。。」、「。」三種符號〔註36〕品評詞作的基礎上，加以擴大
變化而成。但具體情況如何，與張惠言的評點又有何不同？以下將
從這樣的角度進行觀察與討論。

一、以風、騷解詞

　　陳廷焯《白雨齋詞話》強調「溫厚」是詞之根本，作詞則首貴
「沉鬱」，再運以「頓挫」，方能成爲佳製；在《詞則·大雅集》中，
陳廷焯特別指出：「古之爲詞者，志有所屬，而故鬱其辭；情有所感，
而或隱其義；而要皆本諸《風》、《騷》，歸於忠厚。」〔註37〕因此只
有「本諸《風》、《騷》，歸於忠厚」者，才能作爲習詞典範，在唐代
詞家中，溫庭筠絕對可以作爲其中的代表。以陳廷焯對溫庭筠詞的
評點來看，基本上是對張惠言以寄託評詞的承繼和發揮。《詞則》對
溫庭筠〈菩薩蠻〉十四首的評點如下：

　　溫庭筠　本名岐，字飛卿，太原人，官方山尉，有《握蘭》、《金荃》等集。

　　。。。菩薩蠻

　　　小山重疊金明滅，鬢雲欲度香顋雪。懶起畫蛾眉，弄妝梳
　　洗遲。　　照花前後鏡，花面交相映。新帖繡羅襦，雙雙金
　　鷓鴣。　　《詞選》云：此感士不遇也。篇法彷彿〈長門賦〉，而

〔註35〕林玫儀〈新出資料對陳廷焯詞論之證補〉和曹明升〈清人評點宋詞
　　　　探微〉歸納陳廷焯《詞則》品評等第所使用的符號共有八種，分別
　　　　是「。。。」、「、。。」、「、、。」、「。。」、「。、」、「、、」、「。」、
　　　　「、」。但筆者檢閱後發現還有「、、、」一種，如陳廷焯評孫光憲
　　　　〈浣溪沙〉（何事相逢不展眉），即給予「、、、」的評價。林玫儀：
　　　　〈新出資料對陳廷焯詞論之證補〉，《中央研究院第二屆國際漢學會
　　　　議論文集》，臺北：中央研究院，1989 年 6 月出版，頁 795；曹明升：
　　　　〈清人評點宋詞探微〉，《鄭州大學學報（哲學社會科學版）》2005 年
　　　　3 期，頁 120；〔清〕陳廷焯編選：《詞則·閒情集》，頁 868～869。。
〔註36〕〔清〕張惠言輯：《詞選》，據清道光十年宛鄰書屋刻本影印，《續修
　　　　四庫全書·集部·詞類》。
〔註37〕陳廷焯《大雅集·序》，〔清〕陳廷焯編選：《詞則》，頁 7。

用節節逆敘。此章從夢曉後，領起「懶起」二字，含後文情事，「照花」四句，《離騷》「初服」之意。

眉批云：

飛卿短古，深得屈子之妙。〈菩薩蠻〉諸闋亦全是《楚騷》，瘦相佳，賞其芊麗，誤矣。

。。。又

水精簾裏頗黎枕，暖香惹夢鴛鴦錦。江上柳如煙，雁飛殘月天。　藕絲秋色淺，人勝參差剪。雙鬢隔香紅，玉釵頭上風。　《詞選》云：「夢」字提。「江上」以下略敘夢境，「人勝參差」，「玉釵香隔」，言夢亦不得到也。又云：「江上柳如煙」是關絡。

眉批云：

夢境淒涼。

。。。又

蕊黃無限當山額，宿妝隱笑紗窗隔。相見牡丹時，暫來還別離。　翠釵金作股，釵上雙蝶舞。心事竟誰知，月明花滿枝。　《詞選》云：提起。又云：以下三章本入夢之情。

。。。又

翠翹金縷雙鸂鶒，水紋細起春池碧。池上海棠梨，雨晴紅滿枝。　繡衫遮笑靨，煙草粘飛蝶。青瑣對芳菲，玉關音信稀。

。。。又

杏花含露團香雪，綠楊陌上多離別。燈在月朧明，覺來聞曉鶯。　玉鉤褰翠幙，妝淺舊眉薄。春夢正關情，鏡中蟬

。。
鬢輕。　　《詞選》云：結。

。。。又

。。。。。　、、、、、、
玉樓明月長相憶，柳絲裊娜春無力。門外草萋萋，送君聞

　　　　　　　　　　　　　　　。。
馬嘶。　　畫樓金翡翠，香燭消成淚。花落子規啼，綠窗殘

。。
夢迷。　　《詞選》云：「玉樓明月長相憶」，又提。「柳絲裊娜」，
送君之時，故江上柳如煙，夢中情境亦爾。七章「闌外垂絲柳」，八
章「綠楊滿院」，九章「楊柳色依依」，十章「楊柳又如絲」，皆本此。
「柳絲裊娜」言之，明相憶之久也。

眉批云：

低迴欲絕。

。。。又

鳳凰相對盤金縷，牡丹一夜輕微雨。明鏡照新妝，鬢輕雙

　　　　　　　、、、、
臉長。　　畫樓相望久，闌外垂絲柳。音信不歸來，社前雙

燕回。

。。。又

、、、、、　　　、、、、、　　　　。。。。。
牡丹花謝鶯聲歇，綠楊滿院中庭月。相憶夢難成，背窗燈

半明。　　翠鈿金壓臉，寂寞香閨掩。人遠淚闌干，燕飛春

又殘。　　《詞選》云：「相憶夢難成」，正是殘夢送情事。

眉批云：

三章云：「相見牡丹時」，五章云：「覺來聞曉鶯」，此云：
「牡丹花謝鶯聲歇」，言良辰已過，故下云：「燕飛春又殘」
也。

。。。又

滿宮明月梨花白，故人萬里關山隔。金雁一雙飛，淚痕沾

繡衣。　小園芳草綠，家住越溪曲。楊柳色依依，燕歸君

不歸。

眉批云：

結句即七章：「音信不歸來」二語意，重言以申明之。音更

促，語更婉。

。。。又

寶函鈿雀金鸂鶒，沉香閣上吳山碧。楊柳又如絲，驛橋春

雨時。　畫樓音信斷，芳草江南岸。鸞鏡與花枝，此情誰

得知。　《詞選》云：「鸞鏡」二句結，與「心事竟誰知」相應。

眉批云：

只一「又」字，含多少眼淚。沉鬱。

。。。又

南園滿地堆輕絮，愁聞一霎清明雨。雨後却斜陽，杏花零

落香。　無言勻睡臉，枕上屏山掩。時節欲黃昏，無憀獨

椅門。

。。。又

夜來皓月纔當午，重簾悄悄無人語。深處麝煤長，臥時留

薄妝。　當年還自惜，往事那堪憶。花落月明殘，錦衾知

曉寒。　　《詞選》云：此自臥時至曉，所謂「相憶夢難成」也。

眉批云：

「知」字淒警，與「愁人知夜長」同妙。

。。。又

雨晴夜合玲瓏日，萬枝香裊紅絲拂。閒夢憶金堂，滿庭萱

草長。　　繡簾垂菉葹，眉黛遠山綠。春水渡溪橋，憑闌魂

欲銷。　　《詞選》云：此章正寫夢，「垂簾」、「憑闌」皆夢中情事，
正應「人勝參差」三句。

眉批云：

「繡簾」四語婉雅。叔原「夢中慣得無拘檢，又踏楊花過
謝橋」，聰明語，然近於輕薄矣。

　　　　又

竹風輕動庭除冷，珠簾月上玲瓏影。山枕隱濃妝，綠檀金

鳳凰。　　兩蛾愁黛淺，故國吳宮遠。春恨正關情，畫樓殘

點聲。　　《詞選》云：此言夢醒。「春恨正關情」與五章「春夢正
關情」相對雙鎖。又云：「青瑣」、「金堂」、「故國吳宮」，略露寓意。

眉批云：

纏綿無盡。〔註38〕

　　陳廷焯將溫庭筠〈菩薩蠻〉十四首列在《大雅集》中，此集的
選錄標準即是「本諸《風》、《騷》，歸於忠厚」，顯然陳廷焯認爲溫
庭筠〈菩薩蠻〉是合於這個標準的。同時，陳廷焯還在詞首加上「。。
。」的批點符號，給予最高的評價，這與張惠言對溫庭筠詞的推崇
〔註39〕是一致的。在每一首詞之後，陳廷焯以尾批的形式，引述張惠
言《詞選》的評語，這不單純是以輯評的方式作爲參照，而是表示陳
廷焯認同張氏的解讀，因爲眉批就是在呼應並發揮詞有寄託，「意內

〔註38〕〔清〕陳廷焯編選：《詞則‧大雅集》，頁16～21。
〔註39〕張惠言《詞選‧敘》云：「自唐之詞人李白爲首，其後韋應物、王
　　　　建、韓翃、白居易、劉禹錫、皇甫松、司空圖、韓偓並有述造，
　　　　而溫庭筠最高，其言深美閎約。」〔清〕張惠言輯：《詞選》，頁
　　　　536。

而言外」的說法。張惠言《詞選》評溫庭筠〈菩薩蠻〉:「此感士不遇
也」,並云:「『照花』四句,《離騷》『初服』之意。」﹝註40﹞從寫作
動機進行解讀,並以背後蘊含的深意,肯定此詞的意義和價值;陳
廷焯則云:溫庭筠「深得屈子之妙」,「〈菩薩蠻〉諸闋亦全是《楚騷》」,
同時批評世人「賞其芊麗,誤矣。」這種解讀比張惠言更直接,因
爲張惠言只是從「懶起畫蛾眉,弄妝梳洗遲」的原因作推想,並根
據詞中流露的一種幽怨之情,與〈長門賦〉作聯結,因而說明「此
感士不遇也」,仍基於讀者自身經驗的聯想與體會,因此譚獻才會爲
張惠言作出解釋,強調「作者之用心未必然,而讀者之用心何必不
然」﹝註41﹞,同時以詩、賦所共同具有的「諷諭」﹝註42﹞特質,認
同張惠言「以〈士不遇賦〉讀之最確。」﹝註43﹞但陳廷焯不僅止於
此,他不單純從詞與賦在章法上、意旨上的相似去解詞,而是以肯
定的語氣指出:「〈菩薩蠻〉諸闋亦全是《楚騷》」,這說明溫庭筠就
是以屈原作《楚騷》「依《詩》取興,引類譬喻」,「上以諷諫,下以
自慰」﹝註44﹞的深刻用心與寓意來作詞,因此,即使是小詞也足以
見大,其中的微言大義更值得深入探討與體會。司馬遷《史記》云:

﹝註40﹞　〔清〕張惠言輯:《詞選》,頁 537。
﹝註41﹞　譚獻《復堂詞錄・序》,〔清〕譚獻:《復堂詞話》,唐圭璋編:《詞話
　　　　叢編》,頁 3987。
﹝註42﹞　譚獻《篋中詞・序》:「昔人之論賦曰:『懲一而勸百。』又曰:『曲
　　　　終而奏雅。』麗淫麗則,辨於用心;無小非大,皆曰立言,爲詞亦
　　　　有然矣。」〔清〕譚獻輯:《篋中詞》,據清光緒八年刻本影印,《續
　　　　修四庫全書・集部・詞類》,頁 616。
﹝註43﹞　譚獻評溫庭筠〈菩薩蠻〉(小山重疊金明滅)五首,〔清〕譚復堂評,
　　　　徐珂、三多、趙逢年校刊:《譚評詞辨》,線裝書,1920 年出版,卷
　　　　一,頁 1。
﹝註44﹞　王逸《離騷經章句・序》:「《離騷》之文,依《詩》取興,引類譬喻,
　　　　故善鳥香草,以配忠貞;惡禽臭物,以比讒佞;靈脩美人,以媲於
　　　　君;宓妃佚女,以譬賢臣;虯龍鸞鳳,以託君子;飄風雲霓,以爲
　　　　小人。」又,「屈原履忠被譖,憂悲愁思,獨依詩人之意而作《離騷》,
　　　　上以諷諫,下以自慰。」〔宋〕洪興祖:《楚辭補注》,臺北:大安出
　　　　版社,1995 年 6 月一版,頁 3;68。

「屈平之作《離騷》,蓋自怨生也。《國風》好色而不淫,《小雅》怨誹而不亂。若《離騷》者,可謂兼之矣。……其文約,其辭微,其志潔,其行廉,其稱文小而其指極大,舉類邇而見義遠。」〔註45〕如此一來,詞不只是在作法上、旨意上的相似,而能與《詩》、《騷》相提並論,連作詞的初衷也是一致的,詞的地位和價值當然可以提昇。

但陳廷焯對溫庭筠詞的解讀與張惠言略有不同,張惠言主要是從賦的作法來解詞,認為溫庭筠基於一種「士不遇」的感慨,採取倒敘的方式,由夢醒之後倒推夢中情事的描寫,每一首就像賦的一個段落,彼此之間是可以相互承接與呼應的,因此著重章法的解析;陳廷焯則不同,他認為溫庭筠是以屈原作《離騷》之心來作詞,「《離騷》者,猶離憂也」〔註46〕,因此在解詞時,特別強調詞人的憂思與淒怨之情,所批點的詞句,都是陳廷焯認為別有一種傷心處說不出的詞句,須細心體會,如〈菩薩蠻〉(玉樓明月長相憶)「花落子規啼,綠窗殘夢迷」的「低迴欲絕」;〈菩薩蠻〉(寶函鈿雀金鸂鶒)「楊柳又如絲」的「只一『又』字,含多少眼淚。沉鬱。」又如〈菩薩蠻〉(竹風輕動庭除冷)「春恨正關情,畫樓殘點聲」的「纏綿無盡」,都是以寓含憂傷的眼光來解讀,而「沉鬱」二字,在《白雨齋詞話》中,是作為使溫厚之旨得以深刻表達的一種方式,在《詞則》中,則兼指詞人之心與一種委婉含蓄、低迴纏綿、幽怨淒楚的情感,因此陳廷焯才會強調此詞不能「徒賞其芊麗」,應以《詩》、《騷》之心來讀詞家之心,才能得其妙。

又如,《詞則》評溫庭筠〈更漏子〉三首,如下:

。。。更漏子

柳絲長,春雨細,花外漏聲迢遞。驚塞雁,起城烏,畫屏

〔註45〕司馬遷《史記‧屈原賈生列傳》,〔漢〕司馬遷:《史記》,臺北:鼎文書局,1997 年 10 月十版,頁 2482。
〔註46〕司馬遷《史記‧屈原賈生列傳》,〔漢〕司馬遷:《史記》,頁 2482。

金鷓鴣。　香霧薄，透簾幕，惆悵謝家池閣。紅燭背，繡

簾垂，夢長君不知。　　《詞選》云：此三首亦〈菩薩蠻〉之意。

「驚塞雁」三句，言懽戚不同，與下「夢長君不知」也。

眉批云：

思君之詞，託於棄婦，以自寫哀怨，品最工，味最厚。

　　　　又

星斗稀，鐘鼓歇，簾外曉鶯殘月。蘭露重，柳風斜，滿庭

堆落花。　虛閣上，倚闌望，還是去年惆悵。春欲暮，思

無窮，舊歡如夢中。　　《詞選》云：「蘭露重」三句，與「塞雁」、

「城烏」義同。

眉批云：

「蘭露」三句，即上章意，略將歡戚顛倒為變換。「還是去

年惆悵」，欲語復咽，中含無限情事，是為「沉鬱」。「舊歡」

五字，結出不堪回首意。

　　　　又

玉爐香，紅蠟淚，偏照畫堂秋思。眉翠薄，鬢雲殘，夜長

衾枕寒。　梧桐樹，三更雨，不道離情正苦。一葉葉，一

聲聲，空階滴到明。　　胡元任云：庭筠工於造語，極為奇麗，

此詞尤佳。

眉批云：

後半闋無一字不妙，沉鬱不及上二章，而淒警特絕。[註47]

從陳廷焯的眉批來看，除了認同張惠言以比興寄託的解詞方式，還

給予評價，指出：「思君之詞，託於棄婦，以自寫哀怨，品最工，味最厚。」顯然陳廷焯認為這種「思君之詞，託於棄婦，以自寫哀怨」，同時以一種「欲語復咽，中含無限情事」的方式表達，就是詞體的一大特質，也是「沉鬱說」的基本內涵。但為什麼陳廷焯會認為〈更漏子〉第三首的「沉鬱」程度不及前兩首？《白雨齋詞話》解釋：「『梧桐樹』數語，用筆較快，而意味無上二章之厚。」〔註48〕所謂「用筆較快」，或許可以用譚獻對此詞的評點：「似直下語」〔註49〕來理解，就陳廷焯的標準來看，可能認為「不道離情正苦」的用語終究過於悲切和顯露，「一葉葉，一聲聲，空階滴到明」的情感又太過淒切憂傷，這與陳廷焯《白雨齋詞話》對「沉鬱」的定義：「寫怨夫思婦之懷，寓孽子孤臣之感。凡交情之冷淡，身世之飄零，皆可於一草一木發之。而發之又必若隱若顯，欲露不露，反覆纏綿，終不許一語道破」〔註50〕，是有些微不同的，因此陳廷焯才批評「沉鬱不及上二章」，而且意味的深厚度也稍有差異。這種對詞要能「沉鬱」，認為「沉則不浮，鬱則不薄」〔註51〕的觀點，當然也反映了陳廷焯的文學審美觀。陳廷焯《大雅集·序》，開宗明義指出詞人的創作是：「本諸《風》、《騷》，歸於忠厚。」〔註52〕為詞下一清楚定義，又以《風》、《騷》之旨來解詞，自然傾向「樂而不過於淫，哀而不及於傷」〔註53〕的審美觀，所謂：「發之又必

〔註48〕〔清〕陳廷焯：《白雨齋詞話》，卷一，頁10～11。

〔註49〕譚獻評評溫庭筠〈更漏子〉（玉爐香）：「似直下語，正從『夜長』逗出，亦書家無垂不縮之法。」〔清〕譚復堂評：《譚評詞辨》，卷一，頁1。

〔註50〕〔清〕陳廷焯：《白雨齋詞話》，卷一，頁9～10。

〔註51〕〔清〕陳廷焯：《白雨齋詞話》，卷一，頁7。

〔註52〕陳廷焯《大雅集·序》，〔清〕陳廷焯編選：《詞則》，頁7。

〔註53〕朱熹《詩集傳·序》：「凡《詩》之所謂《風》者，多出於里巷歌謠之作。所謂男女相與詠歌，各言其情者也。……發於言者，樂而不過於淫，哀而不及於傷。」〔宋〕朱熹：《晦庵先生朱文公集》，據上海涵芬樓影印明嘉靖本，《四部叢刊·正編·集部》，臺北：臺灣商務印書館，1979年臺一版，頁1391。

若隱若顯，欲露不露，反覆纏綿，終不許一語道破」，應是在這樣的基礎上提出的。可見，陳廷焯不只是以《風》、《騷》之旨來論詞，亦以《風》、《騷》的審美觀來評詞，如此更能確立詞與《風》、《騷》一脈相承的發展關係。

對溫庭筠「士行塵雜，不脩邊幅，能逐絃吹之音，爲側豔之詞」〔註54〕，豈有如此深沉之思的質疑，在陳廷焯的理論系統中，應不會構成問題，因爲《大雅集・序》所謂：「本諸《風》、《騷》，歸於忠厚」〔註55〕，已爲詞作出明確界定，所以當陳廷焯以《風》、《騷》之旨來解詞時，自然有理論的依據，如此便可避免相關質疑。又因爲陳廷焯已爲詞之起源與本質作出定義和規範，詞作評點適足以作爲這一理論的最佳印證，所以能自成一體系。

爲什麼陳廷焯要以《風》、《騷》之旨來解詞，又要明確定義：「詞也者，樂府之變調，《風》、《騷》之流派也」〔註56〕，「本諸《風》、《騷》，歸於忠厚」〔註57〕，並以此爲詞之本源，原因在於從《風》、《騷》之旨來解詞，強調主旨解讀的重要，是爲確立詞體創作的正當性，目的是爲作出諷諭，有現實針對性，不單純爲了兒女私情，這種聯結，延續了張惠言以「緣情造端，興於微言，以相感動。極命風謠里巷男女哀樂，以道賢人君子幽約怨悱不能自言之情」〔註58〕爲詞之本體的詞學觀點，並凸顯詞的文學地位與價值，也是陳廷焯以「沉鬱」論詞，推崇張惠言寄託說的眞正原因。

雖然一開始陳廷焯接受的是浙西詞派的思想，早年所編《詞壇叢話》指出：「詞至國朝，直追兩宋，而等而上之。作者如林，要以竹垞、其年爲冠。」又云：「竹垞所選《詞綜》，自唐至元，凡三十

〔註54〕劉昫《舊唐書・文苑傳》，〔晉〕劉昫：《舊唐書》，《四部備要・史部》，臺北：臺灣中華書局，1966年3月臺一版，頁18。
〔註55〕陳廷焯《大雅集・序》，〔清〕陳廷焯編選：《詞則》，頁7。
〔註56〕陳廷焯《詞則・序》，〔清〕陳廷焯編選：《詞則》，頁1。
〔註57〕陳廷焯《大雅集・序》，〔清〕陳廷焯編選：《詞則》，頁7。
〔註58〕張惠言《詞選・敍》，〔清〕張惠言輯：《詞選》，頁536。

八卷，一以雅正爲宗，誠千古詞壇之圭臬也。」〔註59〕但晚年編撰
《詞則》，撰寫《白雨齋詞話》時，進而提出詞除了要分辨雅俗，更
要以《風》、《騷》之忠厚爲依歸〔註60〕，並云：「張氏惠言《詞選》，
可稱精當，識見之超，有過於竹垞十倍者，古今選本，以此爲最。」
〔註61〕詞學思想才由浙派轉向常派，並大力鼓吹詩教之旨。爲什麼
會有這樣的轉變？屈興國〈從《雲韶集》到《白雨齋詞話》〉認爲：
陳廷焯的詞學思想「從浙派入手，重醇雅，重格調；發展到以常派
爲依歸，重比興，重沉鬱。……這是時代的需要，也是詞學發展的
必然。」因其「經過莊棫的誘導，於是推尊《詞選》，改宗常派。」
〔註62〕林玫儀〈新出資料對陳廷焯詞論之證補〉則云：這是因爲「浙
派理論上之缺陷」，其「所標舉之雅正，其實只是格律技巧上之追
求」，未免狹隘，且無法容納蘇辛之作，所以改宗常派，並發展出自
己的理論〔註63〕。但陳廷焯有此轉向的原因，除了「浙派理論上之
缺陷」，常派之所以能吸引陳廷焯，使之轉向的原因何在？《白雨齋
詞話》云：「今人不知作詞之難，至於豔詞，更以爲無足輕重，率爾
操觚，揚揚得意，不自知其可恥，此《關雎》所以不作也，此《鄭》
聲所以盈天下也，此則余之所大懼也。」〔註64〕可見他之所以由浙
轉常，標舉《風》、《騷》之旨，並對詞體作出規範，就是爲了導正
風氣，以免詞風流於淫靡，不復詞體之正軌。這才是陳廷焯最終選

〔註59〕〔清〕陳廷焯：《詞壇叢話》，唐圭璋編：《詞話叢編》，頁3728；
3730。

〔註60〕《白雨齋詞話》：「入門之始，先辨雅俗；雅俗既分，歸諸忠厚；既
得忠厚，再求沉鬱；沉鬱之中，運以頓挫，方是詞中最上乘。」〔清〕
陳廷焯：《白雨齋詞話》，卷一，頁7。

〔註61〕〔清〕陳廷焯：《白雨齋詞話》，卷一，頁8。

〔註62〕屈興國：〈從《雲韶集》到《白雨齋詞話》〉，屈興國校注：《白雨齋
詞話足本校注》，頁890。

〔註63〕林玫儀：〈新出資料對陳廷焯詞論之證補〉，《中央研究院第二屆國際
漢學會議論文集》，頁804～808。

〔註64〕〔清〕陳廷焯：《白雨齋詞話》，卷六，頁209～218。

擇接軌常州詞論的眞正原因，也是他對詞的一種使命感。《白雨齋詞話》云：「近人爲詞，習綺語者，托言溫、韋；衍游詞者，貌爲姜、史；揚湖海者，倚於蘇、辛；近今之弊，實六百餘年來之通病也。余初爲倚聲，亦蹈此習。自丙子年，與希祖（莊棫）先生遇後，舊作一概付丙，所存不過己卯後數十闋，大旨歸於忠厚，不敢有背《風》、《騷》之旨。過此以往，精益求精，思欲鼓吹蒿庵，共成茗柯復古之志。」〔註65〕這裏亦可看出他詞學立場轉變的過程，以及選擇常派，決心闡揚張惠言之說的原因。因此所謂「一以雅正爲宗」，只能作到以雅爲趨尙，何以能正？必須將詞導源於《風》、《騷》，才能復其正軌，並提高詞的地位和正當性，這也是陳廷焯爲實現詞學理想，所作的一個選擇。

二、以詞品論詞

在張惠言《詞選》中，使用「。。。」、「。。」、「。」三種批點符號品評詞作，因此被張惠言推崇「其言深美閎約」〔註66〕的溫庭筠詞，幾乎都獲得「。。。」的高評價；陳廷焯《詞則》延續這樣的方式和原則來評詞，再細分成九種等級，品評詞作優劣，除了反映陳廷焯的審美觀，也蘊含一種對詞史發展的看法。如《詞則》評王沂孫詞：

> **王沂孫** 字聖與，號碧山，又號中仙，會稽人，有《碧山樂府》二卷，一名《花外集》。
>
> 。。。**天香** 龍涎香
>
> 孤嶠蟠煙，層濤蛻月，驪宮夜採鉛水。訊遠槎風，夢深薇露，化作斷魂心字。紅甆候火，還乍識、冰環玉指。一縷

〔註65〕〔清〕陳廷焯：《白雨齋詞話》，卷六，頁197～198。
〔註66〕張惠言《詞選·敘》：「溫庭筠最高，其言深美閎約」〔清〕張惠言輯：《詞選》，頁536。

縈簾翠影，依稀海天雲氣。　幾回嬋嬌半醉。翦春燈、夜

寒花碎。更好故溪飛雪，小窗深閉。荀令如今漸老，總忘

卻、尊前舊風味。謾惜餘熏，空篝素被。　《詞選》云：碧
山詠物諸篇，並有君國之憂。莊希祖云：此詞應為謝太后作，前半所
指多海外事。

眉批云：

王碧山詞品最高，味最厚，意境最深，力量最沉。感時傷
世之言，而出以纏綿忠愛，詩中之曹子建、杜子美也。詞
人有此，庶幾無憾。「荀令」二語，必有所興，但不之其何
所指。〔註67〕

陳廷焯在這裏清楚提出「詞品」的概念，並根據王沂孫詞「感時傷
世之言，而出以纏綿忠愛」的特殊表達方式，推崇他是「詩中之曹
子建、杜子美也」。在《白雨齋詞話》中，亦見類似評語，如評賀鑄：
「方回詞，胸中眼中，另有一種傷心說不出處，全得力於《楚騷》，
而運以變化，允推神品。」〔註68〕為什麼會有這種以品論詞的方式
出現？以陳廷焯之前的唐宋詞評點來看，如清代先著、程洪《詞潔》
評蘇軾〈水龍吟〉（似花還似非花）：「『曉來』以下，真是化工神品。」
〔註69〕黃蘇《蓼園詞選》評蘇軾〈卜算子〉（缺月掛疏桐）：「第二闋
專就鴻說起，語語雙關，格奇而語雋，斯為超詣神品。」〔註70〕譚
獻評點李煜〈虞美人〉（風迴小院庭蕪綠）（春花秋月何時了）則云：「二
詞終當以神品目之。」〔註71〕這種「神品」概念的使用，主要是為

〔註67〕陳廷焯評王沂孫〈天香〉（孤嶠蟠煙），〔清〕陳廷焯編選：《詞則·
大雅集》，頁137。

〔註68〕〔清〕陳廷焯：《白雨齋詞話》，卷一，頁21。

〔註69〕〔清〕先著、程洪輯，劉崇德、徐文武點校：《詞潔》，北京：河北
大學出版社，2012年2月出版，頁181。

〔註70〕黃蘇《蓼園詞選》，〔清〕黃蘇、周濟、譚獻選評，尹志騰校點：《清
人選評詞集三種》，濟南：齊魯書社，1988年9月一版，頁20～21。

〔註71〕〔清〕譚復堂評：《譚評詞辨》，卷二，頁2。

凸顯詞家運思縱筆之高妙，以臻超凡入聖境界，因此作出如此形容與推崇。孫克強《清代詞學批評史論》根據中國以品論畫的傳統，認爲：「神品之畫與神品之詞確有深刻的相通之處，一是在思想情感的表現上淋漓盡致，曲盡其妙；二是讀者深受感染，甚至物我爲一，不能自已；三是作品具有使讀者情志昇華的力量，所謂輕逸超拔是也。」〔註72〕但這樣的論點與陳廷焯的以品論詞有所不同，因爲陳廷焯以品論詞的標準乃在《風》、《騷》之旨的契合與表現，王沂孫能獲「詞品最高」的評價，在於「感時傷世之言，而出以纏綿忠愛」；賀鑄則因「胸中眼中，另有一種傷心說不出處，全得力於《楚騷》」才獲「神品」推崇。這兩位詞人的作品，分別是王沂孫〈天香〉（孤嶠蟠煙）和賀鑄〈踏莎行〉（楊柳回塘）〔註73〕，都被收入《大雅集》，顯然陳廷焯的以品論詞，還有取之爲典範的用意，並以此爲正的目的。因此陳廷焯的以品論詞，是爲區分優劣，以提供分判評賞的準則，使習詞者不致誤入他途，《雅》、《鄭》不分。

又如，《詞則》評王沂孫〈高陽臺〉（殘雪庭除），眉批云：

> 無限哀怨，一片熱腸，反覆低迴，不能自已。以視白石之〈暗香〉、〈疏影〉，亦有過之無不及，詞至是，乃蔑以加矣。

> 詞有碧山，而詞乃尊，以其品高也，古今不可無一，不能有二。

> 詞法莫密於清眞，詞理莫深於少游，詞筆莫超於白石，詞品莫高於碧山，皆聖於詞者。〔註74〕

這裏以「詞法」、「詞理」、「詞筆」、「詞品」四者爲評詞的依據，前三點關乎作者的謀篇命意之法，以及情感的寄寓和筆力的展現，而所謂

〔註72〕孫克強：《清代詞學批評史論》，上海：上海古籍出版社，2008年11月一版，頁218。

〔註73〕〔清〕陳廷焯編選：《詞則・大雅集》，頁137；63～64。

〔註74〕陳廷焯評王沂孫〈高陽臺〉（殘雪庭除），〔清〕陳廷焯編選：《詞則・大雅集》，頁147～148。

「詞品」,則是融合這三點,再以忠厚爲依歸的整體判斷準則。《白雨齋詞話》有云:「詩有詩品,詞有詞品。碧山詞,性情和厚,學力精深,怨慕幽思,本諸忠厚,而運以頓挫之姿,沉鬱之筆;論其詞品,以臻絕頂,古今不可無一,不能有二。」〔註75〕可見,「詞品」這一概念,基本條件包含:忠厚之旨、沉鬱之情思及頓挫之筆,涵蓋詞的重要特質。之所以標舉「詞品」,便是爲了推尊詞體,同時以王沂孫詞的「無限哀怨,一片熱腸,反覆低迴,不能自已」,證明詞也能寫出「感時傷世之言,而出以纏綿忠愛」〔註76〕,表現文人憂患意識,同時具有關心時局、反映現實的作用,這樣的創作當然具有文學價值和時代意義。基於此,陳廷焯才會強調:「詞有碧山,而詞乃尊,否則以爲詩之餘事,遊戲之爲耳。必讀碧山詞,乃知詞所以補詩之闕,非詩之餘也。」〔註77〕這也反映了陳廷焯的詞學觀,即認爲只有本諸《風》、《騷》,而出之以沉鬱頓挫者,以謹愼的態度來面對,才能創作眞正有意義的詞作。從這個角度看,陳廷焯之凸顯「詞品」,無非是爲了駁斥詞爲「小道」、「遊戲之作」,或徒爲「詩之餘事」的認知,而是讓詞可以與詩相提並論,取得同樣的文學地位。就這一點來看,陳廷焯對詞的評點,絕非爲了提供評賞的參考而已,乃是有意以此樹立詞體正軌,建構他的詞學體系。

再以《閑情集》的評點來看,亦可看到這種觀點的發揮,《閑情集‧序》云:「名以『閑情』,欲學者情有所閑,而求合於正,亦聖人『思無邪』旨也。」〔註78〕因此在評劉過〈沁園春〉(洛浦凌波)(銷薄春冰) 時,即云:

> 〈沁園春〉二闋,去古已遠,麗而淫矣。然風流頑豔,如
> 攬嬙、施之袪,亦不能盡棄也。此調自劉龍洲作俑,後來

〔註75〕〔清〕陳廷焯:《白雨齋詞話》,卷二,頁58。
〔註76〕陳廷焯評王沂孫〈天香〉(孤嶠蟠煙),〔清〕陳廷焯編選:《詞則‧大雅集》,頁137。
〔註77〕〔清〕陳廷焯:《白雨齋詞話》,卷二,頁69。
〔註78〕陳廷焯《閑情集‧序》,〔清〕陳廷焯編選:《詞則》,頁841。

瞿宗吉、馬浩瀾輩，愈衍愈多，愈趨愈下矣。〔註79〕

所謂詞之有古意，即要求詞能延續《風》、《騷》之旨，以溫厚和平
爲依歸，所以像這種詠美人足、美人指甲者，雖以「夫子刪詩，並
存《鄭》、《衛》」〔註80〕，而錄入詞選，但麗而淫者，難保不會對
日後詞風造成影響，如「瞿宗吉、馬浩瀾輩，愈衍愈多，愈趨愈下」，
則「不得謂之詞」〔註81〕，這正是陳廷焯最擔心的發展，因此《白
雨齋詞話》批評：

> 改之全學稼軒皮毛，不則即爲〈沁園春〉等調，淫辭褻語，
> 汙穢詞壇；即以豔體論，亦是下品；蓋叫囂淫冶，兩失之
> 矣。〔註82〕

稱〈沁園春〉等調，「即以豔體論，亦是下品」，便可知陳廷焯對「淫
辭褻語，汙穢詞壇」的深惡痛絕，故而面對閑情之作，仍強調必須
依循「聖人『思無邪』旨」，即反映他一貫的詞學思想。而爲詞分品
的依據，即以「本諸《風》、《騷》，歸於忠厚」〔註83〕爲判斷原則，
所以惟有「感時傷世之言，而出以纏綿忠愛」〔註84〕者，詞品乃高，
「淫辭褻語」，而失《風》、《騷》忠厚者，自然落居下品。

　　回到陳廷焯《詞則》品評詞作所使用的九種符號來看，其等級
的區分，也反映了這樣的評判準則。以「。。。」、「、。。」、「。。」
爲評者，是爲「詞中之上乘」〔註85〕，如前所引陳廷焯評溫庭筠〈菩

〔註79〕陳廷焯評劉過〈沁園春〉(銷薄春冰)(洛浦凌波)，《詞則·閑情集》，
　　　　頁915~916。
〔註80〕陳廷焯《閑情集·序》，〔清〕陳廷焯編選：《詞則》，頁841。
〔註81〕《白雨齋詞話》：「有質亡而並無文者，則馬浩瀾、周冰持、蔣心餘、
　　　　楊荔裳、郭頻伽、袁蘭村輩是也，並不得謂之詞也。」〔清〕陳廷焯：
　　　　《白雨齋詞話》，卷十，頁364。
〔註82〕〔清〕陳廷焯：《白雨齋詞話》，卷一，頁35。
〔註83〕陳廷焯《大雅集·序》，〔清〕陳廷焯編選：《詞則》，頁7。
〔註84〕陳廷焯評王沂孫〈天香〉(孤嶠蟠煙)，〔清〕陳廷焯編選：《詞則·
　　　　大雅集》，頁137。
〔註85〕《白雨齋詞話》：「詞有表裏俱佳，文質適中者，溫飛卿、秦少游、
　　　　周美成、黃公度、姜白石、史梅溪、吳夢窗、陳西麓、王碧山、張
　　　　玉田、莊中白是也，詞中之上乘也；有質過於文者，韋端己、馮正

薩蠻〉（小山重疊金明滅）和王沂孫〈天香〉（孤嶠蟠煙），因詞本諸《風》、
《騷》忠厚之旨，兼具沉鬱頓挫之美感，因此給予「。。。」的最
高評價；而給予「、。。」評價者，如評周邦彥〈夜飛鵲〉（河橋送
人處）：「哀怨而渾雅，白石〈揚州慢〉一闋從此脫胎」〔註86〕，評
姜夔〈石湖仙〉（松江煙浦）：「言外有多少惋惜！『金』、『玉』字對
舉，未免纖俗」〔註87〕；又給予「。。」評價者，如評張先〈卜算
子〉（夢短寒夜長）：「饒有古意」〔註88〕，評秦觀〈浣溪沙〉（漠漠輕寒
上小樓）：「宛轉幽怨，溫、韋嫡派」〔註89〕，或許沉鬱深厚程度不及
王沂孫，但大體上是「表裏俱佳，文質適中」，因此這類詞作，多列
入《大雅集》，以爲唐宋詞典範，同時也是作爲陳廷焯詞學觀點的最
佳印證。

　　以「。」、「、。」、「、、。」爲評者，則爲「詞中之次乘」
〔註90〕，如評歐陽修〈長相思〉（深花枝）：「連用四『花枝』，二『深』、
『淺』字，姿態甚是。後半殊遜」〔註91〕，評柳永〈蝶戀花〉（獨倚
危樓風細細）：「情深語切」〔註92〕，都給予「。」的評價；而評白居

中、張子野、蘇東坡、賀方回、辛稼軒、張皋文是也，亦詞中之上
　　乘也。」〔清〕陳廷焯：《白雨齋詞話》，卷十，頁363。
〔註86〕陳廷焯評周邦彥〈夜飛鵲〉（河橋送人處），〔清〕陳廷焯編選：《詞
　　　則‧大雅集》，頁74～75。
〔註87〕陳廷焯評姜夔〈石湖仙〉（松江煙浦），〔清〕陳廷焯編選：《詞則‧
　　　大雅集》，頁101。
〔註88〕陳廷焯評張先〈卜算子〉（夢短寒夜長），〔清〕陳廷焯編選：《詞則‧
　　　大雅集》，頁49。
〔註89〕陳廷焯評秦觀〈浣溪沙〉（漠漠輕寒上小樓），〔清〕陳廷焯編選：《詞
　　　則‧大雅集》，頁57。
〔註90〕《白雨齋詞話》：「有文過於質者，李後主、牛松卿、晏元獻、歐陽
　　　永叔、晏小山、柳耆卿、陳子高、高竹屋、周草窗、汪叔耕、李易
　　　安、張仲舉、曹玘雪、陳其年、朱竹垞、厲太鴻、過湘雲、史位存、
　　　趙璞函、蔣鹿潭是也，詞中之次乘也。」〔清〕陳廷焯：《白雨齋詞
　　　話》，卷十，頁363。
〔註91〕陳廷焯評歐陽修〈長相思〉（深花枝），〔清〕陳廷焯編選：《詞則‧
　　　閑情集》，頁876～877。
〔註92〕陳廷焯評柳永〈蝶戀花〉（獨倚危樓風細細），〔清〕陳廷焯編選：《詞

易〈長相思〉(汴水流):「『吳山點點愁』,五字精警」〔註93〕,評晏
幾道〈清平樂〉(留人不住):「怨語,然自是凄絕」〔註94〕,給予「、。」
的評價;評李煜〈採桑子〉(亭前春逐紅英落):「幽怨」〔註95〕,則給予
「、、。」的評價,可見陳廷焯對詞的評賞,是以主旨、寓意、情
感深厚度爲優先考量,以能沉鬱,幽怨凄絕者爲佳,其次才參酌用
語之精煉,因此被評爲「詞中之次乘」者,或者意有稍遜,或「文
過於質」,但其中仍有感人之處,所以大多收入《放歌集》或《別調
集》,正如陳廷焯序文所謂:「若瑰奇磊落之士,鬱鬱不得志,情有
所激,不能一軌於正,而胥於詞發之」〔註96〕;又,「人情不能無所
寄,而又不能使天下同出一途,大雅不多見,而繁聲於是乎作矣」
〔註97〕,雖不能視爲最佳典範,但仍可作爲習詞參照。

　　至於以「、、」、「、、、」爲評者,是爲「詞中之下乘」〔註98〕,
如評顧敻〈訴衷情〉(永夜抛人何處去):「末三語嫌近曲」〔註99〕;評
孫光憲〈浣溪沙〉(何事相逢不展眉):「描繪逼眞,惜語近俚」〔註100〕;
而給予「、」評價者,在唐宋詞的評點中,並沒有出現,可見於陳廷

則‧閒情集》,頁892。
〔註93〕陳廷焯評白居易〈長相思〉(汴水流),〔清〕陳廷焯編選:《詞則‧
放歌集》,頁291~292。
〔註94〕陳廷焯評晏幾道〈清平樂〉(留人不住),〔清〕陳廷焯編選:《詞則‧
別調集》,頁578。
〔註95〕陳廷焯評李煜〈採桑子〉(亭前春逐紅英落),〔清〕陳廷焯編選:《詞
則‧別調集》,頁556。
〔註96〕陳廷焯《放歌集‧序》,〔清〕陳廷焯編選:《詞則》,頁283。
〔註97〕陳廷焯《別調集‧序》,〔清〕陳廷焯編選:《詞則》,頁531。
〔註98〕《白雨齋詞話》云:「有有文無質者,劉改之、施浪仙、楊升庵、彭
羨門、尤西堂、王漁洋、丁飛濤、毛會侯、吳蘭次、徐電發、嚴藕
漁、毛西河、董蒼水、錢葆酚、汪晉賢、董文友、王小山、王香雪、
吳竹嶼、吳谷人諸人是也,詞中之下乘也。」〔清〕陳廷焯:《白雨
齋詞話》,卷十,頁363~364。
〔註99〕陳廷焯評顧敻〈訴衷情〉(永夜抛人何處去),〔清〕陳廷焯編選:《詞
則‧閒情集》,頁863。
〔註100〕陳廷焯評孫光憲〈浣溪沙〉(何事相逢不展眉),〔清〕陳廷焯編選:
《詞則‧閒情集》,頁868~869。

焯對清代汪焜〈喝火令〉（弱絮黏紅豆）的評點﹝註101﹞，從這類詞作的評語來看，陳廷焯之所以著意區分詞作高下優劣，在於貫徹他的詞學觀，即以意旨爲重，字句精煉爲輔，而被收入《閑情集》者，即使不能表現《風》、《騷》之忠厚，也要盡力「求合於正，亦聖人『思無邪』旨也」﹝註102﹞，千萬不能流於淫麗俚俗。這類詞作，因爲不免有用語纖巧，或過於直露的弊病，所以被歸入「詞中之下乘」。但整體上看，被陳廷焯評爲這一等級的唐宋詞作，數量並不多，即使被《白雨齋詞話》評爲：「有文無質」的劉過詞﹝註103﹞，針對〈沁園春〉（洛浦凌波）（銷薄春冰）二闋，一詠美人足，一詠美人指甲，陳廷焯還是分別給予「。」和「、。」的評價，並云：「低迴宛轉」﹝註104﹞，可見陳廷焯在選唐宋詞時，態度相當精嚴謹愼，能被選入的詞作，應合於《風》、《騷》之旨，足以成爲習詞的典範，若意旨不深，至少不失典雅，才能符合詞的基本要求﹝註105﹞。

雖然早在明代楊愼的《詞品》﹝註106﹞和清代劉熙載《藝概·詞概》﹝註107﹞就已出現「詞品」的概念，但陳廷焯之爲詞分品，不只

﹝註101﹞ 陳廷焯評汪焜〈喝火令〉（弱絮黏紅豆），〔清〕陳廷焯編選：《詞則·閑情集》，頁1107。

﹝註102﹞ 陳廷焯《閑情集·序》，〔清〕陳廷焯編選：《詞則》，頁841。

﹝註103﹞ 《白雨齋詞話》云：「有有文無質者，劉改之、施浪仙……詞中之下乘也。」〔清〕陳廷焯：《白雨齋詞話》，卷十，頁363～364。

﹝註104﹞ 陳廷焯評劉過〈沁園春〉（銷薄春冰）（洛浦凌波），《詞則·閑情集》，頁915～917。

﹝註105﹞ 《白雨齋詞話》云：「入門之始，先辨雅俗；雅俗既分，歸諸忠厚；既得忠厚，再求沉鬱；沉鬱之中，運以頓挫，方是詞中最上乘。」〔清〕陳廷焯：《白雨齋詞話》，卷一，頁7。

﹝註106﹞ 周遜〈《詞品》序〉：「詞成而讀之，使人怳若身遇其事，怵然興感者，神品也；意思流通無所乖逆者，妙品也；能品不與焉。」〔明〕楊愼：《詞品》，唐圭璋編：《詞話叢編》，頁407。

﹝註107﹞ 劉熙載《藝概·詞概》：「周美成詞，或稱其無美不備。余謂論詞莫先於品。美成詞信富豔精工，只是當不得個『貞』字。是以士大夫不肯學之，學之則不知終日意縈何處矣。」又云：「周美成律最精審，史邦卿句最警鍊，然未得爲君子之詞者，周旨蕩而史意貪也。」〔清〕劉熙載：《藝概·詞概》，唐圭璋編：《詞話叢編》，頁3692。

是爲了評賞詞作，或將人品與詞品作結合，他爲詞區分等級，還有導正詞風的規範意味，因此透過選詞、評詞，標舉詞品之高者，如王沂孫詞，以爲典範，同時批判「淫辭褻語」者爲詞之下品，將詞學觀點落實到批評中，並有針砭現實的作用，足見用心。

第三節　《詞則》評點的意義及影響

　　蔣兆蘭《詞說》針對清代詞學的發展，曾云：「清初諸公，猶不免守《花間》、《草堂》之陋。小令競趨側豔，慢詞多效蘇、辛。竹垞大雅宏達，辭而闢之，詞體爲之一振。嘉慶初，茗柯《宛鄰》，溯流窮源，躋之《風》、《雅》，獨闢門徑，而詞學以尊。周止庵窮正變，分家數，爲學人導先路，而詞學始有統系，有歸宿」，又云：「譚復堂揭柔厚之旨，陳亦鋒持沉著之論，凡此諸說，猶之書家觀劍器，見爭道，睹蛇鬥，皆神悟妙境也。」〔註 108〕精簡扼要的說明了清代詞學以振興詞體爲依歸的發展過程，以及陳廷焯「沉鬱說」所占有的一席之地。作爲「沉鬱說」提出基礎的《詞則》，其豐富的評點內容，可視爲陳廷焯詞學理論的基本架構，亦可視爲理論批評之實踐，與《白雨齋詞話》具有相輔相成的作用。以唐宋詞評點的發展來看，其主要意義及影響有二：

一、以詩教約束詞體創作

　　羅根澤《中國文學批評史》針對評點的發展，指出：「大概最早的抹畫只施於文章的關鍵之處，後來也施於警策之句，施於關鍵之處的是長畫，施於警策之處的是短畫，短畫逐漸變爲點，由點又擴充爲圈」〔註 109〕，南宋以後，詩文評點方式約可分爲兩種，「一是循行摘墨，一是眉批總評。」〔註 110〕以唐宋詞評點的發展看，多採

〔註 108〕〔清〕蔣兆蘭《詞說》，唐圭璋編：《詞話叢編》，頁 4637；4634。
〔註 109〕羅根澤：《中國文學批評史》，北京：中華書局，1961 年出版，頁 261。
〔註 110〕羅根澤：《中國文學批評史》，頁 263。

用眉批的方式，針對詞作總體表現，給予一概括意見者，如明代沈際飛《古香岑草堂詩餘》、徐士俊評點《古今詞統》，清代周濟《宋四家詞選》、譚獻評點周濟《詞辨》，都可以看到評點者在這小小的空間，針對詞的內容主旨、藝術特徵、情感表現等，提出精闢的意見，在詞句之旁的批點符號，不只作為循行摘墨使用，還能配合眉批，發揮提點和相互參照的作用。比較特別的是張惠言《詞選》在詞牌之上，標記「。。。」、「。。」、「。」等不同的批點符號，依據他的詞學觀，品評詞作；董毅《續詞選》也沿用了這樣的批點符號，只是評語極少，指涉詞作意義或藝術表現，具有批評意味者，只有兩則〔註111〕，但基本上可以看出是延續張惠言的詞學觀，以表「忠愛之言」，具比興寄託者為高〔註112〕；陳廷焯《詞則》不但承繼張惠言的詞學觀，還在這樣的基礎上，變化九種符號，以品評詞作優劣，同時用數量更多的詞例，推崇溫厚和平，本諸《風》、《騷》，而「沉鬱說」就在這樣的預設中提出，講求一種「若隱若顯，欲露不露，反覆纏綿，終不許一語道破」〔註113〕的表現手法和情志〔註114〕，以作為評賞詞作的審美標準，並將《詞則》分為《大雅》、《放歌》、《別調》、《閑情》四集，作出歸類和區別，再將閑情

〔註111〕董毅《續詞選》評蘇軾〈水調歌頭〉（明月幾時有）：「忠愛之言，惻然動人，神宗讀『瓊樓玉宇，高處不勝寒』之句，以為終是愛君矣。」評陸淞〈瑞鶴仙〉（臉霞紅印枕）：「刺時之言。」〔清〕董毅錄：《續詞選》，《四部備要‧集部》，卷一，頁8；卷二，頁7。

〔註112〕董毅《續詞選》給予蘇軾〈水調歌頭〉（明月幾時有）「。。。」的評價，尾批云：「忠愛之言，惻然動人，神宗讀『瓊樓玉宇，高處不勝寒』之句，以為終是愛君矣。」〔清〕董毅錄：《續詞選》，卷一，頁8。

〔註113〕〔清〕陳廷焯：《白雨齋詞話》，卷一，頁9～10。

〔註114〕侯雅文《白雨齋詞話「沉鬱說」析論》云：「從表現方式上來說，『沉』指作者『主觀情志』隱於言外，『鬱』亦指作者採取蘊蓄不發的『表現手法』。綜合言之，『沉鬱』指作品能蘊蓄地表現時代、身世之感的悲涼情志。」侯雅文：《白雨齋詞話「沉鬱說」析論》，1997年6月，中央大學中國文學研究所碩士論文，頁88。

之作，語涉俚俗，不合大雅者，評爲詞之下乘，具有導正詞風的積極目的，這就產生一種規範意味，同時讓《詞則》的評點具有批評和指導的功能。陳廷焯將詞視爲「《風》、《騷》之流派」〔註115〕，強調詞的創作必須「本諸《風》、《騷》，歸於忠厚」〔註116〕，提出「溫厚和平，詩教之正，亦詞之根本」〔註117〕的主張，以詩教之旨規範詞體的創作，並以此爲正，雖然吳世昌（1908～1986）《詞林新話》批評陳廷焯這種說法，違背了詞「本爲抒情或應歌」〔註118〕的起源，同時因爲倡言寄託，而使「詞體遂僞」〔註119〕，但陳廷焯之所以提出這樣的主張，有其時代背景和詞學使命，面對「今人不知作詞之難，至於豔詞，更以爲無足輕重，率爾操觚，揚揚得意，不自知其可恥，此《關雎》所以不作也，此《鄭》聲所以盈天下也」〔註120〕的發展，爲了力挽狂瀾，或至少可以有所針砭，因而提倡詩教之旨，以導正詞風，具有時代意義，並非毫無價值。

　　民國以後，面對戰亂時局，龍沐勛創辦《同聲月刊》，目的即在「重振雅音」，「恢復溫柔敦厚之詩教」〔註121〕，具體方法是「依西洋作曲之法，多製富有中國風味之樂譜，由詩人爲塡眞摯熱烈，足以振發人心之歌辭」，或是「因舊詞以作新聲，或倚新聲以變舊體」〔註122〕，是爲知識分子憂患意識的表現。從這個角度看，陳廷焯倡

〔註115〕　陳廷焯《詞則・序》，〔清〕陳廷焯編選：《詞則》，頁1。

〔註116〕　陳廷焯《大雅集・序》，〔清〕陳廷焯編選：《詞則》，頁7。

〔註117〕　〔清〕陳廷焯：《白雨齋詞話》，卷九，頁314。

〔註118〕　吳世昌《詞林新話》：「詞本爲抒情或應歌之作，至東坡而漸用以言志。」吳世昌：《詞林新話》，北京：北京出版社，2000年10月第一版，頁15。

〔註119〕　吳世昌《詞林新話》：「有言自張選（張惠言《詞選》）出而詞體遂尊，我謂自張選出而詞體遂僞。」吳世昌：《詞林新話》，頁20。

〔註120〕　〔清〕陳廷焯：《白雨齋詞話》，卷六，頁209～218。

〔註121〕　龍沐勛：〈《同聲月刊》緣起〉，龍沐勛編：《同聲月刊》第一卷創刊號，南京：《同聲月刊》社，1940年12月出版，頁1～4。

〔註122〕　龍沐勛：〈詩教復興論〉，龍沐勛編：《同聲月刊》第一卷創刊號，頁36。

言詩教，規範詞體創作，使詞風不致流於淫靡，以正人心，同樣也是基於文人君子的使命感，因此吳世昌批評陳廷焯「中張惠言寄託謬論之毒，而又造『沉鬱』一說以自縛」〔註123〕，若考量陳廷焯論詞初衷，則或許可以更客觀看待。

二、重新釐定詞史發展脈絡

周濟在《介存齋論詞雜著》中提出「詩有史，詞亦有史」〔註124〕的概念，蔣兆蘭《詞說》亦云：「詞雖小道，然極其至，何嘗不是立言。蓋其溫厚和平，長於諷諭，一本興觀群怨之旨，雖聖人起，不易其言也。周止庵曰：詩有史，詞亦有史，一語道破矣。」〔註125〕這種詞史概念的提出，強調的是詞體所具有的「興觀群怨」作用，陳廷焯則不同，他除了透過《詞則》為詞作區分優劣，加以品評，推崇溫庭筠詞、王沂孫詞，還在這樣的基礎上，提出有關唐宋詞史發展脈絡的說法，以詞作成就和表現區分體派，《白雨齋詞話》云：

> 唐、宋名家，流派不同，本原則一。論其派別，大約溫飛卿為一體（皇甫子奇、南唐二主附之），韋端己為一體（牛松卿附之），馮正中為一體（唐、五代諸詞人以暨北宋晏、歐、小山等附之），張子野為一體，秦淮海為一體（柳詞高者附之），蘇東坡為一體，賀方回為一體（毛澤民、晁具茨高者附之），周美成為一體（竹屋、草窗附之），辛稼軒為一體（張、陸、劉、蔣、陳、杜合者附之），姜白石為一體，史梅溪為一體，吳夢窗為一體，王碧山為一體（黃公度、陳西麓附之），張玉田為一體。其間惟飛卿、端己、正中、淮海、美成、梅溪、碧山七家殊塗同歸，餘則各樹一幟，而皆不失其正，東坡、白石尤為矯矯。〔註126〕

〔註123〕 吳世昌：《詞林新話》，頁69。

〔註124〕 周濟《介存齋論詞雜著》，〔清〕周濟：《詞辨》，據清光緒四年刻本影印，《續修四庫全書・集部・詞類》，頁577。

〔註125〕 〔清〕蔣兆蘭《詞說》，唐圭璋編：《詞話叢編》，頁4638。

〔註126〕 〔清〕陳廷焯：《白雨齋詞話》，卷十，頁351～352。

又云：

> 張子野詞，古今一大轉移也。前此則爲晏、歐，爲溫、韋，
> 體段雖具，聲色未開；後此則爲秦、柳，爲蘇、辛，爲美
> 成、白石，發揚蹈厲，氣局一新，而古意漸失。子野適得
> 其中，有含蓄處，亦有發越處；但含蓄不似溫、韋，發越
> 不似豪蘇膩柳。規模雖隘，氣格卻近古。自子野後，一千
> 年來，溫、韋之風不作矣，益令我思子野不置。〔註127〕

這兩段論述，有一個共同點，即說明張先在宋詞發展過程中的關鍵
地位，其詞不但承接溫庭筠、韋莊、晏殊、歐陽修溫婉含蓄之風，
更兼有秦觀、柳永、蘇軾、辛棄疾、周邦彥、姜夔等發揚蹈厲之風，
由其詞即可看出宋詞發展的軌跡。而在談論宋詞的相關著作中，提
到張先詞的地位時，陳廷焯的這段論述，即被用作肯定張先詞的一
個論據。如吳梅是從內容及創作手法之突破，標舉張先詞承先啓後
的地位〔註128〕；張建業、李勤印從慢詞的創作與拓展，讚許張先在
北宋詞發展過程中所起的作用〔註129〕；吳熊和則從張先詞的藝術手
法和風格立論，指出張先在唐五代到北宋時期的詞風嬗變中，具有關
鍵性的影響〔註130〕。但楊海明《唐宋詞史》考察詞人生平，認爲張先

〔註127〕〔清〕陳廷焯：《白雨齋詞話》，頁 17～18。

〔註128〕吳梅在論到宋詞發展時，化用陳廷焯的這段論述，認爲張先界乎
溫、韋、晏、歐、蘇、辛、姜、張之間，就體段、聲色等體制、內
容、造語的開創來看，張先詞的表現，堪稱是「古今一大轉移」。
吳梅：《詞學通論》，上海：華東師範大學出版社，1996 年 11 月一
版，頁 63。

〔註129〕張建業、李勤印《中國詞曲史》指出：張先是「北宋初期較早較多
創作慢詞者，用慢詞寫都市生活，盡力鋪敘，細緻描繪，對柳永等
有著直接影響，對慢詞的發展起到一定促進作用。……陳廷焯《白
雨齋詞話》說：『張子野詞，古今一大轉移也。』在由小令向長調
的發展中，張先確實有著不可忽視的作用。」張建業、李勤印：《中
國詞曲史》，臺北：文津出版社，1996 年 8 月初版，頁 53～54。

〔註130〕吳熊和〈論張先詞〉：「無論從五代到宋初的詞風嬗變中，還是從北
宋前期到中期的詞風嬗變中，張先都是個承先啓後的關鍵性人物。
張先在唐宋詞史上的這種獨特作用，《白雨齋詞話》卷一有著一段
頗具鑒識的說明。……晏、歐詞主要承自南唐，受馮延巳影響較深；

不過是受柳永影響，或與之同時的一位寫了不少慢詞的詞家〔註131〕，對陳廷焯的說法持保留態度。至於劉揚忠《唐宋詞流派史》更直接指出：「陳氏此論，以張先為『古今一大轉移』，似嫌過於偏愛和誇大其辭，且以晏、歐為張之前，柳永為張之後，不免時序混亂。」〔註132〕然而，比較兩方說法，或以時代考證，修正陳廷焯之說，或提出張先詞之特殊性，以支持陳廷焯之說，皆未能辨析陳廷焯此說的真正用意。

陳廷焯《白雨齋詞話》將張先詞視為「古今一大轉移」，認為他在北宋詞的發展過程中，具有承先啟後的關鍵作用，在他之前，北宋詞不管在體製還是內容表現上，仍延續唐五代遺風，寫詞含蓄溫婉；但在他之後，北宋詞壇氣象一新，接連出現許多著名詞家，他們極具個人色彩，並在體製、內容、音律上作出種種的嘗試與開創，使宋詞發展出自己的獨特面貌。張先處在這樣的關鍵時期，其詞正好體現轉變期的特色，所以陳廷焯說他是「適得其中，有含蓄處，

張先則於南唐高雅之餘，又雜以《花間》之穠麗。……張先早期固然仍以小令為主，但後期轉向慢詞，所作遂多，明顯地表現出由唐五代小令向北宋慢詞過渡的轉變期的特色。」吳熊和：《吳熊和詞學論集》，杭州：杭州大學出版社，1999 年 4 月一版，頁 159～161。

〔註131〕 楊海明《唐宋詞史》：「柳永是慢詞的『大家』，他的大量創作慢詞，開啟了真正的『宋詞』的新天地。在柳永的影響下（或者保守穩妥一點說：在他的同時），張先（子野）也寫了不少的慢詞作品。……為此，陳廷焯《白雨齋詞話》卷一中有一段常被引用的話也需得到修正。……其實，歐陽修要比張先小十七歲（即連晏殊亦比張先小一歲），何能在其『前』；而柳永更要比張先早若干歲，又何為在其『後』？因而陳氏這個看法是有些毛病的。」楊海明：《唐宋詞史》，天津：天津古籍出版社，1998 年 12 月一版，頁 278。

〔註132〕 劉揚忠認為：「晏、歐、張、柳是同時同輩人，且張之享年比晏、歐、柳都長得多，已跨越北宋前、中期，從某種意義上看，毋寧說張是晏歐、柳永兩派崛起之後的折衷派詞人，因為他的許多名篇都作於前三人去世之後。」所以並不同意陳廷焯的說法。但若論到技法和風格，認為張先詞確實「有含蓄處亦有發越處」，因而只在這點上，同意陳廷焯之說。劉揚忠：《唐宋詞流派史》，福州：福建人民出版社，1999 年 3 月一版，頁 314～315。

亦有發越處；但含蓄不似溫、韋，發越不似豪蘇膩柳。規模雖隘，氣格卻近古。」陳廷焯特別標舉張先詞的地位，將之視爲「詞中之上乘」，認爲其在宋詞的發展過程中，開出宋詞的獨特面貌，可以被視爲特殊的一派，因此以「子野體」稱之，說明其足以作爲典範。陳廷焯對唐宋詞的觀察和掌握，是針對各個詞家的總體表現，來進行歸類，確立不同的風格體式，並以一名家爲代表，再將同一風格體式的詞家繫於其下，依序建構唐宋詞的發展脈絡，並非純然以詞家生卒年來訂定唐宋詞的發展脈絡，而是帶有他的主觀認識和對詞體的理論訴求。陳廷焯認爲從溫庭筠到張炎的這十四體，都循著同一本源來發展，每一體式雖各有特色，但皆符合他心中對詞體的要求，也能符合他的審美標準，可以作爲詞體的正軌，以及後來學習的典範。所以當陳廷焯說：「張子野詞，古今一大轉移也」，其實就是從詞的風格體式切入，並針對張先詞在北宋初期所作的突破，加以凸顯。因此他說在張先之前，北宋詞壇爲晏、歐、溫、韋所籠罩，事實上就是在說北宋初期詞壇被「溫飛卿體」、「韋端己體」、「馮正中體」所籠罩，而晏殊、歐陽修、晏幾道等，即被涵括在「馮正中體」之下。直到張先詞出現，在體段、聲色上作拓展，才使宋詞發展出自己的面貌。

　　在《白雨齋詞話》中，陳廷焯給予張先詞很高的評價，肯定其爲宋詞之一體，具有轉變風氣之功，其地位甚至在柳永詞之上，然而這樣的論述並非一夕構成，更非其一貫的評論意見。事實上，在陳廷焯早期的詞論著作《詞壇叢話》〔註133〕中，其對張先詞的評論是：「才不大而情有餘，別於秦、柳、晏、歐諸家，獨開妙境，詞壇中不可無此一家。」〔註134〕只將張先視爲有別於秦觀、柳永、晏殊、歐陽修的北宋名家，並未就其詞史地位以及對宋詞發展的影響，作出很高的評價。甚至對溫庭筠、韋莊等，也沒有將之推崇到「詞中

〔註133〕〔清〕陳廷焯：《詞壇叢話》，唐圭璋編：《詞話叢編》，頁 3743。
〔註134〕〔清〕陳廷焯：《詞壇叢話》，唐圭璋編：《詞話叢編》，頁 3722。

之上乘」這樣的地位。陳廷焯此時所推崇的乃是賀鑄、周邦彥、姜夔、朱彝尊、陳維崧等五家，認為古今「聖於詞者」，惟此五家〔註135〕。

但在陳廷焯由崇奉浙派轉入常州詞派後，更堅定他要導正詞風的信念，他之所以撰寫《白雨齋詞話》，並編選《詞則》，乃是有鑑於元明以後詞體衰微，當時崇尚豔詞，詞風流於淫靡，所以強調「溫厚以為體，沉鬱以為用」〔註136〕，使學詞者能「本諸《風》、《騷》，歸於忠厚」，承接張惠言主張，以延續「兩宋宗風」為目標〔註137〕。當陳廷焯提出「張子野詞古今一大轉移」的論述，並說明兩宋詞風都能承接《風》、〈騷〉之旨，將張先詞置之於柳永之前，說明他應是觀察到北宋詞壇為柳永「長於言情，語多淒秀」〔註138〕之詞所籠罩，張先能謹守《風》、〈騷〉溫厚之旨，所以才說他是古今一大轉移，且以其詞「猶存古詩遺意」〔註139〕，能承接《風》、《騷》，溫、韋之旨，因此以之為正，「自足雄峙千古，無與為敵」〔註140〕，至於柳永則將之視為歧出。同時以能體現「溫厚以為體，沉鬱以為用」的詞家當作典範，理出宋詞發展的脈絡，呼應其理論。陳廷焯有意樹立唐宋詞典範，如果將柳永放在張先之前，則無法說明宋詞

〔註135〕陳廷焯《詞壇叢話》：「古今詞人眾矣，余以為聖於詞者有五家。北宋之賀方回、周美成，南宋之姜白石，國朝之朱竹垞、陳其年也。」〔清〕陳廷焯：《詞壇叢話》，唐圭璋編：《詞話叢編》，頁3720。

〔註136〕陳廷焯《白雨齋詞話·自序》，〔清〕陳廷焯：《白雨齋詞話》，頁3。

〔註137〕陳廷焯《大雅集·序》，〔清〕陳廷焯編選：《詞則》，頁7。

〔註138〕《白雨齋詞話》云：「子野詞，於古雋中見深厚……若耆卿詞，不過長於言情，語多淒秀，尚不及晏小山，更何能超越方回，而與周、秦、蘇、張並峙千古也。」〔清〕陳廷焯：《白雨齋詞話》，卷七，頁227～228。

〔註139〕《白雨齋詞話》云：「張子野詞，最見古致。如云：『江水東流郎在西，問尺素、何由到？』情詞淒怨，猶存古詩遺意。後之為詞者，更不究心於此。」〔清〕陳廷焯：《白雨齋詞話》，卷八，頁283。

〔註140〕《白雨齋詞話》云：「詞中如飛卿、端己、正中、子野、東坡、少游、白石、梅溪諸家，膾炙人口之詞，多不過二、三十闋，少則十餘闋或數闋，自足雄峙千古，無與為敵。」〔清〕陳廷焯：《白雨齋詞話》，卷十，頁347。

是循著《風》、《騷》，溫、韋的正軌來發展，不利當時欲扭轉風氣之企圖，所以將張先詞置之於柳永之前，認為有正才有變，正者才是學詞者應遵循的途徑。《白雨齋詞話》云：「自溫、韋以迄玉田，詞之正也，亦詞之古也。元、明而後，詞之變也。茗柯、蒿庵，其復古者也。斯編若傳，輪扶大雅，未必無補。」〔註 141〕明顯可以看出他樹立兩宋詞體的正軌，就是要作為學習的典範，所以將不合乎《風》、《騷》之旨，不具「溫厚」之意者，加以刪汰，有意建立雅正的標準，並以「忠厚」之旨，豐富雅的內涵，同時選取詞家作為代表，以建立典範。在這樣的過程中，張先詞以其古致、意味深厚的特色而被標舉出來，但背後其實是為了印證陳廷焯的詞學主張，以之作為《風》、《騷》之旨仍能延續的代表和證明。

　　從宋代以來，對張先詞的評價就不高，如李清照〈詞論〉云：「雖時時有妙語，而破碎何足名家」〔註 142〕；李之儀〈跋吳師道小詞〉評張詞：「才不足而情有餘」；〔註 143〕晁補之〈評本朝樂府〉則云：「張子野與柳耆卿齊名，而時以子野不及耆卿，然子野韻高，是耆卿所乏處。」〔註 144〕雖然晁補之給予張先詞「韻高」的評價，但也沒有在詞史地位上給予肯定，只是說明其不同於柳永的特殊性。清代張惠言《詞選》評張先詞「淵淵乎文有其質」〔註 145〕；周濟《宋四家詞選》云：「子野清出處、生脆處，味極雋永，只是偏才，無大起落」〔註 146〕；劉熙載《藝概・詞概》則云：「張子野

〔註 141〕〔清〕陳廷焯：《白雨齋詞話》，頁 318。

〔註 142〕李清照〈詞論〉，徐培均：《李清照集箋注》，上海：上海古籍出版社，2002 年 4 月一版，頁 267。

〔註 143〕李之儀〈跋吳師道小詞〉，施蟄存、陳如江輯錄：《宋元詞話》，上海：上海書店出版社，1999 年 2 月一版，頁 47。

〔註 144〕晁補之〈評本朝樂府〉，〔宋〕吳曾：《能改齋漫錄》，臺北：木鐸出版社，1982 年 5 月初版，頁 469。

〔註 145〕張惠言《詞選・敘》：「宋之詞家，號為極盛，然張先、蘇軾、秦觀、周邦彥、辛棄疾、姜夔、王沂孫、張炎淵淵乎文有其質焉。」〔清〕張惠言輯：《詞選》，頁 536。

〔註 146〕周濟《宋四家詞選・序論》，〔清〕周濟輯：《宋四家詞選》，頁 2。

始創硬瘦之體。」〔註147〕從這些評論來看，張先詞雖有其造語別出心裁、情韻生動的特色，但整體評價並不高，地位也遠遜於其他宋詞名家，只有陳廷焯提出「張子野詞古今一大轉移」的主張，而《詞則》對張先詞的評點，亦以讚揚居多，如：

饒有古意。(評〈卜算子〉(夢短寒夜長))

韻流絃外，神注箇中。耆卿而後聲調漸變，子野猶多古意。

(評〈青門引〉(乍暖還清冷))〔註148〕

工雅芊麗，自是唐賢遺意。(評〈生查子〉(含羞整翠鬟))

子野詞最爲近古，耆卿而後聲色大開，古調不復彈矣。(評

〈減字木蘭花〉(重螺近顥))〔註149〕

由陳廷焯對張先的評價，即可看出陳廷焯視張先詞爲詞史正軌，柳永詞爲變，所謂張先詞之「饒有古意」，即是具有《風》、《騷》溫厚和平之旨，而將張先列在柳永之前，強調其處在詞史的關鍵位置，即有意建構一條由溫、韋開始，至宋而發揚光大，樹立典範的宋詞發展史，以導正詞風，並規範當世詞作。但陳廷焯的這個說法並沒有提出足夠證據或提出充分理由，證明張先詞爲「古今一大轉移」，地位甚至高於柳永，只是灌諸自己的理論和詞學主張，吳世昌即質疑陳廷焯刻意將柳永詞附在秦觀之下，不符合詞史發展〔註150〕。因此，針對陳廷焯將詞視爲《風》、《騷》之流派，並以詩教之旨約束詞體創作的主張，客觀來看，固然有導正風氣的時代意義，但這能否使詞體凸顯自己的特殊性，而這種所謂具有《風》、《騷》之旨的解讀，是否眞能反映各個詞家的特色？亦是在肯定陳廷焯之用心良苦時，值得思索者。

〔註147〕〔清〕劉熙載：《藝概‧詞曲概》，唐圭璋編：《詞話叢編》，頁3689。

〔註148〕陳廷焯評張先〈卜算子〉(夢短寒夜長)、〈青門引〉(乍暖還清冷)，〔清〕陳廷焯編選：《詞則‧大雅集》，頁49；50。

〔註149〕陳廷焯評張先〈生查子〉(含羞整翠鬟)、〈減字木蘭花〉(重螺近顥)，〔清〕陳廷焯編選：《詞則‧閒情集》，頁890。

〔註150〕吳世昌《詞林新話》：「按柳在秦前，自成大家，以柳附秦，極爲荒謬。」吳世昌：《詞林新話》，頁67。

結　語

　　陳廷焯《詞則》以《大雅集》之「本諸《風》、《騷》，歸於忠厚」
〔註151〕爲始，以《閑情集》之「求合於正，亦聖人『思無邪』旨也」
〔註152〕爲終，從選詞到歸類態度嚴謹，目的明確，有現實的針對性，
評點亦以《風》、《騷》之旨的解讀爲主，倡言詩教，崇尙溫厚和平，
宛雅而有韻味的作品；又，在常州詞派張惠言寄託說的基礎上，提
出「沉鬱說」，以詞之寓含寄託，並能以沉鬱頓挫出之者爲高，進而
爲詞區分等級，以提供習詞典範，有意導正詞風發展，表現詞學家
對時局的憂心，此選在清末動盪的社會出現，格外有時代意義。

〔註151〕陳廷焯《大雅集・序》，〔清〕陳廷焯編選：《詞則》，頁7。
〔註152〕陳廷焯《閑情集・序》，〔清〕陳廷焯編選：《詞則》，頁841。

第七章　從評點的角度看常州派四部詞選對唐宋詞家的接受

　　有關唐宋詞家的接受研究，已有眾多研究成果，專書部分有李冬紅《《花間集》接受史論稿》、郭娟玉《溫庭筠接受研究》、張璟《蘇詞接受史研究》、朱麗霞《清代辛稼軒接受史》、陳水雲《唐宋詞在明末清初的傳播與接受》〔註1〕；碩博士論文部分有顏文郁《韋莊詞之接受史》、薛乃文《馮延巳詞接受史》、柯瑋郁《晏幾道《小山詞》接受史》、曾夢涵《清代周邦彥詞接受史》、葉祝滿《性別與認同——李清照其人其詞的創作與接受研究》、陳侑伶《陸游詞接受史》、林淑華《姜夔詞接受史》、吳錦琇《陳廷焯《詞則》選評「王沂孫詞」析論》〔註2〕等，從各種角度研究詞人、詞籍、詞作的接受情況，並涉及詞

〔註1〕李冬紅：《《花間集》接受史論稿》，濟南：齊魯書社，2006 年 6 月一版；郭娟玉：《溫庭筠接受研究》，臺北：萬卷樓圖書公司，2013 年 12 月出版；張璟：《蘇詞接受史研究》，北京：光明日報出版社，2009 年 10 月一版；朱麗霞：《清代辛稼軒接受史》，濟南：齊魯書社，2005 年 1 月一版；陳水雲：《唐宋詞在明末清初的傳播與接受》，北京：中國社會科學出版社，2010 年 10 月一版。

〔註2〕顏文郁：《韋莊詞之接受史》，2009 年，國立成功大學中國文學系碩博士班碩士論文；薛乃文：《馮延巳詞接受史》，2008 年，國立成功大學中國文學系碩博士班碩士論文；柯瑋郁：《晏幾道《小山詞》接受史》，2010 年，國立成功大學中國文學系碩博士班碩士論文；曾夢

人地位升降的議題。但，如果專從評點的角度看，常州派四部詞選對
唐宋詞的接受情況又是如何？柯慶明〈文學傳播與接受的一些理論思
考〉云：「添加簡介、添加序跋、添加評點、添加導讀、添加箋註，
則這些『書寫者』（算不算也是另一種意義下的『作者』？）已不僅
於『接受』，其自身亦已是站在『發訊者』的位置從事後設書寫。」
〔註3〕若從這個角度看，常州派結合選詞與評點的方式，傳達怎樣的
訊息，與歷來唐宋詞選之載有評點者又有何不同？爲了集中論述焦
點，將以具有爭議的幾個唐宋詞家，包括唐五代時期的溫庭筠、韋莊、
馮延巳，北宋時期的柳永、蘇軾、周邦彥，南宋時期的辛棄疾、姜夔、
吳文英、王沂孫等，爲主要討論對象，同時比較南宋黃昇《花庵詞選》；
明代沈際飛《古香岑草堂詩餘四集》；卓人月彙選、徐士俊參評《古
今詞統》；清代先著、程洪《詞潔》；黃蘇《蓼園詞選》〔註4〕等，對
同一詞家詞作的選錄和評點情形。另外，爲使討論更確切，包括影響

涵：《清代周邦彥詞接受史》，2013 年，國立中山大學碩士論文；葉
祝滿：《性別與認同——李清照其人其詞的創作與接受研究》，2008
年，國立政治大學國文教學碩士學位班碩士論文；陳侑伶：《陸游詞
接受史》，2012 年，國立成功大學中國文學系碩博士班碩士論文；林
淑華：《姜夔詞接受史》，2013 年，國立成功大學中國文學系碩博士
班博士論文；吳錦琇：《陳廷焯《詞則》選評「王沂孫詞」析論》，
2010 年，國立政治大學國文教學碩士在職專班碩士論文。

〔註3〕柯慶明〈文學傳播與接受的一些理論思考〉，東華大學中文系：《文
學研究的新進路——傳播與接受》，臺北：洪葉文化公司，2004 年 7
月初版，頁 13。

〔註4〕以下討論依據〔宋〕黃昇編集：《唐宋諸賢絕妙詞選》，據上海涵芬
樓景印明刻本；《中興以來絕妙詞選》，據無錫孫氏小淥天藏明萬曆
二年舒伯明刻本景印，《四部叢刊·正編·集部》，臺北：臺灣商務
印書館，1979 年 11 月臺一版；〔明〕沈際飛評選：《古香岑草堂詩餘·
正集》，明崇禎翁少麓刊本，臺北：國家圖書館藏；〔明〕卓人月彙
選、徐士俊參評：《古今詞統》，據明崇禎刻本影印，《續修四庫全書·
集部·詞類》，上海：上海古籍出版社，2002 年初版；〔清〕先著、
程洪輯，劉崇德、徐文武點校：《詞潔》，北京：河北大學出版社，
2012 年 2 月出版；〔清〕黃蘇《蓼園詞選》，尹志騰校點：《清人選評
詞集三種》，濟南：齊魯書社，1988 年 9 月一版。

明代《草堂詩餘》編纂的宋人編選《草堂詩餘》〔註5〕，以及常州派詞選所參考過的朱彝尊《詞綜》〔註6〕，都會納入比較討論的範疇，以釐清評點與詞選之間是如何相互影響，並達到目的，又是否成功發揮作用。

第一節　唐五代詞家

　　唐五代是詞之初起階段，針對這個時期的創作，常州派詞選極爲關注溫庭筠、韋莊、馮延巳三家詞作，或在選詞數量上凸顯，或在評點上給予極高評價，這樣的態度都是前所未有的，因而讓三位詞人成爲唐五代時期的代表詞家，詞作亦具代表性。

一、溫庭筠

　　溫庭筠是從什麼時候開始獲得如此高的評價？以下先就歷代詞選所選溫庭筠詞作數量，作一統計，再據以討論。歷代所選溫庭筠詞一覽表：

詞　　　　牌	花庵詞選	草堂詩餘	草堂四集	古今詞統	詞綜	詞潔	蓼園詞選	詞選	詞辨	宋四家詞選	詞則
〈菩薩蠻〉(小山重疊金明滅)	V	×	×	V	V	×	×	V	V	×	V
〈菩薩蠻〉(水晶簾裏玻璃枕)	V	×	×	V	V	×	×	V	×	×	V
〈菩薩蠻〉(蕊黃無限當山額)	×	×	×	V	V	×	×	V	×	×	V
〈菩薩蠻〉(翠翹金縷雙鸂鶒)	V	×	×	V	V	×	×	V	×	×	V
〈菩薩蠻〉(杏花含露團香雪)	×	×	×	V	V	×	×	V	V	×	V

〔註5〕以下討論依據〔宋〕《增修箋注妙選草堂詩餘》，據上海涵芬樓借杭州葉氏藏明刊本景印，《四部叢刊・正編・集部》，臺北：臺灣商務印書館，1979年11月臺一版。

〔註6〕以下討論依據〔清〕朱彝尊抄撮，汪森增定：《詞綜》，《四部備要・集部》，臺北：中華書局，1966年臺一版。

〈菩薩蠻〉(玉樓明月常相憶)	×	×	×	×	V	×	×	V	V	×	V
〈菩薩蠻〉(鳳凰相對盤金縷)	×	×	×	×	V	×	×	×	×	×	V
〈菩薩蠻〉(牡丹花謝鶯聲歇)	×	×	×	×	×	×	×	×	×	×	V
〈菩薩蠻〉(滿宮明月梨花白)	×	×	×	×	×	×	×	×	×	×	V
〈菩薩蠻〉(寶函鈿雀金鸂鶒)	×	×	×	×	×	×	×	V	V	×	V
〈菩薩蠻〉(南園滿地堆輕絮)	V	×	V	×	V	×	×	×	×	×	V
〈菩薩蠻〉(夜來皓月纔當午)	×	×	×	×	×	×	×	×	×	×	V
〈菩薩蠻〉(雨晴夜合玲瓏日)	×	×	×	×	×	×	×	×	×	×	V
〈菩薩蠻〉(竹風輕動庭除冷)	×	×	×	V	×	×	×	×	×	×	V
〈更漏子〉(柳絲長)	V	×	×	×	×	×	×	×	V	×	V
〈更漏子〉(星斗稀)	V	×	×	×	×	×	×	×	V	×	V
〈更漏子〉(玉爐香)	V	V	V	×	×	×	×	V	V	×	V
〈更漏子〉(背江樓)	V	×	×	×	×	×	×	×	×	×	×
〈歸國遙〉(香玉)	×	×	×	×	×	×	×	×	×	×	×
〈歸國遙〉(雙臉)	×	×	×	×	×	×	×	×	×	×	×
〈南歌子〉(手裏金鸚鵡)	×	×	×	×	×	×	×	×	V	×	V
〈南歌子〉(似帶如絲柳)	×	×	×	×	×	×	×	×	V	×	V
〈南歌子〉(倭墮低梳髻)	×	×	×	×	×	×	×	×	×	×	V
〈南歌子〉(轉盼如波眼)	×	×	×	×	×	×	×	×	×	×	V
〈南歌子〉(懶拂鴛鴦枕)	×	×	×	×	×	×	×	×	×	×	V
〈玉蝴蝶〉(秋風淒切傷離)	×	×	×	×	×	×	×	×	×	×	×
〈夢江南〉(梳洗罷)	×	×	V	V	×	×	×	V	V	×	V
〈望江南〉(千萬恨)	×	×	V	V	×	×	×	×	×	×	×
〈應天長〉(雙眉澹薄藏心事)	×	×	×	×	V	×	×	×	×	×	×
〈河傳〉(湖上)	V	×	×	V	V	×	×	×	×	×	V
〈河傳〉(江畔)	×	×	×	×	V	×	×	×	×	×	×
〈清平樂〉(洛陽愁絕)	V	×	×	×	×	×	×	×	×	×	×
〈酒泉子〉(楚女不歸)	×	×	×	×	×	×	×	×	×	×	×
〈酒泉子〉(日映紗窗)	×	×	×	×	V	×	×	×	×	×	×
〈河瀆神〉(河上望叢祠)	×	×	×	×	V	×	×	×	×	×	V

〈河瀆神〉（孤廟對寒潮）	×	×	×	×	V	×	×	×	×	×	V
〈河瀆神〉（銅鼓賽神來）	×	×	×	×	×	×	×	×	×	×	V
〈遐方怨〉（憑繡檻）	×	×	×	V	V	×	×	×	×	×	V
〈遐方怨〉（花半拆）	×	×	×	×	×	×	×	×	×	×	V
〈訴衷情〉（鶯語）	×	×	×	×	V	×	×	×	×	×	V
〈思帝鄉〉（花花）	×	×	×	×	×	×	×	×	×	×	×
〈蕃女怨〉（萬枝香雪開已遍）	×	×	×	V	V	×	×	×	×	×	V
〈蕃女怨〉（磧南沙上驚雁起）	×	×	×	×	V	×	×	×	×	×	V
〈荷葉杯〉（鏡水夜來秋月）	×	×	×	×	V	×	×	×	×	×	V
〈荷葉杯〉（楚女欲歸南浦）	×	×	×	×	V	×	×	×	×	×	V
〈女冠子〉（含嬌含笑）	×	×	V	×	V	×	×	×	×	×	V
〈玉樓春〉（家臨長信往來道）	×	V	V	V	×	×	V	×	×	×	×
合　　　計	10首	2首	6首	17首	33首	0首	1首	18首	10首	0首	36首

　　從上述統計結果來看，可以發現清代以前，溫庭筠詞所受到的關注程度並不算高，雖然南宋黃昇《花庵詞選》稱溫庭筠「詞極流麗，宜爲《花間集》之冠」〔註7〕，但溫庭筠詞只選了十首，遠不及歐陽修的十八首、周邦彥的十七首、蘇軾的三十一首、姜夔的三十四首和辛棄疾的四十二首，而「流麗」二字，則成爲溫庭筠詞給予讀者的既定印象。劉尊明、王兆鵬《唐宋詞的定量分析》云：「黃昇《唐宋諸賢絕妙詞選》對溫庭筠『詞極流麗，宜爲《花間集》之冠』的評點，即是五代趙崇祚編選《花間集》以來傳統詞論對溫庭筠詞史地位的一個更明確定位。」〔註8〕宋代《草堂詩餘》則只選了〈更漏子〉（玉爐香）和〈玉樓春〉（家臨長信往來道）兩首，與《花間集》所選溫庭筠詞共有六十六首〔註9〕，居花間詞人之冠的情況，

〔註7〕〔宋〕黃昇編集：《唐宋諸賢絕妙詞選》，頁7。

〔註8〕劉尊明、王兆鵬：《唐宋詞的定量分析》，北京：北京大學出版社，2012年2月一版，頁384。

〔註9〕〔後蜀〕趙崇祚編：《花間集》，《景印文淵閣四庫全書·集部·詞曲類》，臺北：臺灣商務印書館，1986年7月初版。

有著明顯的落差。《草堂詩餘》在溫庭筠〈更漏子〉（玉爐香）詞末，更引《落溪詩話》云：「庭筠工於樂府，極爲綺靡，《花間集》可見矣，其〈更漏子〉一詞，尤爲佳作。」〔註10〕似乎「綺靡」，擅長寫作閨怨詞，便足以涵蓋溫庭筠詞的特色。

明代沈際飛《古香岑草堂詩餘四集》選了溫庭筠六首詞，將〈菩薩蠻〉（南園滿地堆輕絮）歸爲「春閨」詞〔註11〕，評溫庭筠〈憶江南〉（千萬恨）（梳洗罷）兩闋，分別在「千萬恨，恨極在天涯」和「梳洗罷，獨倚望江樓」兩句右旁，加上「、」的批點符號，在「過盡千帆皆不是，斜暉脈脈水悠悠」一句右旁，則加上「。」的批點符號，並把兩首歸類爲「閨怨」詞〔註12〕，對照《古香岑草堂詩餘四集·發凡》的界定：「其靈慧新特之句，用『○』；爾雅流麗之句，用『、』」〔註13〕，再加上沈際飛評溫庭筠〈玉樓春〉（家臨長信往來道）：「竟是唐詩，而柔豔近情詞，而非詩矣，晚唐之所以爲晚唐也。雖有衰老字面，殊自富貴。」〔註14〕評溫庭筠〈女冠子〉（含嬌含笑）：「宿翠殘粧尚窈窕，新粧又嘗何如。『寒玉』二句，仙手。」〔註15〕亦容易使讀者對溫庭筠詞的認識受到限制，以爲詞句華美柔豔，深刻道出思婦幽怨之情，便是溫庭筠詞的一大特色。

相較而言，明代卓人月、徐士俊《古今詞統》選了溫庭筠詞共十七首，應該較能反映溫庭筠詞的不同面貌，但檢視徐士俊的評點，如評溫庭筠〈荷葉杯〉（鏡水夜來秋月），在「小娘紅粉對寒浪」一句右旁，標以「、」的批點符號；評溫庭筠〈荷葉杯〉（楚女欲歸南浦），則在「朝雨溼愁紅」一句右旁，標以「、」的批點符號〔註16〕；評

〔註10〕 〔宋〕《增修箋注妙選草堂詩餘》，頁40。

〔註11〕 〔明〕沈際飛評選：《古香岑草堂詩餘·正集》，卷一，頁12。

〔註12〕 〔明〕沈際飛評選：《古香岑草堂詩餘·別集》，卷一，頁2。

〔註13〕 沈際飛《古香岑草堂詩餘四集·發凡》，《古香岑草堂詩餘·正集》，頁4～5。

〔註14〕 〔明〕沈際飛評選：《古香岑草堂詩餘·正集》，卷一，頁42。

〔註15〕 〔明〕沈際飛評選：《古香岑草堂詩餘·別集》，卷一，頁8。

〔註16〕 〔明〕卓人月彙選、徐士俊參評：《古今詞統》，卷一，頁468～469。

溫庭筠〈望江南〉（千萬恨）：「幽涼殆似鬼作」；評溫庭筠〈望江南〉
（梳洗罷）：「朝朝江口望，錯認幾人船」〔註17〕；評溫庭筠〈遐方怨〉
（憑繡檻）（花半拆）：「『斷腸』、『夢殘』二語，音節殊妙」〔註18〕；評
溫庭筠〈菩薩蠻〉（水晶簾裏玻璃枕）：「『藕絲秋色淺』牛嶠句也。『染』、
『淺』二字皆精」；評溫庭筠〈菩薩蠻〉（竹風輕動庭除冷）：「迂公和韻
云：『夕陽簾外參差影』，殆不相讓。」〔註19〕評溫庭筠〈河傳〉（湖
上）：「或兩字斷，或三字斷，而筆致寬殊，語氣聯屬，斯爲妙手。」
〔註20〕或設身處地站在詞中主人翁的立場，爲之發出喟嘆；或針對
作者寫情之深刻，字句之精煉給予肯定，但僅止於此，並沒有開拓
溫庭筠詞的不同面貌。至於《古今詞統》收溫庭筠〈應天長〉（雙眉
澹薄藏心事）一首，則未見《花間集》。《花間集》和《全唐五代詞》
均標記爲牛嶠所作〔註21〕。

　　以溫庭筠詞被選錄的數量來看，清代朱彝尊《詞綜》選錄溫詞共
三十三首，可視爲溫詞受到注意的具體表現，因爲在朱彝尊《詞綜》
中選詞數超過三十首的並不多，如周邦彥有三十七首，辛棄疾有四十
三首，吳文英有五十七首，周密有五十七首，王沂孫有三十五首，張
炎有四十八首，從數量上看，溫詞應受到相當程度的重視。針對這一
現象，李冬紅《《花間集》接受史論稿》認爲：浙西詞派「反對豔詞，
又排斥壯詞，卻沒有否定《花間集》。朱彝尊的《詞綜》選了大量的
《花間》作品，學詞也是從《花間》入手的。其最早的《眉匠詞》中
所收作品，大多具《花間》聲味，模擬痕跡相當明顯。」〔註22〕但，
爲什麼溫庭筠詞沒有在此時開發出有關寄託的解析？一方面與《詞

〔註17〕　〔明〕卓人月彙選、徐士俊參評：《古今詞統》，卷一，頁471。
〔註18〕　〔明〕卓人月彙選、徐士俊參評：《古今詞統》，卷三，頁504。
〔註19〕　〔明〕卓人月彙選、徐士俊參評：《古今詞統》，卷五，頁548。
〔註20〕　〔明〕卓人月彙選、徐士俊參評：《古今詞統》，卷七，頁600。
〔註21〕　〔後蜀〕趙崇祚編：《花間集》，臺北：世界書局，1992年9月四版，
　　　　頁19；曾昭岷、曹濟平、王兆鵬、劉尊民編：《全唐五代詞》，北京：
　　　　中華書局，1999年12月一版，頁507。
〔註22〕　李冬紅：《《花間集》接受史論稿》，頁264。

綜》推崇姜夔、張炎的雅詞有關，朱彝尊《詞綜‧發凡》云：「塡詞最雅，無過石帚」，汪森〈《詞綜》序〉則云：「鄱陽姜夔出，句琢字鍊，歸於醇雅。」〔註23〕另外，則是因為《詞綜》所收涵蓋唐、五代、宋、金、元詞，為呈現一歷時性的演變，溫庭筠作為《花間集》大家，被收錄的詞作數自然較多，況且朱彝尊《詞綜‧發凡》有云：「是集兼採趙弘基《花間集》、黃昇《花庵絕妙詞》、《中興以來絕妙詞》。」〔註24〕可見《詞綜》收錄了較多數量的溫庭筠詞，是反映了詞之初起的真實情況。

　　清代先著、程洪《詞潔》因為「是選專錄宋一代之詞，宋以前則取《花間》原本，稍為遴撮。」〔註25〕所以沒有收錄溫庭筠詞，黃蘇《蓼園詞選》則只收錄溫庭筠〈玉樓春〉（家臨長信往來道）一首，針對這一首，黃蘇引《茗溪漁隱叢話》「飛卿作此晚春曲，殊有富貴佳致」，云：「前後闋一氣渾成。前六句是寫家居繁盛之地，見人家富貴之象。末二句始借以自況，黯然情深。」〔註26〕始道出溫庭筠詞的不同特點，並讀出其中有「借以自況，黯然情深」的意味，打破長久以來對溫詞的既定認知。但這首詞並不見於《花間集》，黃蘇乃據《草堂詩餘》所錄，因此《古香岑草堂詩餘》和《古今詞統》也都有收錄。根據《全唐五代詞》考辨云：「此首胡仔有『殊有富貴佳致』之評，為諸家所重，或以為詩，或以為詞，明代以來始有爭議。」〔註27〕劉學鍇《溫庭筠全集校注》即錄為詩作，名〈春曉曲〉〔註28〕。只有清代賀裳《皺水軒詞筌》提出不同看法：「溫集作〈春曉曲〉，不列之詩；

〔註23〕朱彝尊《詞綜‧發凡》、汪森〈《詞綜》序〉，〔清〕朱彝尊抄撮，汪森增定：《詞綜》，頁5；1。

〔註24〕朱彝尊《詞綜‧發凡》，〔清〕朱彝尊抄撮，汪森增定：《詞綜》，頁3。

〔註25〕先著《詞潔‧發凡》，〔清〕先著、程洪輯：《詞潔》，頁2。

〔註26〕黃蘇《蓼園詞選》評溫庭筠〈玉樓春〉（家臨長信往來道），《清人選評詞集三種》，頁39～40。

〔註27〕曾昭岷、曹濟平、王兆鵬、劉尊民編：《全唐五代詞》，頁1022。

〔註28〕劉學鍇：《溫庭筠全集校注》，北京：中華書局，2007年1月一版，頁185。

《花間》采溫詞至多，此亦不載……作歌行爲當。」〔註29〕顯然若以詞來論，要以黃蘇的評點爲溫庭筠詞接受的分界點，似有不足。

　　故而，常州派詞選的出現，以及對溫庭筠詞的費心評點和重視，才是使溫庭筠詞的地位和價值都得以提高的關鍵。雖然張惠言《詞選》只選了十八首溫庭筠詞，但張選總共只選了一百一十六首唐宋詞，溫詞占整部詞選的十分之一強，比例很高，尤其將〈菩薩蠻〉十四首全部錄入，並視爲溫庭筠的代表作，讓讀者認識到溫詞的不同面貌，譚獻和陳廷焯的評點，也順著張惠言的詮解作發揮，維持高評價，這對溫庭筠詞的接受產生相當的影響。在張惠言《詞選》中，提出溫庭筠〈菩薩蠻〉十四首是「感士不遇也。篇法彷彿〈長門賦〉，而用節節逆敘」，有「《離騷》『初服』之意」〔註30〕，譚獻則贊同「以〈士不遇賦〉讀之最確」〔註31〕，陳廷焯更直指「〈菩薩蠻〉諸闋亦全是《楚騷》」〔註32〕，「思君之詞，託於棄婦，以自寫哀怨，品最工，味最厚」〔註33〕，這是從作者的寫作動機以及詞作意義來解讀，呈現出讀者建構後的溫庭筠詞。尤其，張惠言和陳廷焯還爲唐宋詞進行品評，溫庭筠〈菩薩蠻〉十四首都被評爲「。。。」最高等級，這種推崇固然是爲呼應他們的詞論主張，但以溫庭筠詞的接受來看，影響卻是正面的，因爲使溫詞的評價達到前所未有的高度。

　　在清代常州詞派出現以前，對溫庭筠詞的評點，多就其詞的主題和藝術特點作出說明，「閨怨」、「綺靡」是對溫詞的一般印象，但

〔註29〕〔清〕賀裳：《皺水軒詞筌》，唐圭璋編：《詞話叢編》，北京：中華書局，2005 年 10 月二版，頁 709〜710。

〔註30〕張惠言評溫庭筠〈菩薩蠻〉（小山重疊金明滅），〔清〕張惠言輯：《詞選》，頁 537。

〔註31〕譚獻評溫庭筠〈菩薩蠻〉（小山重疊金明滅）等五首，〔清〕譚復堂評：《譚評詞辨》，卷一，頁 1。

〔註32〕陳廷焯評溫庭筠〈菩薩蠻〉（小山重疊金明滅），〔清〕陳廷焯編選：《詞則・大雅集》，頁 17。

〔註33〕陳廷焯評溫庭筠〈更漏子〉（柳絲長），〔清〕陳廷焯編選：《詞則・大雅集》，頁 22。

張惠言、譚獻、陳廷焯卻指出「閨怨」和「綺靡」只是表象,「感士不遇」才是溫詞寫作的真正原因,如此一來,原本的代言體變成自寓詞,張以仁《花間詞論續集》云:溫詞「以深閨怨婦爲主角,你得從滿頭珠翠中去欣賞她對姿容的自憐,對青春的惋惜,她的無盡的企盼與終極的哀怨,她的柔腸百轉與閒愁千斛,你從這些倩盼之姿中,不妨推想是否作者正在陳訴自己的不幸,寄託了自己的不平。」〔註34〕從這樣的角度看,張惠言對溫詞的解讀,正可謂細膩而深刻。也因爲詞人帶有情感的閱讀,因而發現溫庭筠的這種表達方式,與屈原《離騷》「善鳥香草,以配忠貞;惡禽臭物,以比讒佞;靈脩美人,以媲於君;宓妃佚女,以譬賢臣;虬龍鸞鳳,以託君子;飄風雲霓,以爲小人」〔註35〕,有所寓託的寫作手法如出一轍,是君子在仕途受挫後,憂國思君,不得已而爲之的表現,詞中的深刻情感值得讀者仔細體會,詞作的價值也立即提昇。針對張惠言這樣的解讀方式,郭娟玉《溫庭筠接受研究》亦給予肯定:「無論是從溫庭筠的生命歷程、創作風格、寫作背景,或〈菩薩蠻〉的撰作背景、寫作動機以及十四詞的意象與感情的內在繫聯觀之,讀者以『感士不遇』解之,誠可謂信而有徵。⋯⋯張氏之說,雖或有指實、拘泥之弊,卻成爲以『寄託』說詞的第一讀者」,「爲讀者提供新的解讀視野,開啓了溫庭筠接受的新紀元」〔註36〕,這正是張惠言解詞的一大突破。

　　雖然周濟詞選並未選錄溫庭筠詞,但他在《介存齋論詞雜著》中提出:「飛卿醞釀最深,故其言不怒不懾,備剛柔之氣。」〔註37〕這種觀點,與張惠言等詞學家的所採取的解讀方式相當類似,即不單純

〔註34〕張以仁:《花間詞論續集》,臺北:中央研究院中國文哲研究所,2006年8月初版,頁219。

〔註35〕王逸《離騷經章句‧序》,〔宋〕洪興祖:《楚辭補注》,臺北:大安出版社,1995年6月一版,頁3。

〔註36〕郭娟玉:《溫庭筠接受研究》,頁210;204。

〔註37〕周濟《介存齋論詞雜著》,〔清〕周濟:《詞辨》,據清光緒四年刻本影印,《續修四庫全書‧集部‧詞類》,頁577。

從溫庭筠「綺靡」的風格、字面去解讀，而是從詞句中隱藏的情感和詞人的遭遇，展開聯想和解析，以讀出詞中的深意。因此張惠言指出溫詞「深美閎約」〔註 38〕，周濟認為「飛卿醞釀最深」，陳廷焯評其「淒怨而深厚」，「欲語復咽，中含無限情事，是為『沉鬱』」〔註 39〕，都是根據詞中之寄託以及言外之意進行深入的解析，以挖掘和探尋溫詞的深刻寓意。鄭騫〈溫庭筠、韋莊與詞的創始〉即云：「張惠言《詞選・序》說『飛卿之詞深美閎約』，周濟《介存齋論詞雜著》說『飛卿醞釀最深』，所謂醞釀，即是對於宇宙人生的觀察體驗，想把觀察體驗所得的感覺與印象寫出來，常是要以外界景物為寄託，當然詞藻也就易於濃麗。」〔註 40〕但這些對溫詞的評析，有一個前提，即溫詞真的有所醞釀，並寓含深意。然而，在常州派詞選對溫詞的評點中，卻沒有看見如此解析的確切依據，如溫庭筠與屈原背景遭遇的類似程度，以及〈菩薩蠻〉十四首與《離騷》的共同特點是否多到可以相互比擬的程度，所提論據是不足的。

即使如此，常州派詞選對溫庭筠詞的評點，仍有正面的影響，即呈現《花間》詞人創作的多樣面貌，在賞其字句華美之餘，更要就字句背後透露的訊息作探索，以體察詞人幽深的心緒及情感，給出較恰當的評價。因此像陳廷焯對〈更漏子〉（玉爐香）的評點，尾批引胡元任云：「庭筠工於造語，極為奇麗，此詞尤佳。」眉批則云：「後半闋無一字不妙，沉鬱不及上二章，而淒警特絕。」〔註 41〕顯然溫庭筠「工於造語，極為奇麗」的特點，他是清楚掌握的，但他卻嘗試就造語之外的特點，即是否有所寄託作探索，以進行更全面

〔註 38〕張惠言《詞選・敘》，〔清〕張惠言輯：《詞選》，頁 536。

〔註 39〕陳廷焯評溫庭筠〈河傳〉（湖上）、〈更漏子〉（星斗稀），《詞則・大雅集》，頁 23；22。

〔註 40〕鄭騫〈溫庭筠、韋莊與詞的創始〉，鄭騫：《景午叢編》，臺北：臺灣中華書局，1972 年 1 月初版，頁 107。

〔註 41〕陳廷焯評溫庭筠〈更漏子〉（玉爐香），〔清〕陳廷焯編選：《詞則・大雅集》，頁 22。

的評賞，因而提出「沉鬱不及上二章，而淒警特絕」的意見，按陳
廷焯《白雨齋詞話》所述，即是從「寓孽子孤臣之感」〔註42〕的角
度來解析，這對詞作內容深度之提昇是有幫助的，同時能提供另外
一種解詞的方式，只是需要更多的證據來支持。又如陳廷焯評溫庭
筠〈河瀆神〉(河上望叢祠)：「寄哀怨於迎神曲中，得《九歌》之遺意。」
〔註43〕亦讓詞作價值得以提昇，並豐富溫詞樣貌，打破長久以來對
溫詞的既定認知。

　　常州派詞選透過對溫庭筠詞的評點，使其寄託的論點找到支
持，雖然是有意為之的結果，但溫庭筠詞也因為這樣的評點，拓展
被接受的範圍，而被反覆閱讀和解析。單憑朱彝尊《詞綜》之選詞，
還不足以深化溫詞的內容和意義，只有透過常州派詞選的評點，才
讓溫詞的影響得以擴大。除此之外，吳宏一《溫庭筠〈菩薩蠻〉詞
研究》還指出常州詞派張惠言這種解詞方式的另一個影響，即：「讓
創作者在倚聲填詞的時候，不輕視自己，不薄詞為末技小道，要注
意寓情草木，託意男女，多求比興之旨。因為它本來就可以與詩賦
之流，同類而諷誦。」〔註44〕這樣的說法，正好呼應了張惠言編輯
《詞選》，希望可以「塞其下流，導其淵源，無使風雅之士懲於鄙
俗之音，不敢與詩賦之流同類而風誦之」〔註45〕的目的，詞體的地
位便能提昇，因此溫庭筠詞正是張惠言論述的最佳例證。

〔註42〕《白雨齋詞話》云：「所謂沉鬱者，意在筆先，神餘言外。寫怨夫思
　　　　婦之懷，寓孽子孤臣之感。凡交情之冷淡，身世之飄零，皆可於一
　　　　草一木發之。」〔清〕陳廷焯：《白雨齋詞話》，上海：上海古籍出版
　　　　社，1984年5月一版，卷一，頁9～10。
〔註43〕陳廷焯評溫庭筠〈河瀆神〉(河上望叢祠)，〔清〕陳廷焯編選：《詞
　　　　則・別調集》，頁546。
〔註44〕吳宏一：《溫庭筠〈菩薩蠻〉詞研究》，新竹：清華大學出版社，2009
　　　　年9月初版，頁178。
〔註45〕張惠言《詞選・敘》，〔清〕張惠言輯：《詞選》，頁536。

二、韋　莊

　　在唐五代詞家中，常州詞派關注的對象除了溫庭筠，還有韋莊，韋莊的〈菩薩蠻〉（紅樓別夜堪惆悵）（人人盡說江南好）（如今却憶江南樂）（洛陽城裏春光好）四首，同樣是常州派詞選著力評點的詞作，並認爲這四首寓意遙深，彼此之間相互連結與呼應，如張惠言《詞選》評〈菩薩蠻〉（紅樓別夜堪惆悵）：「此詞蓋留蜀後寄意之作。一章言奉使之志，本欲速歸。」〔註46〕譚獻評曰：「亦塡詞中《古詩十九首》。即以讀《十九首》心眼讀之。」〔註47〕陳廷焯《詞則》評曰：「深情苦調，意婉詞直，屈子《九章》之遺。詞至端己，語漸疏，情意卻深厚，雖不及飛卿之沉鬱，亦古今絕構也。」〔註48〕他們的解讀聯結韋莊入蜀後的遭遇，認爲韋莊詞是「強顏作愉快語」〔註49〕，「中有難言之隱」〔註50〕，這種身世的感慨，使韋詞獲得極高評價。但在常州詞派以前，對韋莊詞的態度又如何？以下統計歷代詞選所選韋莊詞數量，再作討論。歷代所選韋莊詞一覽表：

詞　　牌	花庵詞選	草堂詩餘	草堂四集	古今詞統	詞綜	詞潔	蓼園詞選	詞選	詞辨	宋四家詞選	詞則
〈菩薩蠻〉（紅樓別夜堪惆悵）	×	×	×	×	V	×	×	V	V	×	V
〈菩薩蠻〉（人人盡說江南好）	V	×	×	V	V	×	×	V	V	×	V
〈菩薩蠻〉（如今却憶江南樂）	×	×	V	V	V	×	×	V	V	×	V
〈菩薩蠻〉（洛陽城裏春光好）	V	×	×	×	V	×	×	V	V	×	V

〔註46〕〔清〕張惠言輯：《詞選》，頁 539。
〔註47〕〔清〕譚復堂評：《譚評詞辨》，卷一，頁 2。
〔註48〕陳廷焯評韋莊〈菩薩蠻〉（紅樓別夜堪惆悵），〔清〕陳廷焯編選：《詞則・大雅集》，頁 28。
〔註49〕譚獻評韋莊〈菩薩蠻〉（人人盡說江南好），〔清〕譚復堂評：《譚評詞辨》，卷一，頁 2。
〔註50〕陳廷焯評韋莊〈菩薩蠻〉（洛陽城裏春光好），〔清〕陳廷焯編選：《詞則・大雅集》，頁 28。

詞作											
〈歸國遙〉（金翡翠）	×	×	×	×	V	×	×	×	×	×	V
〈應天長〉（綠槐陰裏黃鸝語）	V	×	×	×	×	×	×	×	×	×	V
〈應天長〉（別來半歲音書絕）	×	×	×	×	V	×	×	×	×	×	V
〈浣溪沙〉（夜夜相思更漏殘）	×	×	V	×	×	×	×	×	×	×	V
〈浣溪沙〉（惆悵夢餘山月斜）	×	×	V	×	×	×	×	×	×	×	V
〈謁金門〉（空相憶）	V	×	V	×	×	×	×	×	×	×	V
〈謁金門〉（春雨足）	×	×	V	×	×	×	V	×	×	×	V
〈謁金門〉（春漏促）	×	×	V	V	×	×	×	×	×	×	V
〈更漏子〉（鐘鼓寒）	×	×	×	×	V	×	×	×	×	×	×
〈天仙子〉（蟾彩霜華夜不分）	×	×	×	×	V	×	×	×	×	×	×
〈荷葉杯〉（絕代佳人難得）	×	×	×	×	V	×	×	×	×	×	×
〈荷葉杯〉（記得那年花下）	×	×	×	×	V	×	×	×	×	×	×
〈清平樂〉（野花芳草）	V	×	×	×	V	×	×	×	×	×	×
〈清平樂〉（鶯啼殘月）	×	×	V	×	V	×	×	×	×	×	×
〈河傳〉（何處）	×	×	×	×	V	×	×	×	×	×	×
〈河傳〉（春晚）	×	×	×	×	V	×	×	×	×	×	×
〈河傳〉（錦浦）	×	×	×	×	V	×	×	×	×	×	×
〈小重山〉（一閉昭陽春又春）	V	V	V	×	×	×	×	×	×	×	V
〈訴衷情〉（燭盡香殘簾半卷）	×	×	×	V	×	×	×	×	×	×	×
〈訴衷情〉（碧沼紅芳煙雨淨）	×	×	×	×	V	×	×	×	×	×	×
〈上行盃〉（芳草灞陵春岸）	×	×	×	×	V	×	×	×	×	×	×
〈女冠子〉（四月十七）	×	×	V	V	×	×	×	×	×	×	×
〈玉樓春〉（獨上小樓春欲暮）	V	×	×	V	×	×	×	×	×	×	V
〈思帝鄉〉（春日游）	×	×	×	V	×	×	×	×	×	×	×
合　　計	7首	1首	8首	8首	19首	0首	1首	4首	4首	0首	15首

　　從上述統計結果來看，可以發現常州派詞選注重的韋莊〈菩薩蠻〉（紅樓別夜堪惆悵）（人人盡說江南好）（如今却憶江南樂）（洛陽城裏春光好）四首，只有南宋《花庵詞選》和明代《古今詞統》各選了其中兩首，而且沒有任何評語，受到關注的程度相對較低。明代沈際飛《古香岑

草堂詩餘四集》著意選錄的韋莊〈浣溪沙〉（夜夜相思更漏殘）（惆悵夢餘山月斜）兩首和〈謁金門〉（空相憶）（春雨足）（春漏促）三首，在常州派詞選中，只有陳廷焯《詞則》選了〈浣溪沙〉（夜夜相思更漏殘）和〈謁金門〉（空相憶），顯見對詞是以情爲主〔註51〕，還是有所寄託的認知差異，直接影響了對韋莊詞的選錄，呈現不同的取向。在評點上更是不同，如沈際飛將〈浣溪沙〉（夜夜相思更漏殘）直接歸類爲「閨怨」詞，針對詞中的「想君思我錦衾寒」一句，沈際飛評曰：「『替他思』，妙。」〔註52〕可是陳廷焯的評點卻指出：「從對面設想，便深厚。」〔註53〕所謂「深厚」，便不是從詞的主題和表面意思作解讀，而是深入體察詞人心理，解析寫作當下的情感，應有所寄託，但又不能實指，其中自有莫可奈何處，故藉由詞作曲折隱微的表述出來。陳廷焯有關「深厚」之解讀，拋開此詞是否眞有所指的問題，他的刻意解讀確實讓詞作更耐人尋味，也更有討論空間，這對詞的深入探討以及拓展，的確有直接影響和幫助。

　　如果一味採取沈際飛《古香岑草堂詩餘》的評點模式，則可能限制詞作解讀，並影響對詞人的深入認識。如沈際飛將韋莊〈女冠子〉（四月十七）歸類爲「閨情」〔註54〕，評韋莊〈小重山〉（一閉昭陽春又春）：「章法同趙德仁，而宮闈稍異。」〔註55〕評韋莊〈謁金門〉（春雨足）：「『染就』句，麗。說得『雙羽』有情。魚游春水詞，『雲山萬重，寸心千里』，亦自妙。此以上文布景，代一『目』字意思，完全韻腳，警策。」〔註56〕評韋莊〈謁金門〉（春漏促）：「情不知所

〔註51〕　沈際飛《古香岑草堂詩餘四集・序》：「故詩餘之傳，非傳詩也，傳情也，傳其縱古橫今，體莫備於斯也。」〔明〕沈際飛評選：《古香岑草堂詩餘・正集》，頁7～8。

〔註52〕　〔明〕沈際飛評選：《古香岑草堂詩餘・別集》，卷一，頁13。

〔註53〕　陳廷焯評韋莊〈浣溪沙〉（夜夜相思更漏殘），〔清〕陳廷焯編選：《詞則・大雅集》，頁30。

〔註54〕　〔明〕沈際飛評選：《古香岑草堂詩餘・別集》，卷一，頁9。

〔註55〕　〔明〕沈際飛評選：《古香岑草堂詩餘・正集》，卷二，頁9。

〔註56〕　〔明〕沈際飛評選：《古香岑草堂詩餘・正集》，卷一，頁20。

起，一往而深。子野亦云：『彈到斷腸時，春山眉黛低。』而《花間》、《草堂》，語致微異，心手不知。」〔註57〕將韋莊的詞作歸類為與「閨情」、「宮闈」相關，都寫得一往情深，且有韻致，但除此之外，韋莊的個人遭遇和韋莊詞的個別特色為何？則不易凸顯。相對來說，常州派詞選的評點方式，雖然無法證明韋莊的詞作都與入蜀後的遭遇有關，但深入解析詞人情感和詞作寓意的結果，卻讓韋莊詞的個人特色得以凸顯，他的苦楚自然能引起讀者更多的同情共感。

再比較明代徐士俊《古今詞統》的評點，其評韋莊〈思帝鄉〉（春日游）：「死心塌地。」〔註58〕評〈女冠子〉（四月十七）：「衝口而出，不假妝砌。」〔註59〕評〈謁金門〉（春漏促）：「末二句與『彈到斷腸時，春山眉黛低』相類。而《花間》、《草堂》，語致自異，心手不知。」〔註60〕評〈應天長〉（別來半歲音書絕）：「以末一字而生一首之色。」〔註61〕這種評點方式錦上添花的凸顯詞作特色，標舉韋莊寫情之深刻，但一往情深之外，其中的傷心處又如何，只有常州派詞選的評點特意強調，所謂：「以讀《十九首》心眼讀之」〔註62〕，「端己詞時露故君之思，讀者當會意於言外」〔註63〕，這才讓韋莊詞的價值提昇，詞作的內容寓意也更深刻。

雖然清代黃蘇《蓼園詞選》也採取同樣的評點方式，如評韋莊〈謁金門〉（春雨足）：「按：端己以才名入蜀後，王建割據，遂被羈留，為蜀散騎常侍，判中書門下事。曰：『弄晴對浴』，其自喻仕蜀乎？曰：『寸心千里』，又可以悲其志矣！」〔註64〕但只選了一首詞，

〔註57〕〔明〕沈際飛評選：《古香岑草堂詩餘・別集》，卷一，頁23。

〔註58〕〔明〕卓人月彙選、徐士俊參評：《古今詞統》，卷三，頁508。

〔註59〕〔明〕卓人月彙選、徐士俊參評：《古今詞統》，卷四，頁527。

〔註60〕〔明〕卓人月彙選、徐士俊參評：《古今詞統》，卷五，頁558。

〔註61〕〔明〕卓人月彙選、徐士俊參評：《古今詞統》，卷六，頁580。

〔註62〕〔清〕譚復堂評：《譚評詞辨》，卷一，頁2。

〔註63〕陳廷焯評韋莊〈天仙子〉（蟾采霜華夜不分），〔清〕陳廷焯編選：《詞則・別調集》，頁558～559。

〔註64〕黃蘇《蓼園詞選》評韋莊〈謁金門〉（春雨足），《清人選評詞集三種》，

這一首，不管是朱彝尊《詞綜》，還是常州派詞選，都沒有選錄，能否作爲韋莊的代表詞作，是值得斟酌的。在《詞綜》選錄數量較多的韋莊詞，呈現更豐富的面貌之後，常州詞派的評點則就韋莊詞的情感、寄寓作更深入的解析，直指韋詞「深情苦調，意婉詞直，屈子《九章》之遺」〔註65〕，對韋詞有如此的讚譽，韋莊的詞史地位也因而提高。

三、馮延巳

　　關於馮延巳詞，陳廷焯《白雨齋詞話》給予極高評價，並視之爲唐五代時期的代表詞家，可與溫庭筠、韋莊相提並論，陳氏云：「馮正中詞，極沉鬱之致，窮頓挫之妙，纏綿忠厚，與溫、韋相伯仲也。」〔註66〕然而關於馮延巳的代表作〈蝶戀花〉（六曲闌干偎碧樹）（誰道閑情拋棄久）（幾日行雲何處去）（庭院深深深幾許）四首，是否皆爲馮延巳所作，卻是有爭議的，這也直接影響常州派詞選對馮詞的評點。張惠言《詞選》認爲〈蝶戀花〉（六曲闌干偎碧樹）（誰道閑情拋棄久）（幾日行雲何處去）「三詞忠愛纏綿，宛然《騷》、〈辨〉之義。延巳爲人，專蔽嫉妒，又敢爲大言。此詞蓋以排間異己者，其君之所以信而弗疑也。」〔註67〕判定是馮延巳所作，而〈蝶戀花〉（庭院深深深幾許）一首，則根據李清照〈詞序〉所述，將之判定爲歐陽修所作〔註68〕；

頁23。

〔註65〕陳廷焯評韋莊〈菩薩蠻〉（紅樓別夜堪惆悵），〔清〕陳廷焯編選：《詞則・大雅集》，頁28。

〔註66〕〔清〕陳廷焯：《白雨齋詞話》，頁13～14。

〔註67〕〔清〕張惠言輯：《詞選》，頁540。

〔註68〕張惠言評歐陽修〈蝶戀花〉（庭院深深深幾許）：「『庭院深深』，閨中既以邃遠也。『樓高不見』，哲王又不寤也。『章臺』、『遊冶』，小人之徑。『雨橫風狂』，政令暴急也。『亂紅飛去』，斥逐者非一人而已，殆爲韓、范作乎。此詞亦見馮延巳集中。李易安〈詞序〉云：『歐陽公作〈蝶戀花〉，有「庭院深深深幾許」之句，余酷愛之，用其語作庭院深深數闋，其聲即舊〈臨江仙〉也。』易安去歐公未遠，其言必非無據。」〔清〕張惠言輯：《詞選》，頁541。

但周濟《宋四家詞選》則將這四首判定爲歐陽修所作，周氏云：「此及下三闋，一作馮延巳詞。按：馮詞多與歐公相亂，此實公詞也。數詞纏綿忠篤，其文甚明，非歐公不能作。延巳小人，縱欲僞爲君子，以惑其主，豈能有此至性語乎」〔註69〕；譚獻評點《詞辨》則云：「或曰：『非歐公不能爲。』或曰：『馮敢爲大言如是。』讀者審之。」〔註70〕直接將作者判定的問題，留給讀者自行判讀；陳廷焯根據朱彝尊《詞綜》，認爲：「惟《詞綜》獨斷爲馮延巳作，竹垞博覽群書，必有所據。且與上三章一色，筆墨從之。」〔註71〕在《白雨齋詞話》中，更強調：「〈蝶戀花〉四章，古今絕構。《詞選》本李易安〈詞序〉，指『庭院深深』一章爲歐陽公作，他本亦多作永叔詞，惟《詞綜》獨云馮延巳作，竹垞博極群書，必有所據。且細味此闋，與上三章筆墨，的是一色，歐公無此手筆。」〔註72〕然而，之所以引起這樣的爭議，關鍵在於作者人品的問題，如周濟就以馮延巳爲僞君子，根本不可能有此「至性語」，直接將四首歸爲歐陽修所作；同樣的，陳廷焯也以作家手筆，認爲歐陽修寫不出這樣的作品，而將四首歸爲馮延巳所作。這正好凸顯常州派詞選以寄託爲評的問題，既然要談詞之寄託，以及詞人的寫作動機，有何「幽約怨悱不能自言之情」〔註73〕，則作者生平遭遇的考證應該很重要，可以此作爲詞之是否有寄託的依據，但從常州派詞選對馮詞的評點來看，並沒有針對這一點作更深入的探索，反而是根據詞中「忠愛纏綿」的情感，再聯結馮、歐二人給讀者的一般印象，去判定誰才眞正有此「忠愛纏綿」之情，這種認定方式其實是很主觀的，在這樣的情況下所展開的有關詞之寄託的討論，以及作者寫作動機的解讀，其

〔註69〕〔清〕周濟輯：《宋四家詞選》，頁6。
〔註70〕〔清〕譚復堂評：《譚評詞辨》，頁1。
〔註71〕陳廷焯評馮延巳〈蝶戀花〉（庭院深深深幾許），〔清〕陳廷焯編選：《詞則・大雅集》，頁36～37。
〔註72〕〔清〕陳廷焯：《白雨齋詞話》，頁13～14。
〔註73〕張惠言《詞選・敘》，〔清〕張惠言輯：《詞選》，頁536。

實只能作爲參考，因爲這種寄託和寫作動機只是讀者的設想，並沒有足夠的客觀證據。常州派詞選這種解讀詞中寄託的方式，針對詞句透露的訊息，解析詞中情感和寓意，是可以被接受的，但如果據以反推〈蝶戀花〉四首不可能是馮延巳所作，或〈蝶戀花〉(庭院深深深幾許)不是歐陽修所作，都是值得再商榷的。應該提出更多與考證有關的證據，才可以支持各自的說法。

在常州派詞選之前，對馮延巳詞的選錄情況又是如何？以下先就歷代詞選所選馮延巳詞作數量，作一統計，再據以討論。歷代所選馮延巳詞一覽表：

詞　　牌	花庵詞選	草堂詩餘	草堂四集	古今詞統	詞綜	詞潔	蓼園詞選	詞選	詞辨	宋四家詞選	詞則
〈蝶戀花〉(六曲闌干偎碧樹)	×	×	×	×	V	×	V	V	V	×	V
〈蝶戀花〉(誰道閑情拋棄久)	×	×	×	×	V	×	V	V	V	×	V
〈蝶戀花〉(幾日行雲何處去)	×	×	×	×	V	×	V	V	V	×	V
〈蝶戀花〉(庭院深深深幾許)	×	×	×	×	V	×	×	×	×	×	×
〈蝶戀花〉(芳草滿園花滿目)	×	×	V	×	×	×	×	×	×	×	×
〈羅敷豔歌〉(小堂深靜無人到)	×	×	×	×	V	×	×	×	×	×	V
〈羅敷豔歌〉(笙歌放後人歸去)	×	×	×	×	×	×	×	×	×	×	V
〈羅敷豔歌〉(馬嘶人語春風岸)	×	×	×	×	V	×	×	×	×	×	V
〈羅敷豔歌〉(花前失卻遊春侶)	×	×	×	×	×	×	×	×	×	×	V
〈菩薩蠻〉(畫堂昨夜西風過)	×	×	×	×	×	×	×	×	×	×	V
〈菩薩蠻〉(回廊遠砌生秋草)	×	×	×	×	×	×	×	×	×	×	V
〈菩薩蠻〉(嬌鬟堆枕釵橫鳳)	×	×	×	×	×	×	×	×	×	×	V
〈菩薩蠻〉(西風嫋嫋凌歌扇)	×	×	×	×	×	×	×	×	×	×	V
〈菩薩蠻〉(沉沉朱戶橫金鎖)	×	×	×	×	×	×	×	×	×	×	V

〈菩薩蠻〉(敧鬟墮髻搖雙槳)	×	×	×	×	V	×	×	V	×	V
〈菩薩蠻〉(梅花吹入誰家笛)	×	×	V	×	×	×	×	×	×	×
〈清平樂〉(雨晴煙晩)	×	×	×	×	×	×	×	V	×	×
〈清平樂〉(春愁南陌)	×	×	×	×	×	×	×	×	×	×
〈喜遷鶯〉(宿鶯啼鄉夢斷)	×	×	×	×	×	×	×	×	×	×
〈芳草渡〉(梧桐落)	×	×	×	×	×	×	×	×	×	×
〈歸國謠〉(何處笛)	×	×	×	×	×	×	×	×	×	V
〈歸國謠〉(江水碧)	×	×	×	×	×	×	×	×	×	V
〈南鄉子〉(細雨溼秋風)	×	×	×	×	×	×	×	×	×	×
〈憶秦娥〉(風淅淅)	×	×	×	×	×	×	×	×	×	×
〈拋毬樂〉(梅落新春入後庭)	×	×	×	×	×	×	×	×	×	×
〈拋毬樂〉(霜積秋山萬樹紅)	×	×	×	×	×	×	×	×	×	×
〈拋毬樂〉(坐對高樓千萬山)	×	×	×	×	×	×	×	×	×	×
〈三臺令〉(春色春色)	×	×	×	×	×	×	×	×	×	×
〈三臺令〉(南浦南浦)	×	×	×	×	×	×	×	×	×	×
〈三臺令〉(明月明月)	×	×	×	×	×	×	×	×	×	×
〈浣溪沙〉(馬上凝情憶舊游)	×	×	×	×	×	×	×	×	V	×
〈應天長〉(一鈎初月臨妝鏡)	×	×	×	×	×	×	×	×	×	×
〈阮郎歸〉(角聲吹斷隴梅枝)	×	×	×	×	×	×	×	×	×	×
〈臨江仙〉(冷紅飄起桃花片)	×	×	×	×	×	×	×	×	×	×
〈虞美人〉(玉鈎鸞柱調鸚鵡)	×	×	×	×	×	×	×	×	×	V
〈謁金門〉(風乍起)	V	V	V	V	×	×	V	×	×	×
〈更漏子〉(夜初長)	V	×	×	V	×	×	×	×	×	×
〈長相思〉(紅滿枝)	×	×	V	×	×	×	×	×	×	×
合　　計	2首	1首	4首	2首	20首	0首	1首	5首	5首	32首

　　從上述統計結果來看，可以發現宋、明時期對馮延巳詞的選錄，與清代《詞綜》和常州派詞選的選錄，完全沒有交集，不管是《花庵詞選》、《草堂詩餘》，還是《古香岑草堂詩餘》、《古今詞統》所選，清代《詞綜》和常州派詞選都沒有選錄任何一首；相對的，

最爲常州派詞選重視的〈蝶戀花〉（六曲闌干偎碧樹）（誰道閑情拋棄久）
（幾日行雲何處去）（庭院深深深幾許）四首，宋、明時期的詞選也都沒
有選錄。由此可以了解，馮延巳之受到重視，應是常州派詞選推崇
與評點之後的結果。雖然常州派詞選在詞作寓含寄託以及作者之判
讀，有不盡客觀之處，但如果沒有如此注重作者個人的情感與政治
遭遇，馮延巳詞的個人特色其實也很難凸顯，從這個角度看，常州
派詞選對馮詞的評點仍是有意義的。如果是像宋代《草堂詩餘》，
明代《古香岑草堂詩餘》、《古今詞統》和清代黃蘇《蓼園詞選》，
在以類分或以調分的情況下，馮延巳的作品因爲個人特色較不鮮
明，很容易被忽略，即使是南宋黃昇《花庵詞選》以詞家爲綱，再
選出代表詞作，也只選錄馮延巳詞兩首，可見馮詞在當時就可能因
爲人品被質疑，或詞作個人色彩不夠濃厚，而被冷落。

　　再看常州派以前對馮延巳詞的評點，更可明白當時對馮詞的認
知相當片面，如明代沈際飛《古香岑草堂詩餘》，將馮延巳〈長相
思〉（紅滿枝）歸類爲「春閨」詞〔註74〕，評〈謁金門〉（風乍起）：「起
語與前詞（指韋莊〈謁金門〉（春雨足））同一況味。『聞鵲報喜』，須知
喜中還有疑在。惟動生感天下有心人，何處不關情，乃云『干卿甚
事』。」〔註75〕明代徐士俊《古今詞統》評〈謁金門〉（風乍起），眉
批云：「劉伯溫『風嬝嬝，吹綠一庭秋草』摹此。」〔註76〕清代黃
蘇《蓼園詞選》評此詞，則引《雪浪齋日記》與沈際飛說法：

　　　　《雪浪齋日記》云：南唐詞集云，馮延巳作〈謁金門〉（風
　　　　乍起），李後主云：「『吹皺一池春水』，干卿何事？」對曰：
　　　　「未若陛下『細雨夢迴雞塞遠，小樓吹徹玉笙寒』也。」

　　　　沈際飛曰：起語與前一詞同一況味。「聞鵲報喜」，須知喜
　　　　中還有疑在，無非望澤希寵之心，而語自清雋。〔註77〕

〔註74〕〔明〕沈際飛評選：《古香岑草堂詩餘‧正集》，卷一，頁3。
〔註75〕〔明〕沈際飛評選：《古香岑草堂詩餘‧正集》，卷一，頁20。
〔註76〕〔明〕卓人月彙選、徐士俊參評：《古今詞統》，卷五，頁558。
〔註77〕黃蘇《蓼園詞選》評馮延巳〈謁金門〉（風乍起），《清人選評詞集三

這樣一再引述同一件事的結果，不免對馮詞產生一種既定印象，其格局也不大，這是選詞數太少，所造成的直接影響。

　　王國維《人間詞話》云：「馮正中詞雖不失五代風格，而堂廡特大，開北宋一代風氣。」〔註78〕又指出可以用其詞句「和淚試嚴妝」稱其詞品〔註79〕；鄭騫〈論馮延巳詞〉則云：「馮詞的風格與謝（靈運）詩一樣，在高華濃麗的底面蘊藏無限悲涼。」〔註80〕可見馮延巳詞自有個人特色，在只選錄其中一、兩首，又不見得是代表作的情況下，很難呈現馮詞特色。況且，在常州詞派之前最被重視的〈謁金門〉（風乍起）　一首，雖然陳廷焯認為此詞寫得「若離若合，密意癡情，宛轉如見」，但他判斷：「陳質齋云：世言『風乍起』為馮延巳作，或云成幼文也。今《陽春集》無有，當是幼文作。」〔註81〕則此詞是否為馮延巳所作，都有問題，又如何能視為馮延巳的代表作。

　　由此可知，選詞和評點很重要，因為它會直接影響讀者對唐宋詞家的認知和了解，清代朱彝尊《詞綜》以前，對馮延巳詞的選錄不免有所偏頗和冷落，自《詞綜》出現以後，廣收各家詞作，馮詞也被收錄有二十首之多，才調整了這個失衡的情況。常州派詞選在《詞綜》的基礎上，參考《詞綜》所選詞作，並作延伸，如陳廷焯《詞則》，收錄更多具有寓意的詞作，認為馮延巳「憂讒畏譏，思深意苦」，「〈菩薩蠻〉諸闋，語長心重，溫、韋之亞也。」〔註82〕澄清唐五代詞家不是只寫閨情，或只是「望澤希寵」而已，乃是各有不

種〉，頁23。

〔註78〕王國維：《人間詞話》，唐圭璋編：《詞話叢編》，頁4243。

〔註79〕王國維《人間詞話》：「正中詞品，若欲於其詞句中求之，則『和淚試嚴妝』，殆近之歟。」王國維：《人間詞話》，《詞話叢編》，頁4241～4242。

〔註80〕鄭騫〈論馮延巳詞〉，鄭騫：《景午叢編》，頁111。

〔註81〕陳廷焯評成幼文〈謁金門〉（風乍起），〔清〕陳廷焯編選：《詞則‧閒情集》，頁871。

〔註82〕陳廷焯評馮延巳〈蝶戀花〉（六曲闌干偎碧樹）、〈菩薩蠻〉（畫堂昨夜西風過），〔清〕陳廷焯編選：《詞則‧大雅集》，頁35；37。

同面貌與感慨，這對馮延巳詞的被接受或擴大認識，則有正面影響。

第二節　北宋詞家

　　常州派詞選對北宋詞家的推崇各有不同，其中有所爭議的即是柳永、蘇軾、周邦彥三家，這也直接影響對三人詞作的選錄和評點。

一、柳　永

　　關於柳永詞，在常州派的詞選中，呈現正、反兩種不同的評價，以張惠言《詞選》來看，因為此選宗旨在「塞其下流，導其淵源」〔註83〕，以恢復詞體正聲，因此去取嚴格，對於柳永詞「不免有一時放浪通脫之言出於其間」的表現，為了避免「後進彌以馳逐，不務原其指意，破析乖剌，壞亂而不可紀」〔註84〕的情況發生，張惠言對於柳永詞一首都不選，徹底貶抑柳永詞。這固然有樹立詞體正軌的考量，但不見得能涵蓋柳詞樣貌，只是片面的認知。之後在周濟殘存的《詞辨》二卷中，選錄柳永〈傾盃樂〉（木落霜洲）一首，又在周濟《宋四家詞選》中，將柳永詞附於周邦彥詞之下，並選錄柳永〈鬥百花〉（煦色韶光明媚）、〈雨霖鈴〉（寒蟬淒切）、〈傾盃樂〉（木落霜洲）、〈卜算子慢〉（江楓漸老）、〈玉蝴蝶〉（望處雨收雲斷）、〈八聲甘州〉（對瀟瀟暮雨灑江天）、〈安公子〉（遠岸收殘雨）、〈雪梅香〉（景蕭索）、〈西平樂〉（盡日憑高寓目）、〈木蘭花慢〉（拆桐花爛熳）等十首，並評云：「柳詞總以平敘見長，或發端、或結尾、或換頭，以一、二語句勒、提、掇，有千鈞之力。」〔註85〕又云：「清真詞多從耆卿奪胎，思力沉摯處，往往出藍，然耆卿秀淡幽豔，是不可及。後人摭其《樂章》，訾為俗筆，眞瞽說也。」〔註86〕欣賞柳詞鋪敘與

〔註83〕張惠言《詞選‧敍》，〔清〕張惠言輯：《詞選》，頁536。
〔註84〕張惠言《詞選‧敍》，〔清〕張惠言輯：《詞選》，頁536。
〔註85〕周濟評柳永〈鬥百花〉（煦色韶光明媚），〔清〕周濟輯：《宋四家詞選》，頁9。
〔註86〕周濟評柳永〈雨霖鈴〉（寒蟬淒切），〔清〕周濟輯：《宋四家詞選》，

構思的表現，肯定他在詞史上承先啓後的影響，也爲柳詞之俗作出
澄清。譚獻評柳永〈傾盃樂〉（木落霜洲），更云：「耆卿正鋒，以當
杜詩。」又在「想繡閣深沉，怎知顦顇、損天涯行客」一句右旁，
旁批曰：「忠厚悱惻，不媿大家。」〔註87〕鄭曉華《書法藝術欣賞》
云：「『正鋒』運筆，筆尖居於筆畫中心，運筆時筆毫由中向兩側均
勻鋪開，行筆墨痕必然飲滿圓潤。」〔註88〕譚獻使用「正鋒」二字
比擬，相對於「側鋒」運筆，筆尖不居於筆畫中心，可能影響字體
整體和諧，譚獻對柳永此詞的標舉，也說明了柳永詞有寓含深刻感
懷，寫得「忠厚悱惻」者，但也不免有流於一般俗豔的作品。陳廷
焯《白雨齋詞話》則稱：「耆卿詞，善於鋪敘，羈旅行役，尤屬擅
長。然意境不高，思路微左，全失溫、韋忠厚之意。詞人變古，耆
卿首作俑也。」〔註89〕又稱：「蔡伯世云：『子瞻辭勝乎情，耆卿勝
乎辭，辭情相稱者，爲少游一人而已。』此論陋極。東坡之詞，純
以情勝，情之至者，詞亦至，只是情得其正，不似耆卿之喁喁兒女
私情耳。論古人詞，不辨是非，不別邪正，妄爲褒貶，吾不謂然。」
〔註90〕所謂「情得其正」，以顯「忠厚之意」，就是要求詞不能只陷
溺在「兒女私情」中，而是要有所寓託，即使是「寫怨夫思婦之懷」，
也能「寓孽子孤臣之感」〔註91〕，方能使詞旨深刻。因此，即使陳
廷焯《詞則》評柳永〈八聲甘州〉（對瀟瀟暮雨灑江天）：「情景兼到，
骨韻俱高，無起伏之痕，有生動之趣，古今傑構，耆卿集中僅見之
作。」〔註92〕但從整部《詞則》只選柳永〈雨霖鈴〉（寒蟬凄切）、〈少
年遊〉（參差煙樹霸陵橋）、〈卜算子慢〉（江楓漸老）、〈八聲甘州〉（對瀟

頁11。
〔註87〕 〔清〕譚復堂評：《譚評詞辨》，卷一，頁4。
〔註88〕 鄭曉華：《書法藝術欣賞》（原書名：《中國書法藝術的歷史與審美》），
　　　　臺北：五南圖書公司，2002年11月初版，頁418。
〔註89〕 〔清〕陳廷焯：《白雨齋詞話》，卷一，頁19。
〔註90〕 〔清〕陳廷焯：《白雨齋詞話》，卷一，頁19。
〔註91〕 〔清〕陳廷焯：《白雨齋詞話》，卷一，頁9～10。
〔註92〕 〔清〕陳廷焯編選：《詞則‧大雅集》，頁51。

瀟暮雨灑江天）、〈雪梅香〉（景蕭索）、〈訴衷情近〉（雨晴氣爽）、〈夜半樂〉（凍雲黯淡天氣）、〈蝶戀花〉（獨倚危樓風細細）、〈婆羅門令〉（昨宵裏恁和衣睡）共九首詞的情況看，其對柳永詞造語不免俚俗的表現，如〈八聲甘州〉（對瀟瀟暮雨灑江天）：「『佳人妝樓』四字連用，俗極。擇言貴雅，何不檢點如是，致令白璧微瑕」〔註93〕，又如，〈婆羅門令〉（昨宵裏恁和衣睡）：「起數語俚淺」〔註94〕，確實是有微辭的，否則不會在一千零二十九首唐宋詞中，只選九首柳永詞。比起周濟《宋四家詞選》，在二百三十九首宋詞中，就有十首是柳永詞，陳廷焯對柳永的貶抑，是很明顯的。從這一點，亦可了解陳廷焯的詞學主張和立場，與張惠言是一脈相承的。

　　在常州派詞選之前，對柳永詞的選錄與評點情況又是如何？以下同樣將歷代詞選所選柳永詞，整理成表格，來作了解。歷代所選柳永詞一覽表：

詞　　　牌	花庵詞選	草堂詩餘	草堂四集	古今詞統	詞綜	詞潔	蓼園詞選	詞選	詞辨	宋四家詞選	詞則
〈鬥百花〉（煦色韶光明媚）	×	V	V	×	V	×	×	×	×	V	×
〈西江月〉（鳳額繡簾高卷）	×	V	V	×	×	×	×	×	×	×	×
〈夏雲峯〉（宴堂深軒）	×	V	V	×	×	×	×	×	×	×	×
〈雨霖鈴〉（寒蟬淒切）	V	×	V	V	V	V	V	×	×	V	V
〈女冠子〉（斷煙殘雨）	×	×	×	×	×	×	×	×	×	×	V
〈女冠子〉（淡煙飄泊）	×	V	V	×	×	×	×	×	×	×	×
〈少年遊〉（參差煙樹霸陵橋）	×	×	×	×	V	×	×	×	×	×	V
〈少年遊〉（長安古道馬遲遲）	V	×	×	×	×	×	×	×	×	×	×
〈少年遊〉（日高花謝嬾梳頭）	×	×	×	V	×	×	×	×	×	×	×
〈傾盃樂〉（木落霜洲）	×	×	×	V	×	×	×	×	V	V	×

〔註93〕　〔清〕陳廷焯編選：《詞則・大雅集》，頁51。
〔註94〕　〔清〕陳廷焯編選：《詞則・閒情集》，頁892。

〈傾盃樂〉（禁漏花深）	×	V	V	×	×	×	×	×	×	×	×
〈卜算子慢〉（江楓漸老）	×	×	×	×	V	V	×	×	×	V	V
〈玉蝴蝶〉（漸覺東郊明媚）	V	×	×	V	×	×	×	×	×	V	V
〈玉蝴蝶〉（望處雨收雲斷）	V	×	×	V	×	×	×	×	×	V	×
〈望遠行〉（長空降瑞）	×	V	V	×	×	×	×	V	×	×	×
〈八聲甘州〉（對瀟瀟暮雨灑江天）	×	×	V	V	×	V	×	×	×	V	V
〈安公子〉（遠岸收殘雨）	×	×	V	V	×	×	V	×	×	V	V
〈雪梅香〉（景蕭索）	×	×	×	×	×	×	×	×	×	V	×
〈西平樂〉（盡日憑高寓目）	×	×	×	×	×	×	×	×	×	V	×
〈陽臺路〉（楚天晚）	×	×	×	×	×	×	×	×	×	×	×
〈二郎神〉（炎光初謝）	V	V	V	×	×	V	×	×	×	×	×
〈柳腰輕〉（英英妙舞腰肢軟）	V	×	×	×	×	×	×	×	×	×	×
〈晝夜樂〉（秀香家住桃花徑）	V	×	×	V	×	×	×	×	×	×	×
〈晝夜樂〉（洞房記得初相遇）	×	×	×	V	×	×	×	×	×	×	×
〈甘草子〉（秋暮）	V	×	×	V	×	×	×	×	×	×	×
〈木蘭花慢〉（拆桐花爛熳）	V	×	×	V	×	V	×	×	×	V	×
〈訴衷情近〉（雨晴氣爽）	×	×	×	×	×	×	×	×	×	×	×
〈訴衷情近〉（景闌晝永）	×	V	V	×	×	×	×	×	×	×	×
〈竹馬子〉（登孤壘荒涼）	×	×	×	×	×	×	×	×	×	×	×
〈玉山枕〉（驟雨新霽）	×	×	×	×	×	×	×	×	×	×	×
〈河傳〉（淮岸）	×	×	×	×	×	×	×	×	×	×	×
〈夜半樂〉（凍雲黯淡天氣）	×	×	×	×	×	×	×	×	×	×	V
〈蝶戀花〉（獨倚危樓風細細）	×	×	×	V	×	×	×	×	×	×	×
〈婆羅門令〉（昨宵裏恁和衣睡）	×	×	×	×	V	×	×	×	×	×	V
〈醉蓬萊〉（漸亭皋葉下）	V	V	V	×	×	V	×	×	×	×	×
〈滿江紅〉（暮雨初收）	V	×	×	×	×	×	×	×	×	×	×
〈過澗歇〉（淮楚）	×	V	V	×	×	×	×	×	×	×	×
〈黃鶯兒〉（園林晴晝春誰主）	×	×	×	V	×	×	×	×	×	×	×
〈望梅〉（小寒時節）	×	×	×	V	×	×	×	V	×	×	×

〈尾犯〉（夜雨滴空階）	×	V	V	×	×	×	×	×	×	×	×
〈慶春宮〉（雲接平岡）	×	V	V	×	×	×	×	×	×	×	×
〈白苧〉（繡暮垂）	×	V	V	×	×	×	×	×	×	×	×
〈望海潮〉（東南形勝）	×	V	V	×	×	×	×	×	×	×	×
〈玉女搖仙佩〉（飛瓊伴侶）	×	V	V	×	×	×	×	×	×	×	×
〈巫山一段雲〉（清旦朝金母）	×	×	×	V	×	×	×	×	×	×	×
〈巫山一段雲〉（蕭氏賢夫婦）	×	×	×	V	×	×	×	×	×	×	×
〈玉樓春〉（黃金萬縷風牽細）	×	×	×	V	×	×	×	×	×	×	×
〈爪茉莉〉（每到秋來）	×	×	×	V	×	×	×	×	×	×	×
〈多麗〉（鳳凰簫）	×	×	×	V	×	×	×	×	×	×	×
〈十二時〉（晚晴初淡煙籠月）	×	×	×	V	×	×	×	×	×	×	×
〈戚氏〉（晚秋天一霎微雨）	×	×	×	V	×	×	×	×	×	×	×
〈木蘭花〉（个人丰韻眞勘羨）	×	×	×	V	×	×	×	×	×	×	×
〈憶帝京〉（薄衾小枕涼天氣）	×	×	V	×	×	×	×	×	×	×	×
合　　　計	11首	15首	28首	10首	21首	8首	5首	0首	1首	10首	9首

　　從上述表格來看，南宋黃昇《花庵詞選》、《草堂詩餘》和明代《古香岑草堂詩餘》、《古今詞統》所選柳永詞都有十首以上，在數量上可謂適中，並沒有忽視或刻意冷落的情況，但從南宋黃昇《花庵詞選》對柳永〈晝夜樂〉（秀香家住桃花徑）的評語看，「此詞麗以淫，不當入選，以東坡嘗引用其語，故錄之。」〔註95〕黃昇之所以特別說明選錄此詞的原因，就是因爲這首詞違背了他選詞的原則，故而用例外來處理，顯然在當時，柳永詞就可能因爲雅、俗兩種截然不同的表現，而招致不同的評價。明代《古香岑草堂詩餘》選錄二十八首柳永詞，比起其他詞選，選錄柳永詞的數量最多，但《古香岑草堂詩餘》所選〈夏雲峯〉（宴堂深軒）、〈女冠子〉（淡煙飄泊）、〈傾盃樂〉（禁漏花深）、〈玉蝴蝶〉（漸覺東郊明媚）、〈望遠行〉（長空降瑞）、〈二郎神〉（炎光初謝）、〈晝夜樂〉（秀香家住桃花徑）、〈晝夜樂〉（洞房

〔註95〕〔宋〕黃昇編集：《唐宋諸賢絕妙詞選》，頁48。

記得初相遇)、〈訴衷情近〉(景闌晝永)、〈醉蓬萊〉(漸亭皋葉下)、〈過澗歇〉(淮楚)、〈黃鶯兒〉(園林晴晝春誰主)、〈望梅〉(小寒時節)、〈尾犯〉(夜雨滴空階)、〈白苧〉(繡幕垂)、〈望海潮〉(東南形勝)、〈玉女搖仙佩〉(飛瓊伴侶)、〈爪茉莉〉(每到秋來)、〈十二時〉(晚晴初淡煙籠月)、〈戚氏〉(晚秋天一霎微雨)、〈木蘭花〉(个人丰韻眞勘羨)、〈憶帝京〉(薄衾小枕涼天氣)等詞,常州派詞選一首都沒有選錄,兩者的選詞趨向有很大的不同,前者乃有迎合世俗的考量,後者則爲「情得其正」,兼顧措語文雅而選,標準不同,透過詞選所呈現的柳詞風貌也不同。再以沈際飛對柳永詞的評點看,如評〈晝夜樂〉(秀香家住桃花徑):「詞樂而淫,不當入選;『膩玉』句則佳,東坡用之,得并存。」〔註96〕評〈雨霖鈴〉(寒蟬淒切):「『今宵』二句,耆卿作詞宗,實甫爲曲祖。求其似之,少游『酒醒處,殘陽亂鴉』。唐詞『簾外曉鶯殘月』,至矣。宋人讓唐詩,而詞多不讓。」〔註97〕評〈望梅〉(小寒時節):「塡詞即綺靡,而《三百》微婉之旨存焉。」〔註98〕評〈八聲甘州〉(對瀟瀟暮雨灑江天):「彼此情形,信不言而喻。」〔註99〕讀者很有可能因此對柳詞留下賦情獨深,造語綺靡的印象。

明代《古今詞統》則另外選錄柳永〈巫山一段雲〉(清旦朝金母)、〈巫山一段雲〉(蕭氏賢夫婦)、〈少年遊〉(日高花謝孏梳頭)、〈玉樓春〉(黃金萬縷風牽細)、〈多麗〉(鳳凰簫)等詞,爲他本所無,其評〈巫山一段雲〉(清旦朝金母)則云:「第四句(指『鶴背覺孤危』)游仙未慣之語。」評〈少年遊〉(日高花謝孏梳頭):「不風流,恐又耐他不過耳。」評〈玉樓春〉(黃金萬縷風牽細):「將腰比柳,將柳比腰,紛紛舊句,莫此爲新。」〔註100〕這可能會使讀者加深柳永「塡詞即綺靡」的既

〔註96〕〔明〕沈際飛評選:《古香岑草堂詩餘・正集》,卷四,頁9。
〔註97〕〔明〕沈際飛評選:《古香岑草堂詩餘・正集》,卷五,頁17。
〔註98〕〔明〕沈際飛評選:《古香岑草堂詩餘・正集》,卷五,頁26。
〔註99〕〔明〕沈際飛評選:《古香岑草堂詩餘・別集》,卷三,頁29~30。
〔註100〕〔明〕卓人月彙選、徐士俊參評:《古今詞統》,卷五,頁557;卷六,頁586;卷八,頁616。

定印象。即使《古今詞統》亦選錄柳永代表作，如〈蝶戀花〉（佇倚危樓風細細），並評曰：「有云『薄情年少悔思量』者，非情癡矣。」又如，評〈八聲甘州〉（對瀟瀟暮雨灑江天）：「彼此情形，不言可喻。」評〈雨霖鈴〉（寒蟬淒切），「東坡嘲柳七云：『楊柳岸，曉風殘月』，此是梢公登溷處耳！戲為柳七反唇云：『大江東去浪淘盡，千古風流人物。』死屍狼藉，臭穢何堪！」〔註101〕但這種過於精簡或刻意戲謔的評點方式，其實無法提高柳永詞的地位和價值，也只是片面認識柳永詞而已。

　　相較而言，清代《詞潔》選柳永詞共八首，《蓼園詞選》選柳永詞共五首，選詞態度相對謹慎，再從評點來看，如《詞潔》評柳永〈少年遊〉（參差煙樹霸陵橋）：「屯田此調，居然勝場，不獨『曉風殘月』之工也。」〔註102〕又如，《蓼園詞選》評〈黃鶯兒〉（園林晴晝春誰主）：「翩翩公子，席寵承恩，豈海島孤寒能與伊爭韶華哉！語意隱有所指，而詞旨隱發，秀氣獨饒，自然清雋。」評〈雨霖鈴〉（寒蟬淒切）：「送別詞，清和朗暢，語不求奇，而意致綿密，自爾穩愜。」評〈望梅〉（小寒時節）：「為梅花寫照，筆墨玲瓏，有超然物外之致。」〔註103〕再如，評〈過澗歇〉（淮楚）：

> 趨炎附熱，勢利薰灼，狗苟繩營之輩，可以「九衢塵裏，衣冠冒炎暑」二語盡之。耆卿好為詞曲，未第時已傳播四方。西夏歸朝官且曰：「凡有井水飲處，即能歌柳詞。」其重於詞如此。嘗有〈鶴沖天〉詞云：「忍把浮名，換了淺斟低唱。」及臨軒放榜，時人語之曰：「且去淺斟低唱，何要浮名！」是耆卿雖才士，想亦不喜奔竟者，故所言若此。此詞實令觸熱者讀之，如冷水澆背矣！意不過為「衣冠冒炎暑」五字下針砭，而凌空結撰成一篇奇文。先從舟行苦

〔註101〕〔明〕卓人月彙選、徐士俊參評：《古今詞統》，卷九，頁649；卷十二，頁69；卷十四，頁103。
〔註102〕〔清〕先著、程洪輯：《詞潔》，卷一，頁45。
〔註103〕黃蘇《蓼園詞選》，《清人選評詞集三種》，頁89；119；122。

熱，深夜舟人之語布一奇景，忽用「此際」二字，直接點
入「衣冠炎暑」，令人不測。以後又用「江鄉」倒繳，只一
「幸」字縮住，語意含蓄，筆勢奇嬌絕倫。〔註104〕

這對柳詞善於言情，工於鋪敘的特點，以及詞中寓含的感懷，都有精
闢的分析，對於讀者要掌握柳永詞的特色，相對較能提供幫助。

朱彝尊《詞綜》選錄柳永詞共二十一首，刪汰明代《古香岑草
堂詩餘》和《古今詞統》所選〈少年遊〉（日高花謝懶梳頭）、〈巫山一
段雲〉（清旦朝金母）、〈巫山一段雲〉（蕭氏賢夫婦）、〈玉樓春〉（黃金萬
縷風牽細）、〈爪茉莉〉（每到秋來）、〈多麗〉（鳳凰簫）、〈十二時〉（晚晴
初淡煙籠月）、〈戚氏〉（晚秋天一霎微雨）、〈木蘭花〉（个人丰韻真勘羨）、
〈憶帝京〉（薄衾小枕涼天氣）等迎合世俗之詞，而與常州派詞選所選
柳永詞有較高的重疊程度，如〈鬥百花〉（煦色韶光明媚）、〈雨霖鈴〉
（寒蟬淒切）、〈少年遊〉（參差煙樹霸陵橋）、〈傾盃樂〉（木落霜洲）、〈卜
算子慢〉（江楓漸老）、〈玉蝴蝶〉（望處雨收雲斷）、〈八聲甘州〉（對瀟瀟
暮雨灑江天）、〈安公子〉（遠岸收殘雨）、〈雪梅香〉（景蕭索）、〈西平樂〉
（盡日憑高寓目）、〈木蘭花慢〉（拆桐花爛熳）、〈訴衷情近〉（雨晴氣爽）、
〈夜半樂〉（凍雲黯淡天氣）、〈婆羅門令〉（昨宵裏恁和衣睡）等，都是
重複的，顯見清代對柳永的羈旅行役詞評價較高，也欣賞雖言情但
整體顯得較為雅致的作品，針對這一現象，陳水雲《唐宋詞在明末
清初的傳播與接受》認為：「朱彝尊是從柳詞中選擇符合自己審美趣
味的詞入選《詞綜》的，也就是說，他是以尊雅黜俗的觀念來看待
柳詞的，雖然他像柳永一樣也寫男女豔情，但他的豔詞卻是『綺而
不傷雕琢，豔而不傷淳雅』。……同是寫豔情，朱詞含蓄不露與柳詞
的只是實說，在審美特徵上呈現出淳雅與淺俚的不同。」〔註105〕這
或許才是柳永詞的獨特面貌，而常州詞派的張惠言和陳廷焯，標舉
詞之忠厚、沉鬱，與柳詞本色不能完全相契，若以此批評柳永詞「不

〔註104〕黃蘇《蓼園詞選》，《清人選評詞集三種》，頁69。
〔註105〕陳水雲：《唐宋詞在明末清初的傳播與接受》，頁206～207。

免有一時放浪通脫之言出於其間」〔註106〕，「意境不高，思路微左，全失溫、韋忠厚之意」〔註107〕，雖可理解張惠言和陳廷焯爲求詞體步上正軌的用心，但以此爲貶抑柳詞的原因，則不完全公道，應還給柳詞較客觀評價。

二、蘇　軾

蘇軾，因爲「以詩爲詞，如教坊雷大使之舞，雖極天下之工，要非本色」〔註108〕，又因「不諧音律」，「橫放傑出，自是曲子中縛不住者」〔註109〕，而備受關注，常州詞派張惠言《詞選》在對蘇軾詞，尤其是〈卜算子〉（缺月掛疏桐）一首進行評點時，因爲引用鮦陽居士的解讀，將此詞與〈考槃〉詩作類比，認爲此詞有政治寓意的寄託〔註110〕；譚獻評點《詞辨》時，除了讚同這樣的解讀，認爲：「皋文《詞選》以〈考槃〉爲比，言非河漢也」，更據而說明：「此亦鄙人所謂：『作者未必然，讀者何必不然。』」〔註111〕周濟《宋四家詞選》雖然沒有對此詞進行評點，但也錄入此詞；陳廷焯《詞則》亦呼應張惠言觀點，眉批云：「或以此詞爲溫都監女作，陋甚。從《詞綜》與《詞選》，庶見坡公面目。寓意高遠，運筆空靈，措語忠厚，是坡仙獨至處，美成、白石亦不能到。」〔註112〕顯然，蘇軾應是常州派詞選重視的一個詞家，可是從蘇軾入選的詞作數量看，似乎有點被相對忽略，與其他詞選錄入的蘇軾詞數量，相差甚遠，甚至在周濟《宋四家詞選》中，還將蘇軾詞歸附於辛棄疾詞之下，這是何

〔註106〕　張惠言《詞選・敍》，〔清〕張惠言輯：《詞選》，頁 536。

〔註107〕　〔清〕陳廷焯：《白雨齋詞話》，卷一，頁 19。

〔註108〕　〔宋〕陳師道《後山詩話》，吳文治主編：《宋詩話全編》，南京：江蘇古籍出版社，1998 年出版，頁 1022。

〔註109〕　晁無咎〈評本朝樂府〉：「蘇東坡詞，人謂多不諧音律，自然。居士詞橫放傑出，自是曲子中縛不住者。」〔宋〕吳曾：《能改齋漫錄》，臺北：木鐸出版社，1982 年 5 月初版，頁 469。

〔註110〕　〔清〕張惠言輯：《詞選》，頁 542。

〔註111〕　〔清〕譚復堂評：《譚評詞辨》，卷二，頁 3。

〔註112〕　〔清〕陳廷焯編選：《詞則・大雅集》，頁 54。

原因？以下從歷代詞選所選蘇軾詞，來作了解。歷代所選蘇軾詞一覽表：

詞　　　牌	花庵詞選	草堂詩餘	草堂四集	古今詞統	詞綜	詞潔	蓼園詞選	詞選	詞辨	宋四家詞選	詞則
〈賀新郎〉（乳燕飛華屋）	V	V	V	V	V	V	V	V	V	V	V
〈水龍吟〉（似花還似非花）	V	V	V	V	V	V	V	V	×	V	V
〈水龍吟〉（小舟橫截春江）	×	V	×	V	V	×	V	V	×	V	V
〈水龍吟〉（楚山脩竹如雲）	V	V	V	V	×	×	V	V	×	V	V
〈洞仙歌〉（冰肌玉骨）	V	V	V	V	×	×	×	×	×	×	V
〈漁家傲〉（千古龍蟠并虎踞）	V	×	×	×	×	×	×	×	×	×	V
〈卜算子〉（缺月掛疏桐）	V	×	V	V	V	V	×	V	V	V	V
〈點絳唇〉（月轉烏啼）	×	×	V	V	×	×	×	×	×	×	V
〈點絳唇〉（獨倚胡床）	×	×	V	V	×	×	×	×	×	×	×
〈點絳唇〉（不用悲秋）	×	×	V	×	×	×	×	×	×	×	×
〈點絳唇〉（莫唱陽關）	×	×	V	V	×	×	×	×	×	×	×
〈點絳唇〉（醉漾輕舟）	×	×	V	V	×	×	×	×	×	×	×
〈水調歌頭〉（明月幾時有）	V	V	V	V	×	V	V	×	×	×	V
〈水調歌頭〉（落日繡簾卷）	V	×	V	V	×	×	V	×	×	×	V
〈水調歌頭〉（昵昵兒女語）	×	×	V	V	×	×	×	×	×	×	V
〈蝶戀花〉（春事闌珊芳草歇）	×	V	V	×	×	V	V	×	×	×	×
〈蝶戀花〉（薇薇無風花自䵝）	×	×	V	V	×	×	×	×	×	×	×
〈蝶戀花〉（花褪殘紅青杏小）	V	V	V	V	×	×	V	×	×	×	×
〈蝶戀花〉（一顆櫻桃樊素口）	×	×	V	V	×	×	×	×	×	×	×
〈念奴嬌〉（大江東去）	V	V	V	V	V	×	V	V	×	V	V
〈生查子〉（三度別君來）	×	×	×	×	×	×	×	×	×	×	V
〈南鄉子〉（霜降水痕收）	V	V	V	V	×	×	V	V	×	×	V
〈南鄉子〉（繡鞅玉環游）	×	×	V	V	×	×	×	×	×	×	×
〈南鄉子〉（悵望送春杯）	×	×	V	V	×	×	×	×	×	×	×

〈西江月〉（三過平山堂下）	V	×	V	×	×	×	×	×	×	×	V
〈西江月〉（照野瀰瀰淺浪）	V	×	×	V	×	V	V	×	×	×	V
〈西江月〉（世事一場大夢）	V	×	V	×	×	×	V	×	×	×	V
〈西江月〉（點點樓頭細雨）	V	V	V	×	×	V	V	×	×	×	×
〈西江月〉（玉骨那愁瘴霧）	×	×	V	×	×	V	×	×	×	×	×
〈西江月〉（叠道雙街鳳帶）	×	×	V	×	×	×	×	×	×	×	×
〈浣溪沙〉（炙手無人傍屋頭）	×	×	×	×	×	×	×	×	×	×	V
〈浣溪沙〉（山下蘭芽短浸溪）	×	×	×	×	V	V	×	×	×	×	×
〈浣溪沙〉（蔌蔌衣巾落棗花）	V	×	V	×	×	×	×	×	×	×	×
〈浣溪沙〉（風壓輕雲貼水飛）	×	×	×	×	×	V	×	×	×	×	×
〈浣溪沙〉（菊暗荷枯一夜霜）	×	×	×	V	×	V	×	×	×	×	×
〈浣溪沙〉（道字嬌訛苦未成）	×	×	×	×	×	×	×	×	×	×	×
〈浣溪沙〉（醉夢醺醺曉未蘇）	×	×	×	×	×	×	×	×	×	×	×
〈浣溪沙〉（雪裏餐氈倒姓蘇）	×	×	×	×	×	×	×	×	×	×	×
〈浣溪沙〉（學畫鴉兒正妙年）	×	×	×	×	×	×	×	×	×	×	×
〈浣溪沙〉（晚菊花前歛翠蛾）	×	×	V	×	×	×	×	×	×	×	×
〈浣溪沙〉（花滿銀塘水漫流）	×	×	×	×	×	×	×	×	×	×	×
〈青玉案〉（三年枕上吳中路）	×	×	×	V	×	×	×	×	×	×	V
〈八聲甘州〉（有情風萬里卷潮來）	×	V	V	×	×	×	×	×	×	×	V
〈哨遍〉（睡起畫堂）	×	×	×	V	V	V	×	×	×	×	V
〈哨遍〉（爲米折腰）	V	V	V	×	×	×	×	×	×	×	V
〈如夢令〉（爲向東坡傳語）	V	×	×	×	V	V	×	×	×	×	V
〈昭君怨〉（誰作桓伊三弄）	V	×	×	×	V	V	×	×	×	×	×
〈醉翁操〉（琅然）	×	×	×	V	×	×	×	×	×	×	×
〈行香子〉（清夜無塵）	×	×	V	×	×	×	×	×	×	×	×
〈行香子〉（攜手江村）	V	×	×	V	×	V	×	×	×	×	×
〈行香子〉（綺席纔終）	V	×	V	×	×	×	×	×	×	×	×
〈行香子〉（一葉舟輕）	V	×	×	V	×	×	×	×	×	×	×
〈行香子〉（北望平川）	×	V	×	×	×	×	×	×	×	×	×

〈行香子〉(涼夜霜風)	✗	✗	✗	V	✗	✗	✗	✗	✗	✗	✗
〈採桑子〉(多情多感仍多病)	V	✗	✗	✗	V	V	✗	✗	✗	✗	V
〈江城子〉(天涯流落思無窮)	V	V	V	V	V	V	V	✗	✗	✗	✗
〈江城子〉(翠蛾羞黛怯人看)	V	✗	✗	V	✗	✗	✗	✗	✗	✗	✗
〈江城子〉(相逢不覺又初寒)	V	✗	✗	V	✗	✗	✗	✗	✗	✗	✗
〈江城子〉(老夫聊發少年狂)	✗	✗	✗	V	✗	✗	✗	✗	✗	✗	✗
〈滿江紅〉(東武城南)	V	✗	✗	✗	✗	✗	✗	✗	✗	✗	✗
〈臨江仙〉(夜飲東坡醒復醉)	V	✗	✗	✗	✗	✗	✗	✗	✗	✗	✗
〈臨江仙〉(九十日春都過了)	✗	✗	V	✗	✗	✗	✗	✗	✗	✗	✗
〈阮郎歸〉(綠槐高柳咽新蟬)	V	V	V	V	✗	✗	✗	V	✗	✗	✗
〈永遇樂〉(明月如霜)	V	✗	✗	V	✗	V	✗	✗	✗	✗	✗
〈永遇樂〉(天末山橫)	✗	✗	✗	V	✗	✗	✗	✗	✗	✗	✗
〈菩薩蠻〉(秋風湖上蕭蕭雨)	V	✗	✗	✗	✗	✗	✗	✗	✗	✗	✗
〈菩薩蠻〉(翠鬟斜幔雲垂耳)	✗	✗	✗	V	✗	✗	✗	✗	✗	✗	✗
〈菩薩蠻〉(柳庭風靜人眠晝)	✗	✗	✗	V	✗	✗	✗	✗	✗	✗	✗
〈菩薩蠻〉(井梧雙照新妝冷)	✗	✗	✗	V	✗	✗	✗	✗	✗	✗	✗
〈菩薩蠻〉(雪花飛暖融香頰)	✗	✗	✗	V	✗	✗	✗	✗	✗	✗	✗
〈菩薩蠻〉(娟娟缺月西南落)	✗	✗	V	✗	✗	✗	✗	✗	✗	✗	✗
〈菩薩蠻〉(小蓮初上琵琶弦)	✗	✗	V	✗	✗	✗	✗	✗	✗	✗	✗
〈南歌子〉(山與歌眉斂)	✗	V	V	V	✗	V	✗	✗	✗	✗	✗
〈南歌子〉(笑怕薔薇胃)	✗	✗	V	V	✗	✗	✗	✗	✗	✗	✗
〈南歌子〉(雲鬢裁新綠)	✗	✗	V	✗	✗	✗	✗	✗	✗	✗	✗
〈滿庭芳〉(香靉雕盤)	✗	V	✗	✗	✗	✗	✗	✗	✗	✗	✗
〈滿庭芳〉(蝸角虛名)	✗	✗	✗	✗	✗	✗	✗	✗	✗	✗	✗
〈虞美人〉(波聲拍枕長淮小)	✗	V	V	V	✗	V	✗	✗	✗	✗	✗
〈虞美人〉(持杯遙勸天邊月)	✗	✗	V	✗	✗	✗	✗	✗	✗	✗	✗
〈虞美人〉(深深庭院清明過)	✗	✗	V	✗	✗	✗	✗	✗	✗	✗	✗
〈玉樓春〉(霜餘已失長淮闊)	✗	✗	V	✗	✗	V	✗	✗	✗	✗	✗
〈玉樓春〉(知君仙骨無寒暑)	✗	✗	✗	V	✗	✗	✗	✗	✗	✗	✗
〈瑞鷓鴣〉(碧山影裏小紅旗)	✗	✗	✗	V	✗	✗	✗	✗	✗	✗	✗
〈瑞鷓鴣〉(檀槽響碎金絲撥)	✗	✗	V	✗	✗	✗	✗	✗	✗	✗	✗

〈河滿子〉（見說岷峨淒愴）	×	×	×	×	×	V	×	×	×	×	×
〈小秦王〉（濟南春好雪初情）	×	×	×	V	×	×	×	×	×	×	×
〈清平調引〉（陌上花開蝴蝶飛）	×	×	×	V	×	×	×	×	×	×	×
〈清平調引〉（陌上山花無數開）	×	×	×	V	×	×	×	×	×	×	×
〈清平調引〉（生前富貴草頭露）	×	×	×	V	×	×	×	×	×	×	×
〈少年遊〉（去年相送）	×	×	×	×	×	×	×	×	×	×	×
〈翻香令〉（金爐猶暖麝煤殘）	×	×	V	V	×	×	×	×	×	×	×
〈踏青游〉（識個人人）	×	×	V	V	×	×	×	×	×	×	×
〈鷓鴣天〉（羅帶雙垂畫不成）	×	×	V	V	×	×	×	×	×	×	×
〈一斛珠〉（洛陽春晚）	×	×	×	V	×	×	×	×	×	×	×
〈一斛珠〉（蒼頭華髮）	×	×	V	×	×	×	×	×	×	×	×
〈意難忘〉（花擁鴛房）	×	×	×	V	×	×	×	×	×	×	×
〈破陣子〉（白酒新開九醞）	×	×	V	×	×	×	×	×	×	×	×
〈殢人嬌〉（滿院桃花）	×	×	V	×	×	×	×	×	×	×	×
合　　　計	31首	20首	57首	43首	15首	24首	17首	4首	2首	3首	25首

　　首先，從蘇軾詞入選的數量來看，以明代沈際飛《古香岑草堂詩餘四集》所錄五十七首最多，以常州派《詞選》、《詞辨》、《宋四家詞選》的四首、二首、三首為最少，這不禁使人懷疑張惠言等人對蘇詞的接受態度。檢視《詞選》、《詞辨》、《宋四家詞選》所選蘇軾詞，分別是〈賀新郎〉(乳燕飛華屋)、〈水龍吟〉(似花還似非花)、〈洞仙歌〉(冰肌玉骨)和〈卜算子〉(缺月掛疏桐)這四首，其他知名詞作，尤其是〈水調歌頭〉(明月幾時有)，都沒有錄入，若按照先著、程洪《詞潔》的說法：「詩家最上一乘，固有以神行者矣，於詞何獨不然。題為『中秋對月懷子由』，宜其懷抱俯仰，浩落如是。錄坡公詞若并汰此作，是無眉目矣。」〔註113〕那麼，常州派《詞選》、《詞辨》、《宋

〔註113〕〔清〕先著、程洪輯：《詞潔》，卷三，頁124。

四家詞選》對蘇軾詞的認知和選取是否有所偏頗，以致無法呈現蘇詞佳處？

反觀常州派之前的幾部詞選，對蘇軾詞的選錄，都在十五首以上，尤其是《草堂詩餘》，雖被朱彝尊批評：「所收最下最傳，三百年來，學者守爲《兔園冊》，無惑乎詞之不振也。」〔註114〕但也收錄蘇軾詞共二十首，其中不乏蘇軾佳作，如〈賀新郎〉（乳燕飛華屋）、〈水龍吟〉（似花還似非花）、〈洞仙歌〉（冰肌玉骨）、〈卜算子〉（缺月掛疏桐）、〈水調歌頭〉（明月幾時有）、〈蝶戀花〉（花褪殘紅青杏小）、〈念奴嬌〉（大江東去）、〈八聲甘州〉（有情風萬里卷潮來）、〈江城子〉（天涯流落思無窮）等，呈現蘇詞多樣風貌，或許就是因爲如此，晚清詞學大家況周頤才認爲在宋代詞選本中，《草堂詩餘》算是其中「較爲醇雅」者，而且「自餘名章俊語，撰錄精審，清雅朗潤，最便初學。」〔註115〕只是因爲《草堂詩餘》以類分的編排方式，將蘇軾詞歸在「春景類」、「夏景類」、「節序類」、「人物類」以下，以致無法凸顯蘇詞的個別特色。明代沈際飛《古香岑草堂詩餘四集》和卓人月彙選、徐士俊參評的《古今詞統》，則收錄蘇軾各種主題和風格的作品，如〈浣溪沙〉（醉夢醺醺曉未蘇）、〈浣溪沙〉（雪裏餐氈倒姓蘇）、〈菩薩蠻〉（翠鬟斜幔雲垂耳）、〈菩薩蠻〉（雪花飛暖融香頰）、〈瑞鷓鴣〉（檀槽響碎金絲撥）、〈意難忘〉（花擁鴛房）、〈殢人嬌〉（滿院桃花）等，都是後來朱彝尊《詞綜》和陳廷焯《詞則》所沒有收錄的，針對這一現象，張璟《蘇詞接受史研究》解釋：「明人主情的詞學思想並未將詞之情納入強調情的社會性、政治性的詩教傳統，相反，更著重於情在現實人生呈現的自然感性層面。」〔註116〕從這樣的角度思

〔註114〕朱彝尊《詞綜・發凡》，〔清〕朱彝尊抄撮，汪森增定：《詞綜》，頁3。
〔註115〕況周頤〈《蓼園詞選》序〉：「唯《草堂詩餘》、《樂府雅詞》、《陽春白雪》較爲醇雅。以格調氣息言，似乎《草堂》尤勝。中間十之一二，近俳近俚，爲大醇之小疵。自餘名章俊語，撰錄精審，清雅朗潤，最便初學。」《清人選評詞集三種》，頁3～4。
〔註116〕張璟：《蘇詞接受史研究》，頁308。

考，明代詞選對蘇詞的選錄，因爲沒有預設限制，確實可以呈現蘇詞的不同面貌，單就這一點來看，似乎勝過常州派《詞選》、《詞辨》、《宋四家詞選》對蘇詞選錄數量過少的問題。

再從評點的角度看，常州詞派以前的詞選，多能從各個角度來欣賞和肯定蘇詞佳處，如沈際飛評蘇軾〈賀新郎〉(乳燕飛華屋)：「高手作文，語意到處即爲之，不當限以繩墨。榴花開，榴花謝，似『芳心共粉淚』想像，詠物妙境」〔註117〕徐士俊亦評此詞：「本詠夏景，至換頭單說榴花。高手作文，語意到處即爲之，不當限以繩墨。」〔註118〕又如沈際飛評蘇軾〈南鄉子〉(霜降水痕收)：「自來九日多用落帽，東坡不落帽，醒目。東坡升沉去住，一生莫定，故開口說夢，如云：『人間如夢』；『世事一場大夢』；『未轉頭時皆夢』；『古今如夢，何曾夢覺』；『君臣一夢，今古虛名』。屢讀之，胸中鄙吝自然消去。」〔註119〕再如沈際飛評蘇軾〈水龍吟〉(似花還似非花)：「使以將軍鐵板來唱『大江東去』，必至江波鼎沸，若此詞更進柳妙處一塵矣。讀他文字，精靈尙在文字裏，而坡老只見精靈，不見文字。」〔註120〕徐士俊亦評此詞：「人謂『大江東去』之粗豪，不如『曉風殘月』之細膩。如此詞，又進柳妙處一塵矣。」〔註121〕這種評點方式，除了凸顯出蘇軾詞「橫放傑出，自是曲子中縛不住者」的表現，還呈現蘇軾寫情細膩深摯的一面，以對蘇詞的評點看，頗具識見。

清代先著、程洪《詞潔》和黃蘇《蓼園詞選》分別選錄蘇軾詞二十四首和十七首，其評點亦能指出蘇詞特色，如《詞潔》評〈浣溪沙〉(山下蘭芽短浸溪)：「坡公韻高，故淺淺語亦覺不凡。」評〈行香子〉(北望平川)：「末語風致嫣然，便是畫意。」評〈念奴嬌〉(大

〔註117〕　〔明〕沈際飛評選：《古香岑草堂詩餘・正集》，卷六，頁10～11。
〔註118〕　〔明〕卓人月彙選、徐士俊參評：《古今詞統》，卷十六，頁128。
〔註119〕　〔明〕沈際飛評選：《古香岑草堂詩餘・正集》，卷二，頁3～4。
〔註120〕　〔明〕沈際飛評選：《古香岑草堂詩餘・正集》，卷五，頁5。
〔註121〕　〔明〕卓人月彙選、徐士俊參評：《古今詞統》，卷十四，頁99。

江東去)：「坡公才高思敏，有韻之言多緣手而就，不暇琢磨。此詞膾炙千古，點檢將來，不無字句小疵，然不失爲大家。」〔註122〕《蓼園詞選》評〈阮郎歸〉(綠槐高柳咽新蟬)：「按：此詞清和婉麗中而風格自佳。」評〈賀新郎〉(乳燕飛華屋)：「前一闋是寫所居之幽僻。次闋又借榴花以比此心，蘊結未獲達於朝廷，又恐年已老也。末四句，是花是人，婉曲纏綿，耐人尋味不盡。」〔註123〕雖然兩部詞選都以調分，將蘇軾詞分別歸屬在不同詞牌之下，不能集中呈現蘇詞風貌，但對蘇詞的別有韻味，亦予讚揚。

朱彝尊《詞綜》選蘇軾詞共十五首，張惠言《詞選》又是在朱彝尊《詞綜》的基礎上重新揀擇詞作〔註124〕，那麼蘇詞從十五首縮減成四首的變化，就顯得極爲特殊。周濟《宋四家詞選》選詞二百三十九首，比張惠言《詞選》的一百一十六首還多，竟然只選蘇軾詞三首，比張惠言還少，而且都沒有對蘇詞進行任何評點，只在〈序論〉中指出：「蘇、辛並稱，東坡天趣獨到處，殆成絕詣，而苦不經意，完璧甚少；稼軒則沉著痛快，有轍可循，南宋諸公無不傳其衣鉢，未可同年而語矣。」〔註125〕這種刻意的退蘇進辛，也是張惠言對蘇詞的態度嗎？筆者以爲可能與常州詞派所持詞論主張有關，以致影響對蘇詞的選錄。常州詞派講尚詞之寄託，但詞之有寄託的關鍵是「士不遇」，在此情況下所寫之詞，自有一股「幽約怨悱不能自言之情」〔註126〕，易引起讀者的同情共感，所以張惠言尤其欣賞溫

〔註122〕〔清〕先著、程洪輯：《詞潔》，卷一，頁 11；卷二，頁 85；卷四，頁 167～168。

〔註123〕黃蘇《蓼園詞選》，《清人選評詞集三種》，頁 26～27；132。

〔註124〕第一個證據是，比對張惠言《詞選》與朱彝尊《詞綜》，發現在張選的一百一十六首詞作中，有一百零二首與朱選相同；第二個證據是，張惠言在牛嶠〈菩薩蠻〉的詞牌下批語指出：「《花間集》七首，詞意頗雜，蓋非一時之作。《詞綜》刪存二首，章法絕妙。」可見，《詞選》確曾參考《詞綜》。〔清〕張惠言輯：《詞選》，頁 539。

〔註125〕周濟《宋四家詞選‧序論》，〔清〕周濟輯：《宋四家詞選》，頁 2。

〔註126〕張惠言《詞選‧敘》，〔清〕張惠言輯：《詞選》，頁 536。

庭筠的〈菩薩蠻〉十四首，並直指：「此感士不遇也」〔註127〕，譚
獻亦認同張惠言「以〈士不遇賦〉讀之最確」〔註128〕，因此，在蘇
軾詞中，〈卜算子〉（缺月掛疏桐）所透露的「賢人不安」〔註129〕，最
引人注意，張惠言、周濟都錄入此詞，譚獻評點《詞辨》，也強調張
惠言的解讀有其道理，可見這種「士不遇」的情結，在常州詞派的
解讀理論中至為重要。為什麼《詞選》、《詞辨》、《宋四家詞選》都
不選〈水調歌頭〉（明月幾時有），真如先著、程洪《詞潔》所批評：「錄
坡公詞若并汰此作，是無眉目矣」〔註130〕；還是單純因為朱彝尊《詞
綜》沒有選錄此詞，張惠言亦從之；抑或蘇軾此詞早就超越和解消
「士不遇」的問題，因而不錄此詞，以使焦點集中在有關寄託的論
點上？否則為什麼明明「蘇、辛並稱」，卻要獨厚辛棄疾詞，只是因
為蘇軾「苦不經意，完璧甚少；稼軒則沉著痛快，有轍可循」，為確
立填詞門徑，而捨棄蘇詞；還是因為辛棄疾的抑鬱與常州詞人所處
的時代和遭遇較為相似；又或者更根本的原因是「東坡天趣獨到處，
殆成絕詣」，無法用「士不遇」來束縛？筆者以為後者才是關鍵。陳
廷焯《詞則》評蘇軾〈水調歌頭〉（明月幾時有）：「純以神行，不落《騷》、
《雅》窠臼，太白之詩，東坡之詞，皆是異樣出色。」〔註131〕這種
「純以神行，不落《騷》、《雅》窠臼」，正是蘇軾以其人生智慧的超
然和不陷溺，使詞作表現「橫放傑出」的原因，當然很難用寄託的
框架來解析。

　　陳廷焯《詞則》選蘇軾詞共二十五首，調整並平衡了《詞選》、
《詞辨》、《宋四家詞選》對蘇詞選錄過少的問題，但其評點仍從寄
託的前提來展開，如評〈水龍吟〉（似花還似非花）：「身世流離之感，
而出以溫婉語，令讀者喜悅悲歌不能自已。」〔註132〕評〈浣溪沙〉

〔註127〕　〔清〕張惠言輯：《詞選》，頁537。
〔註128〕　〔清〕譚復堂評：《譚評詞辨》，卷一，頁1。
〔註129〕　〔清〕張惠言輯：《詞選》，頁542。
〔註130〕　〔清〕先著、程洪輯：《詞潔》，卷三，頁124。
〔註131〕　〔清〕陳廷焯編選：《詞則‧大雅集》，頁52。
〔註132〕　〔清〕陳廷焯編選：《詞則‧大雅集》，頁53。

（山下蘭芽短浸溪）：「愈怨鬱，愈豪放、愈忠厚，令我神往。」評〈八聲甘州〉（有情風萬里卷潮來）：「寄伊鬱於豪宕。」〔註133〕透過這樣的評點方式，呈顯出蘇詞的整體趨向，但從常州派詞選以前對蘇詞的評點，可以了解蘇詞其實有著多樣面貌，正如沈際飛所謂：「遮遮掩掩，孰謂坡老不解作兒女語。」〔註134〕亦如徐士俊所評〈行香子〉（北望平川）：「形容晚景，使人讀之如身歷焉。詞令上品也」；評〈醉翁操〉（琅然）：「傳之今日，亦是一曲〈廣陵散〉。」〔註135〕相較而言，只從「怨鬱」、「忠厚」來解蘇詞，是否也會成為一種侷限？張璟《蘇詞接受史研究》云：陳廷焯「一以『沉鬱』為旨歸，而詞之風格誠為多樣，因此在具體選詞時常出現鑿枘不合處。」〔註136〕這確實是常州派詞選對蘇軾詞的選錄和評點，之所以有所不足的原因。然而，常州派以寄託論詞，為了在詞選批評中，貫徹這樣的詞學論點，有些「天趣獨到」的詞家、「橫放傑出」的詞作，自然難以硬套在這樣的詞論框架中，而對詞作的解讀，也不免有所限制，蘇軾正是受到影響的詞家之一。

三、周邦彥

關於周邦彥詞的評價，南宋張炎《詞源》曾稱：「美成詞只當看他渾成處，於軟媚中有氣魄。探唐詩融化如自己者，乃其所長。惜乎意趣卻不高遠。」〔註137〕所謂「渾成」，從語意上看，是指一種寫作技巧的純熟融煉，雖寫軟媚語卻顯得有格調氣魄，帶有自己特色，但張炎偏偏又要感嘆周詞「意趣卻不高遠」，顯有批評意味，又，何謂「意趣」？張炎云：「詞以意趣為主，要不蹈襲前人語意。如東

〔註133〕〔清〕陳廷焯編選：《詞則・放歌集》，頁298；298～299。
〔註134〕沈際飛評蘇軾〈翻香令〉（金爐猶暖麝煤殘），《古香岑草堂詩餘・別集》，卷二，頁13。
〔註135〕〔明〕卓人月彙選、徐士俊參評：《古今詞統》，卷十，頁14；卷十一，頁44～45。
〔註136〕張璟：《蘇詞接受史研究》，頁322。
〔註137〕〔宋〕張炎：《詞源》，唐圭璋編：《詞話叢編》，頁266。

坡中秋〈水調歌〉……此數詞皆清空中有意趣，無筆力者未易到。」
〔註138〕則「採唐詩融化如自己者」，雖然是周詞所長，但如果處理得不夠巧妙，容易有「蹈襲前人語意」之嫌。因此，張炎雖然指出周邦彥詞之「渾成」，但要達到渾然天成，出神入化的境界，似乎仍有差距。就詞選和評點來看，歷來對周邦彥詞的評價又是如何？以下先列出歷代所選周邦彥詞一覽表：

詞　　牌	花庵詞選	草堂詩餘	草堂四集	古今詞統	詞綜	詞潔	蓼園詞選	詞選	詞辨	宋四家詞選	詞則
〈瑞龍吟〉（章臺路）	V	V	V	×	V	V	×	×	×	V	V
〈蘭陵王〉（柳陰直）	V	V	V	V	V	V	×	V	V	V	V
〈齊天樂〉（綠蕪凋盡臺城路）	V	×	×	V	V	V	×	×	V	V	V
〈齊天樂〉（疏疏幾點黃梅雨）	×	×	×	V	×	×	V	×	×	×	×
〈六醜〉（正單衣試酒）	×	V	V	V	V	V	V	V	V	V	V
〈大酺〉（對宿煙收）	×	V	V	V	V	×	V	V	V	V	V
〈滿庭芳〉（風老鶯雛）	V	V	V	V	V	V	×	V	V	V	V
〈少年游〉（并刀如水）	×	×	V	V	V	V	V	V	V	V	V
〈尉遲杯〉（隋堤路）	×	×	V	V	V	V	V	V	V	V	V
〈花犯〉（粉牆低）	V	V	V	V	V	V	V	V	V	V	V
〈浪淘沙慢〉（曉陰重）	×	V	V	V	V	V	V	V	V	V	V
〈瑣窗寒〉（暗柳啼鴉）	×	V	V	V	V	V	V	V	V	×	×
〈蘇幕遮〉（燎沉香）	×	×	V	V	V	V	V	V	V	×	×
〈蘇幕遮〉（隴雲沉）	×	×	V	V	×	×	V	×	×	×	×
〈法曲獻仙音〉（蟬咽涼柯）	×	V	V	V	V	V	V	V	V	V	V
〈應天長慢〉（條風布暖）	×	V	V	V	V	V	V	V	V	×	×
〈玉樓春〉（桃溪不作從容住）	×	V	V	V	V	V	V	V	V	V	V
〈拜新月慢〉（夜色催更）	×	V	V	V	V	V	×	V	V	×	V

〔註138〕〔宋〕張炎：《詞源》，唐圭璋編：《詞話叢編》，頁 260～261。

〈菩薩蠻〉（銀河宛轉三千曲）	×	×	×	×	V	×	×	×	×	V	V
〈關河令〉（秋陰時作漸向暝）	×	×	×	×	V	×	×	×	×	V	V
〈過秦樓〉（水浴清蟾）	V	V	V	×	V	×	×	×	×	V	×
〈氐州第一〉（波落寒汀）	×	V	V	×	×	V	×	×	V	×	V
〈瑞鶴仙〉（悄郊原帶郭）	×	×	V	×	×	V	×	V	×	V	×
〈夜飛鵲〉（河橋送人處）	×	V	V	×	V	×	V	×	×	V	×
〈解語花〉（風銷焰蠟）	×	×	V	V	V	×	V	×	×	V	V
〈垂絲釣〉（縷金翠羽）	×	×	×	×	×	×	×	×	×	×	×
〈夜游宮〉（夜下斜陽照水）	×	×	×	×	V	×	×	×	×	V	×
〈感皇恩〉（小閣倚晴空）	×	×	×	×	×	×	×	×	×	V	×
〈浣溪沙〉（水漲魚天拍柳橋）	×	V	V	×	×	×	V	×	×	×	×
〈浣溪沙〉（樓上晴天碧四垂）	×	V	×	×	×	×	V	×	×	×	×
〈浣溪沙〉（日射欹紅蠟蒂香）	×	V	V	×	×	×	×	×	×	×	×
〈浣溪沙〉（翠葆參差竹徑成）	×	V	V	×	×	×	×	×	×	×	×
〈浣溪沙〉（薄薄紗廚望似空）	×	×	V	×	×	×	×	×	×	×	×
〈點絳唇〉（征騎初停）	×	×	×	×	V	×	×	×	×	×	V
〈點絳唇〉（遼鶴歸來）	×	×	×	×	V	×	×	×	×	×	×
〈掃花游〉（曉陰翳日）	×	×	V	×	×	V	×	×	×	×	×
〈一落索〉（杜宇催歸聲苦）	×	×	×	×	×	×	×	×	×	×	×
〈渡江雲〉（晴嵐低楚甸）	V	V	V	×	×	×	V	×	V	×	×
〈霜葉飛〉（霧迷衰草疏星挂）	×	V	V	×	×	×	×	×	×	×	×
〈西河〉（佳麗地）	V	V	V	×	×	V	×	×	×	×	×
〈傷情怨〉（枝頭風信漸小）	×	×	×	×	×	×	×	×	×	×	×
〈虞美人〉（玉觸纔掩朱絃悄）	×	V	×	×	×	×	×	×	×	×	×
〈虞美人〉（疏籬曲徑田家小）	×	×	×	×	V	×	×	×	×	×	×
〈意難忘〉（衣染鶯黃）	V	V	V	V	×	V	×	×	×	×	×
〈蝶戀花〉（魚尾霞生明遠樹）	×	×	×	×	×	×	×	×	×	×	×
〈蝶戀花〉（月皎驚烏棲不定）	V	V	V	V	×	V	×	V	×	×	×
〈蝶戀花〉（葉底尋花春欲暮）	×	×	×	×	×	×	×	×	×	×	×
〈望江南〉（歌席上）	×	×	×	×	V	×	×	×	×	×	V

〈側犯〉（暮霞霽雨）	V	V	V	V	V	×	×	×	×	×	×
〈荔枝香近〉（照水殘紅凌亂）	×	×	×	×	V	×	×	×	×	×	×
〈荔枝香近〉（向夜寒侵酒席）	×	×	×	×	V	×	×	×	×	×	×
〈秋蕊香〉（乳鴨池塘水暖）	×	×	×	×	V	×	×	×	×	×	×
〈南柯子〉（桂魄分餘暉）	×	×	×	×	V	×	×	×	×	×	×
〈六么令〉（快風收雨）	×	V	V	V	×	×	×	×	×	×	×
〈隔浦蓮近〉（新篁搖動翠葆）	V	V	V	V	×	×	×	×	×	×	×
〈解連環〉（怨懷難託）	V	V	V	×	×	×	×	×	×	×	×
〈風流子〉（新綠小池塘）	V	V	V	×	×	V	×	×	×	×	×
〈風流子〉（楓林凋晚葉）	V	×	V	V	×	×	×	×	×	×	×
〈解蹀躞〉（候館丹楓吹盡）	V	V	V	V	×	×	×	×	×	×	×
〈一寸金〉（州夾蒼崖）	V	×	×	V	×	×	×	×	×	×	×
〈早梅引〉（花竹深）	×	V	V	V	×	×	×	×	×	×	×
〈華胥引〉（川源澄映）	×	V	V	×	×	×	×	×	×	×	×
〈寒垣春〉（暮色分平野）	×	×	×	×	×	V	×	×	×	×	×
〈水龍吟〉（素肌應怯餘寒）	×	V	V	×	×	V	×	×	×	×	×
〈宴清都〉（地僻無鐘鼓）	×	V	V	×	×	×	×	×	×	×	×
〈丹鳳引〉（迤邐春光無賴）	×	V	V	V	×	×	×	×	×	×	×
〈南鄉子〉（晨色動妝樓）	×	V	V	V	×	×	×	×	×	×	×
〈南鄉子〉（夜闌夢難收）	×	V	V	×	×	×	×	×	×	×	×
〈玲瓏四犯〉（穠李夭桃）	×	V	V	×	×	V	×	×	×	×	×
〈繞佛閣〉（暗塵四斂）	×	V	V	×	×	×	×	×	×	×	×
〈憶舊游〉（記愁痕淺黛）	×	V	V	×	×	×	×	×	×	×	×
〈慶春宮〉（雲接平岡）	×	×	×	×	×	×	×	×	×	×	×
〈西平樂〉（穉柳蘇晴）	×	V	V	×	×	×	×	×	×	×	×
〈塞翁吟〉（暗葉啼風雨）	×	V	V	×	×	×	×	×	×	×	×
〈滿路花〉（金花落燼燈）	×	V	V	×	×	×	×	×	×	×	×
〈玉燭新〉（溪源新臘後）	×	V	V	×	×	×	×	×	×	×	×
〈如夢令〉（池上春歸何處）	×	V	V	×	×	×	×	×	×	×	×
〈憶秦娥〉（香馥馥）	×	V	V	×	×	×	×	×	×	×	×

〈蕙蘭芳引〉（寒瑩晚空）	×	V	V	×	×	×	×	×	×	×	×
〈漁家傲〉（幾日輕陰寒惻惻）	×	×	V	V	×	×	×	×	×	×	×
〈四園竹〉（浮雲護月）	×	×	V	×	×	×	×	×	×	×	×
〈紅林檎近〉（風雪驚初霽）	×	×	V	×	×	×	×	×	×	×	×
〈紅林檎近〉（高柳春纔軟）	×	×	V	×	×	×	×	×	×	×	×
〈滿江紅〉（晝日移陰）	×	×	V	V	×	×	×	×	×	×	×
〈晝錦堂〉（雨洗桃花）	×	×	×	×	×	×	×	×	×	×	×
〈女冠子〉（同雲密布）	×	×	×	×	×	×	×	×	×	×	×
〈十六字令〉（明月影）	×	×	V	V	×	×	×	×	×	×	×
〈長相思〉（舉離觴）	×	×	×	×	×	×	×	×	×	×	×
〈鳳來朝〉（逗曉看嬌面）	×	×	×	×	×	×	×	×	×	×	×
〈月中行〉（蜀絲趁日染干紅）	×	×	×	×	×	×	×	×	×	×	×
〈紅窗迴〉（幾日來）	×	×	×	×	×	×	×	×	×	×	×
〈看花回〉（蕙風初散輕暖）	×	×	×	V	×	×	×	×	×	×	×
合　計	17首	46首	65首	41首	37首	32首	23首	4首	9首	26首	28首

　　從表格統計來看，南宋《花庵詞選》和《草堂詩餘》分別選了周邦彥詞十七首和四十六首，明代《古香岑草堂詩餘四集》和《古今詞統》，則分別選了周邦彥詞六十五首和四十一首，若與柳永詞、蘇軾詞的選錄數量相比，《花庵詞選》所選柳永詞和蘇軾詞，分別是十一首和三十七首，而周邦彥詞有十七首，數量上適中，又，黃昇曾針對周邦彥〈花犯〉（粉牆低）一首，評曰：「此只詠梅花，而紆餘反覆，道盡三年間事，昔人謂好詩圓美流轉如彈丸，余於此詞亦云。」〔註139〕指出周邦彥擅長「紆餘反覆」的創作手法，作品的藝術成就亦高，因此以「圓美流轉」來形容和比擬，以黃昇的標準來看，周邦彥應屬宋代善於寫詞的能手，但也沒有到推崇的地步。

　　《草堂詩餘》只選柳永詞共十五首、蘇軾詞共二十首，卻選了周邦彥詞共四十六首，比重上顯見差異，針對這一變化，薛泉《宋

―――――――――――――――――――――――――
〔註139〕〔宋〕黃昇編集：《唐宋諸賢絕妙詞選》，頁58。

人詞選研究》認爲：南宋「偏安局勢的形成，徵歌選舞、淺斟低唱之風又卷土重來，講究音律、聲詞兼美的清眞詞，再度受到人們的推崇。」〔註140〕劉尊明、王兆鵬《唐宋詞的定量分析》則云：《草堂詩餘》「擴大了選錄周詞的範圍，推介出一批音律和諧便於歌唱而又雅俗共賞的清眞詞，爲周邦彥詞在市井民間以及一般文人階層中的普及和流行做出了極大的貢獻。」〔註141〕宋代《草堂詩餘》對周邦彥詞的擴大選錄，不但在當時對周詞的接受造成影響，更直接影響明代對周詞的選錄。明代《古香岑草堂詩餘四集》，所選柳永詞和蘇軾詞，分別是二十八首和五十七首，但對周邦彥，則在《草堂詩餘》基礎上加以擴大，共選了六十五首詞；《古今詞統》所選柳永詞和蘇軾詞，分別是十首和四十三首，周邦彥詞則選了四十一首。只就數量來看，明代對周邦彥詞亦甚重視。然而，正因爲選得多，不免出現揀擇不精的情況，《古香岑草堂詩餘四集》和《古今詞統》除了周詞名作之外，還選了許多風格旖旎的作品，如〈浣溪沙〉：「薄薄紗廚望似空，簟紋如水浸芙蓉。起來嬌眼未惺憁。強整羅衣抬皓腕，更將紈扇掩酥胸。羞郎何事面微紅。」都被這兩部詞選收錄，但這樣的作品很難跟〈蘭陵王〉(柳陰直)、〈六醜〉(正單衣試酒)一類的作品相提並論，尤其《古今詞統》評周邦彥〈浣溪沙〉(薄薄紗廚望似空)，特地在「簟紋如水浸芙蓉」一句右旁，以「。」批點，眉批曰：「我願爲魚戲蓮葉。」〔註142〕這種評語顯現某種趣味，但周邦彥的眞正佳作和周詞佳處，應不只如此。

　　至於明代沈際飛《古香岑草堂詩餘四集》對周邦彥詞的評點，如評〈蝶戀花〉(月皎驚烏棲不定)：「美成能爲景語，不能爲情語；能入『麗』字，不能入『雅』字，價微劣於柳。至若『枕痕一線紅生

〔註140〕薛泉：《宋人詞選研究》，哈爾濱：黑龍江人民出版社，2010 年 6 月一版，頁 158。
〔註141〕劉尊明、王兆鵬：《唐宋詞的定量分析》，頁 399。
〔註142〕〔明〕卓人月彙選、徐士俊參評：《古今詞統》，頁 531。

玉』、『喚起兩眸清炯炯』，形容睡起之妙，良足動人。」〔註143〕評
〈風流子〉（新綠小池塘）：「末句馳騁，恣其望，申其鬱。張玉田云：
詞欲雅而正，志之所之，一物為役，則失其雅正之音。耆卿、伯可
不必論，雖美成有所不免。如『為伊淚落』、『尋消問息』、『減榮光』
及『最苦夢魂』、『雲時厮見』，淳意盡變為澆風已。此膠柱鼓瑟之論
也。」〔註144〕可知沈際飛雖主張「詞貴香而弱」〔註145〕，仍注意
情感的表達，以及遣詞用字的問題，要掌握「以參差不齊之句，寫
鬱勃難狀之情」〔註146〕，風格看似「綺靡」〔註147〕，卻不會落入
「樂而淫」〔註148〕者，確實不易。以沈際飛的標準看，周邦彥部分
詞作的遣詞用字，則可再作斟酌。可見在這個階段，周邦彥詞尚未
被推崇至「詞家正宗」〔註149〕的地位，部分詞作似乎被認為是稍有
瑕疵的。但這會不會也是因為選詞太多，不加揀擇所造成的問題，
若集中選錄周詞名作，則整體評價是否也會有所不同？

　　清代《詞綜》、《詞潔》、《蓼園詞選》，分別選了周邦彥詞三十七
首、三十二首和二十三首，雖然在數量上，比不過明代《古香岑草
堂詩餘四集》和《古今詞統》的六十五首和四十一首，但清代這三

〔註143〕〔明〕沈際飛評選：《古香岑草堂詩餘・正集》，卷二，頁16。

〔註144〕〔明〕沈際飛評選：《古香岑草堂詩餘・正集》，卷六，頁2～3。

〔註145〕沈際飛《古香岑草堂詩餘》評胡浩然〈東風齊著力〉（殘臘牧寒）：
　　　　「詞貴香而弱，雄放者次之，況龘鄙如許乎！」〔明〕沈際飛評選：
　　　　《古香岑草堂詩餘・正集》，卷三，頁9。

〔註146〕沈際飛《古香岑草堂詩餘四集・序》，〔明〕沈際飛評選：《古香岑
　　　　草堂詩餘・正集》，頁4～5。

〔註147〕沈際飛評柳永〈望梅〉（小寒時節）：「填詞即綺靡，而《三百》微
　　　　婉之旨存焉。」〔明〕沈際飛評選：《古香岑草堂詩餘・正集》，卷
　　　　五，頁26。

〔註148〕沈際飛評柳永〈晝夜樂〉（秀香家住桃花徑）：「詞樂而淫，不當入
　　　　選；『膩玉』句則佳，東坡用之，得并存。」〔明〕沈際飛評選：《古
　　　　香岑草堂詩餘・正集》，卷四，頁9。

〔註149〕《詞潔》評秦觀〈滿庭芳〉（山抹微雲）：「詞家正宗，則秦少游、
　　　　周美成。然秦之去周，不止三舍。宋末諸家，皆從美成出。」〔清〕
　　　　先著、程洪輯：《詞潔》，頁126。

部詞選對周邦彥的詞作，明顯經過揀擇，如〈浣溪沙〉（薄薄紗廚望似空）、〈紅窗迥〉（幾日來）等較爲俗豔的作品都予以刪汰，而以周邦彥的長篇名作爲主要選錄對象，如〈瑞龍吟〉（章臺路）、〈蘭陵王〉（柳陰直）、〈齊天樂〉（綠蕪凋盡臺城路）、〈六醜〉（正單衣試酒）、〈滿庭芳〉（風老鶯雛）、〈花犯〉（粉牆低）等，這些詞作也被後來常州派詞選所收錄，顯見這些詞選在選詞的過程中，較爲謹愼，也較能呈現周邦彥詞的特長。況且，《詞綜》、《詞潔》、《蓼園詞選》所收周邦彥詞的數量，已勝過對柳永詞二十一首、八首和五首，以及蘇軾詞十五首、二十四首和十七首的選錄，從數量上看，亦頗重視周邦彥詞。然而，《詞綜》雖選周詞三十七首，眞正推崇的仍是南宋的姜夔〔註150〕，因此在《詞綜》階段，周邦彥詞並未被推崇至一代大家的地位。直到《詞潔》在評點時指出：「詞家正宗，則秦少游、周美成。然秦之去周，不止三舍。宋末諸家，皆從美成出」，「美成如杜，白石兼王、孟、韋、柳之長」〔註151〕，周邦彥爲一代大家的地位才眞正被凸顯出來，並對他用筆的巧妙和純熟給予肯定〔註152〕。黃蘇《蓼園詞選》則從詞有所寓託的角度，點出周邦彥詞情感之深摯和寄託之意，如評〈蝶戀花〉（月皎驚烏棲不定）：「前一闋，言未行前聞烏驚、漏殘、轆轤響，而驚醒淚落；第二闋言別時情況淒楚，玉人遠而惟雞相應，更絕淒婉矣。」〔註153〕評〈風流子〉（新綠小池塘）：「此詞亦猶前詞之旨也。因見『舊燕度霉牆』而巢於『金屋』，乃思自身已在『風幃』

〔註150〕 汪森〈《詞綜》序〉：「鄱陽姜夔出，句琢字鍊，歸於醇雅，於是史達祖、高觀國羽翼之，張輯、吳文英師之於前，趙以夫、蔣捷、周密、陳允衡、王沂孫、張炎、張翥效之於後。譬之於樂，舞箭至於九變，而詞之能事畢矣。」朱彝尊《詞綜・發凡》云：「塡詞最雅，無過石帚。」〔清〕朱彝尊抄撮，汪森增定：《詞綜》，頁1；5。

〔註151〕 《詞潔》評秦觀〈滿庭芳〉（山抹微雲）、張炎〈齊天樂〉（分明柳上春風眼），〔清〕先著、程洪輯：《詞潔》，頁126；202～203。

〔註152〕 如《詞潔》評周邦彥〈憶舊游〉（記愁橫淺黛）：「『舊巢』下，如琴曲泛音，盡而不盡。美成詞是此等筆意處最難到，玉田亦似十分模擬者。」〔清〕先著、程洪輯：《詞潔》，頁187。

〔註153〕 黃蘇《蓼園詞選》，《清人選評詞集三種》，頁55。

之外，而聽別人『理絲簧』，未免悲咽耳。次闋亦託詞以戀主之意。讀者不可以辭害意也。」〔註154〕這對周詞的深入閱讀和解析是有幫助的。

　　常州派詞選在《詞綜》基礎上，再加揀擇，張惠言《詞選》雖只選錄四首周邦彥詞，但同樣視周邦彥爲宋代八大名家之一，《詞選·敘》云：「宋之詞家，號爲極盛，然張先、蘇軾、秦觀、周邦彥、辛棄疾、姜夔、王沂孫、張炎淵淵乎文有其質焉。」〔註155〕只是在詞作評價上，仍以溫庭筠爲高，所以對周邦彥〈蘭陵王〉（柳陰直）和〈六醜〉（正單衣試酒），只給予「。。」〔註156〕的評價。只有周濟《宋四家詞選》出，提出「問塗碧山，歷夢窗、稼軒，以還清眞之渾化」〔註157〕的習詞途徑，除了肯定周邦彥爲一代大家的地位，更以之爲習詞的最高典範，這比《詞潔》的推崇又更向前推進一層。《詞潔》提出「渾成」〔註158〕的審美標準，又云：「南宋小詞，僅能細碎，不能渾化融洽。即工到極處，只是用筆輕耳，於前人一種耀豔深華，失之遠矣。」〔註159〕相對於「美成如杜」的比擬，周邦彥詞的善於用筆，並能達到「渾成」、「渾化融洽」的藝術境界，是多麼出色的表現；但，「渾成」和「渾化融洽」，終究只停留在技巧的高度純熟，因此能不留痕跡，葉嘉瑩《靈谿詞說》云：周邦彥「被擬之於『詞中老杜』，實在大多是就其寫作功力方面之成就而言，而並不是就其內容意境方面而言的。」〔註160〕但周濟《宋四家詞選》

〔註154〕黃蘇《蓼園詞選》，《清人選評詞集三種》，頁 126。
〔註155〕張惠言《詞選·敘》，〔清〕張惠言輯：《詞選》，頁 536。
〔註156〕〔清〕張惠言輯：《詞選》，頁 544。
〔註157〕周濟《宋四家詞選·序論》，〔清〕周濟輯：《宋四家詞選》，頁 1。
〔註158〕《詞潔》評姚寬〈生查子〉（郎如陌上塵），〔清〕先著、程洪輯：《詞潔》，頁 7。
〔註159〕《詞潔》評賀鑄〈臨江仙〉（巧剪合歡羅勝子），〔清〕先著、程洪輯：《詞潔》，頁 74。
〔註160〕葉嘉瑩〈論周邦彥詞〉，繆鉞、葉嘉瑩：《靈谿詞說》，臺北：正中書局，1993 年 8 月臺初版，頁 304～305。

則提出周詞「渾厚」的概念，強調：「清眞渾厚，正於鈎勒處見。他人一鈎勒便刻削，清眞愈鈎勒，愈渾厚。」〔註161〕雖然「鈎勒」是一種筆法，葉嘉瑩《靈谿詞說》亦云：這是在凸顯周詞「描繪敍寫之工」〔註162〕，但「渾厚」二字的提出，應有助於周詞地位之更爲提高。雖然周濟對周邦彥詞的評語，大部分都在討論筆法的問題，如評〈瑞龍吟〉（章臺路）：「不過桃花人面，舊曲翻新耳。看其由無情入，結歸無情，層層脫換，筆筆往復處。」評〈六醜〉（正單衣試酒）：「十三字千迴百折，千錘百煉，以下如鵰羽自逝。」〔註163〕但周濟《介存齋論詞雜著》曾云：「感慨所寄，不過盛衰。或綢繆未雨，或太息厝薪，或已溺已飢，或獨清獨醒，隨其人之性情、學問、境地，莫不有由衷之言。」〔註164〕又，周濟《宋四家詞選》是在張惠言寄託論的基礎上作發揮，則周濟以「渾厚」來稱周邦彥詞，亦有著「性情、學問、境地」之前提，才能創作足以感動人心的「由衷之言」。這樣看來，周濟對周邦彥詞筆法的探討和評點，更使周邦彥個人和詞作的影響得以凸顯。

譚獻和陳廷焯評點周邦彥詞，除了同樣肯定其謀篇命意和筆法之巧妙，還發揮常州詞派的寄託論，如譚獻評〈滿庭芳〉（風老鶯雛），針對「地卑山近，衣潤費爐煙」一句，旁批云：「《離騷》廿五，去人不遠。」〔註165〕陳廷焯評〈蘭陵王〉（柳陰直），則云：「一則曰『登臨望故國』，再則曰『閒尋舊蹤跡』，至收筆『沉思前事，似夢裏，淚暗滴』，遙遙挽合，妙，有許多說不出處，欲語復咽，是爲沉鬱。」又如，評〈六醜〉（正單衣試酒）：「沉鬱。思深意苦，亦哀婉，亦恣肆。」〔註166〕這種「有許多說不出處，欲語復咽，是爲

〔註161〕周濟《宋四家詞選‧序論》，〔清〕周濟輯：《宋四家詞選》，頁1。
〔註162〕葉嘉瑩〈論周邦彥詞〉，繆鉞、葉嘉瑩：《靈谿詞說》，頁305。
〔註163〕〔清〕周濟輯：《宋四家詞選》，頁1；2。
〔註164〕周濟《介存齋論詞雜著》，〔清〕周濟：《詞辨》，頁577。
〔註165〕〔清〕譚復堂評：《譚評詞辨》，卷一，頁6。
〔註166〕〔清〕陳廷焯編選：《詞則‧大雅集》，頁67；68。

沉鬱」的「哀婉」情感，與張惠言所謂「賢人君子幽約怨悱不能自言之情」〔註167〕，如出一轍；又，與屈原之《離騷》是何等相似。透過對周邦彥詞中抑鬱心靈和幽深隱微情感的挖掘，周邦彥在宋代詞史中無可取代的地位，因而確立。陳廷焯《詞壇叢話》云：「美成樂府，開闔動盪，獨有千古。南宋白石、梅溪，皆祖清眞，而能出入變化者。」〔註168〕《白雨齋詞話》亦云：「詞至美成，乃有大宗。前收蘇、秦之終，後開姜、史之始，自有詞人以來，不得不推爲巨擘。後之爲詞者，亦難出其範圍。然其妙處，亦不外沉鬱頓挫。頓挫則有姿態，沉鬱則極深厚。既有姿態，又極深厚，詞中三昧，亦盡於此矣。」〔註169〕這除了肯定周邦彥「一代巨擘」的地位，更讓人不禁猜想周詞的「沉鬱」和「身世飄零」〔註170〕之感，是否才是周濟、譚獻和陳廷焯推崇周詞的更根本原因。不管如何，透過常州派詞選的評點，除了使讀者對周邦彥詞有更深刻的體會，還以之爲習詞典範，同時使周詞的生命和情感都有所提昇，可說是擴大周邦彥詞影響的關鍵。

　　劉少雄〈周濟與南宋典雅詞派〉云：浙派「或有將姜張詞統溯源於北宋的周邦彥者，但事實上，浙人雖推許清眞，卻始終以姜張爲法，眞正推尊清眞並舉爲一派宗主，那是常派的事。」〔註171〕從歷來對周邦彥詞的選錄，以及常州派詞選對周詞的評點，亦可看出這樣的趨向。

〔註167〕張惠言《詞選・敘》，〔清〕張惠言輯：《詞選》，頁536。

〔註168〕〔清〕陳廷焯：《詞壇叢話》，唐圭璋編：《詞話叢編》，頁3723。

〔註169〕〔清〕陳廷焯：《白雨齋詞話》，卷一，頁23。

〔註170〕《白雨齋詞話》云：「所謂沉鬱者，意在筆先，神餘言外。寫怨夫思婦之懷，寓孽子孤臣之感。凡交情之冷淡，身世之飄零，皆可於一草一木發之。」〔清〕陳廷焯：《白雨齋詞話》，卷一，頁9～10。

〔註171〕劉少雄：〈周濟與南宋典雅詞派〉，《中國文哲研究集刊》1994年9月，頁159。

第三節　南宋詞家

　　從前兩段論述，可知常州派詞選對唐五代和北宋詞家都有相當的推崇，對南宋詞家的看法又是如何？以下選取具有爭議的辛棄疾、姜夔、吳文英、王沂孫四家，為主要討論對象。

一、辛棄疾

　　辛棄疾是南宋詞大家，對於辛詞的重視，首先可以從歷代所選辛詞的數量，來作了解。歷代所選辛棄疾詞一覽表如下：

詞　　　牌	花庵詞選	草堂詩餘	草堂四集	古今詞統	詞綜	詞潔	蓼園詞選	詞選	詞辨	宋四家詞選	詞則
〈青玉案〉（東風夜放花千樹）	×	×	×	V	V	×	×	×	V	V	V
〈踏莎行〉（夜月樓臺）	×	×	×	V	V	×	×	×	×	V	V
〈踏莎行〉（吾道悠悠）	×	×	×	V	V	×	×	×	×	V	V
〈踏莎行〉（進退存亡）	×	×	×	V	×	×	×	×	×	V	×
〈洞仙歌〉（飛流萬壑）	×	×	×	V	V	×	×	×	×	×	V
〈洞仙歌〉（江頭父老）	V	×	×	V	V	×	×	×	×	×	V
〈洞仙歌〉（賢愚相去）	×	×	×	V	V	×	×	×	×	×	V
〈念奴嬌〉（野塘花落）	V	V	V	V	V	×	×	×	×	V	V
〈念奴嬌〉（我來弔古）	V	×	V	V	V	×	×	×	×	×	V
〈念奴嬌〉（晚風吹雨）	V	×	×	V	×	×	×	×	×	×	V
〈破陣子〉（醉裏挑燈看劍）	×	×	×	×	×	×	×	×	V	V	V
〈滿江紅〉（家住江南）	×	×	×	V	V	×	×	×	×	V	V
〈滿江紅〉（敲碎離愁）	×	×	×	V	V	×	×	×	×	×	V
〈滿江紅〉（過眼溪山）	V	×	V	V	V	×	×	×	×	×	V
〈滿江紅〉（蜀道登天）	×	×	×	V	V	×	×	×	×	×	V
〈滿江紅〉（笳鼓歸來）	V	×	×	V	V	×	×	×	×	×	V
〈滿江紅〉（湖海平生）	V	×	×	×	V	×	×	×	×	×	×

〈滿江紅〉（直節堂堂）	×	×	×	V	×	×	×	×	×	×	×
〈滿江紅〉（照影溪梅）	×	×	×	V	×	×	×	×	×	×	×
〈滿江紅〉（笑拍洪崖）	×	×	×	V	×	×	×	×	×	×	×
〈滿江紅〉（宿酒醒時）	×	×	×	V	×	×	×	×	×	×	×
〈滿江紅〉（半山佳句）	×	×	×	V	×	×	×	×	×	×	×
〈滿江紅〉（倦客新豐）	×	×	×	V	×	×	×	×	×	×	×
〈滿江紅〉（浪蕊浮花）	×	×	V	V	×	×	×	×	×	×	×
〈滿江紅〉（幾個清鷗）	×	×	V	V	×	×	×	×	×	×	×
〈水調歌頭〉（落日塞塵起）	×	×	×	×	V	×	×	×	×	V	V
〈水調歌頭〉（寒食不少住）	×	×	×	V	V	×	×	×	×	×	V
〈水調歌頭〉（四坐且勿語）	×	×	×	V	V	×	×	×	×	×	V
〈水調歌頭〉（長恨復長恨）	×	×	×	V	×	×	×	×	×	×	V
〈水調歌頭〉（帶湖吾甚愛）	V	×	×	V	×	×	×	×	×	×	×
〈水調歌頭〉（折盡武昌柳）	V	×	×	×	×	×	×	×	×	×	×
〈水調歌頭〉（白日射金闕）	×	×	×	V	×	×	×	×	×	×	×
〈水調歌頭〉（造化故豪縱）	×	×	×	V	×	×	×	×	×	×	×
〈水調歌頭〉（高馬勿捶面）	×	×	×	V	×	×	×	×	×	×	×
〈水調歌頭〉（頭白牙齒缺）	×	×	×	V	×	×	×	×	×	×	×
〈祝英臺近〉（寶釵分）	V	V	V	V	V	V	V	V	V	×	V
〈祝英臺近〉（水縱橫）	×	×	×	V	×	×	×	×	×	×	×
〈木蘭花慢〉（老來情味減）	V	×	×	×	V	×	×	×	V	V	V
〈木蘭花慢〉（漢中開漢業）	V	×	×	×	×	×	×	×	×	×	×
〈摸魚兒〉（更能消幾番風雨）	V	V	V	V	V	V	V	V	V	V	V
〈摸魚兒〉（問何年此山來此）	×	×	×	×	×	×	×	×	×	×	×
〈賀新郎〉（綠樹聽鵜鴂）	×	×	V	V	V	V	V	×	×	V	V
〈賀新郎〉（鳳尾龍香撥）	×	×	×	V	×	V	×	×	×	V	V
〈賀新郎〉（甚矣吾衰矣）	V	×	V	V	×	×	×	×	×	×	×
〈賀新郎〉（覓句如東野）	×	×	×	V	×	×	×	×	×	×	×
〈賀新郎〉（碧海成桑野）	×	×	×	V	×	×	×	×	×	×	×
〈賀新郎〉（翠浪吞平野）	×	×	V	V	×	×	×	×	×	×	×

〈賀新郎〉（拄杖重來約）	×	×	×	V	×	×	×	×	×	×	×
〈賀新郎〉（聽我三章約）	×	×	×	V	×	×	×	×	×	×	×
〈賀新郎〉（路入門前柳）	×	×	×	V	×	×	×	×	×	×	×
〈賀新郎〉（肘後俄生柳）	×	×	×	×	×	×	×	×	×	×	×
〈賀新郎〉（把酒長亭說）	×	×	×	×	×	×	×	×	×	×	×
〈金縷曲〉（柳暗凌波路）	×	×	×	×	V	×	×	×	×	×	V
〈水龍吟〉（楚天千里清秋）	V	×	×	V	V	×	×	×	V	V	V
〈水龍吟〉（舉頭西北浮雲）	V	×	×	V	V	×	×	×	V	V	V
〈水龍吟〉（渡江天馬南來）	V	V	V	×	×	×	×	×	×	×	×
〈水龍吟〉（玉皇金殿微涼）	V	×	×	×	×	×	×	×	×	×	×
〈水龍吟〉（普陀大士虛空）	×	×	×	×	×	×	×	×	×	×	×
〈水龍吟〉（稼軒何必常貧）	×	×	×	×	×	×	×	×	×	×	×
〈水龍吟〉（被公驚倒瓢泉）	×	×	×	×	×	×	×	×	×	×	×
〈水龍吟〉（聽分清佩瓊瑤些）	×	×	V	V	×	×	×	×	×	×	×
〈水龍吟〉（夜來風雨囪囪）	×	×	V	V	×	×	×	×	×	×	×
〈永遇樂〉（千古江山）	×	×	V	V	V	×	×	V	V	V	V
〈漢宮春〉（春已歸來）	×	×	×	V	×	×	×	×	×	×	×
〈漢宮春〉（亭上秋風）	×	×	×	×	×	×	×	×	×	×	V
〈漢宮春〉（秦望山頭）	×	×	×	×	×	×	×	×	×	×	×
〈漢宮春〉（心似孤僧）	×	×	×	×	×	×	×	×	×	×	×
〈蝶戀花〉（誰向椒盤簪彩勝）	V	V	V	V	V	V	×	×	V	V	V
〈蝶戀花〉（哀草殘陽三萬頃）	V	×	×	×	×	×	×	×	×	×	×
〈蝶戀花〉（莫向城頭聽漏點）	V	×	×	×	×	×	×	×	×	×	×
〈蝶戀花〉（洗盡機心隨法喜）	×	×	×	×	×	×	×	×	×	×	×
〈清平樂〉（繞床飢鼠）	×	×	×	V	×	×	×	×	×	V	V
〈菩薩蠻〉（鬱孤臺下清江水）	V	×	×	V	V	V	×	V	V	V	V
〈菩薩蠻〉（稼軒日向兒童說）	V	×	×	×	×	×	×	×	×	×	×
〈菩薩蠻〉（青山欲共高人語）	×	×	×	V	×	×	×	×	×	×	×
〈浪淘沙〉（身世酒杯中）	×	×	×	×	×	×	×	×	×	×	×
〈浪淘沙〉（不肯過江東）	×	×	×	V	×	×	×	×	×	×	×

詞牌											
〈定風波〉（少日春懷似酒濃）	X	X	X	V	V	X	X	X	X	V	X
〈定風波〉（昨夜山翁倒載歸）	X	X	X	V	X	X	X	X	X	X	X
〈鷓鴣天〉（枕簟溪堂冷欲秋）	V	X	V	V	X	X	V	X	X	V	V
〈鷓鴣天〉（撲面征塵去路遙）	V	X	V	V	X	X	X	X	X	X	V
〈鷓鴣天〉（陌上柔桑破嫩芽）	V	X	V	V	X	X	X	X	X	X	V
〈鷓鴣天〉（壯歲旌旗擁萬夫）	X	X	X	V	X	X	X	X	X	X	V
〈鷓鴣天〉（水荇參差動綠波）	X	X	X	V	X	X	X	X	X	X	V
〈鷓鴣天〉（春入平原薺菜花）	V	X	X	X	X	X	X	X	X	X	X
〈鷓鴣天〉（著意尋春懶便回）	V	V	V	X	X	X	V	X	X	X	X
〈鷓鴣天〉（山上飛泉萬斛珠）	X	X	X	V	X	X	X	X	X	X	X
〈鷓鴣天〉（有甚閒愁可皺眉）	X	X	X	V	X	X	X	X	X	X	X
〈鷓鴣天〉（泉上長吟我獨清）	X	X	X	V	X	X	X	X	X	X	X
〈鷓鴣天〉（千丈陰崖百丈溪）	X	X	X	V	X	X	X	X	X	X	X
〈鷓鴣天〉（自古高人最可嗟）	X	X	X	V	X	X	X	X	X	X	X
〈鷓鴣天〉（句裏春風正剪裁）	X	X	X	V	X	X	X	X	X	X	X
〈鷓鴣天〉（千丈冰溪百步雷）	X	X	X	V	X	X	X	X	X	X	X
〈鷓鴣天〉（晚歲躬耕不怨貧）	X	X	X	V	X	X	X	X	X	X	X
〈鷓鴣天〉（不向長安路上行）	X	X	X	V	X	X	X	X	X	X	X
〈鷓鴣天〉（翠蓋牙籤數百株）	X	X	X	V	X	X	X	X	X	X	X
〈鷓鴣天〉（是處移花是處開）	X	X	X	V	X	X	X	X	X	X	X
〈鷓鴣天〉（秋水長廊水石間）	X	X	X	V	X	X	X	X	X	X	X
〈太常引〉（一輪秋影轉金波）	X	X	V	V	X	X	X	X	X	V	V
〈新荷葉〉（人已歸來）	X	X	X	X	X	X	X	X	X	V	X
〈臨江仙〉（金谷無煙宮樹綠）	X	X	X	X	X	X	X	X	X	X	X
〈臨江仙〉（鍾鼎山林都是夢）	X	X	X	V	X	X	X	X	X	X	X
〈臨江仙〉（一自酒情詩興懶）	X	X	X	V	X	X	X	X	X	X	X
〈沁園春〉（三徑初成）	V	V	V	V	V	V	V	V	V	V	V
〈沁園春〉（杯汝來前）	V	X	V	V	X	X	X	X	X	X	X
〈沁園春〉（疊嶂西馳）	X	X	V	V	X	V	X	X	X	X	X
〈沁園春〉（我試評君）	X	X	X	V	X	X	X	X	X	X	X

〈沁園春〉（我醉狂吟）	×	×	×	V	×	×	×	×	×	×	×
〈沁園春〉（一水西來）	×	×	×	V	×	×	×	×	×	×	×
〈沁園春〉（我見君來）	×	×	×	V	×	×	×	×	×	×	×
〈沁園春〉（杯汝知乎）	×	×	×	V	×	×	×	×	×	×	×
〈一絡索〉（羞見鑑鸞孤卻）	×	×	V	V	×	×	×	×	×	×	V
〈西河〉（西江水）	×	×	×	×	V	×	×	×	×	×	V
〈酒泉子〉（流水無情）	×	×	×	×	V	×	×	×	×	×	V
〈瑞鶴仙〉（片帆何太急）	V	×	×	×	V	×	×	×	×	×	V
〈瑞鶴仙〉（黃金堆到斗）	V	×	×	×	×	×	×	×	×	×	×
〈昭君怨〉（長記瀟湘秋晚）	×	×	×	×	×	×	×	×	×	×	×
〈南鄉子〉（何處望神州）	×	×	×	×	V	V	×	×	×	×	×
〈玉樓春〉（狂歌擊碎村醪釅）	×	×	×	×	×	×	×	×	×	×	V
〈西江月〉（明月別枝驚鵲）	×	×	×	×	×	×	×	×	×	×	×
〈西江月〉（秀骨青松不老）	V	×	×	×	×	×	×	×	×	×	×
〈西江月〉（醉裏且貪歡笑）	×	×	×	V	×	×	×	×	×	×	×
〈西江月〉（萬事雲煙忽過）	×	×	×	V	×	×	×	×	×	×	×
〈最高樓〉（金閨老）	V	×	×	×	×	×	×	×	×	×	×
〈最高樓〉（花知否）	V	×	V	×	×	×	×	×	×	×	×
〈最高樓〉（長安道）	×	×	V	×	×	×	×	×	×	×	×
〈千秋歲〉（寒垣秋草）	V	V	V	×	×	×	V	×	×	×	×
〈聲聲慢〉（征埃成陣）	V	×	×	×	×	×	×	×	×	×	×
〈鵲橋仙〉（小窗風雨）	V	×	×	×	×	×	×	×	×	×	×
〈鵲橋仙〉（溪邊白鷺）	×	×	×	×	×	×	×	×	×	×	×
〈鵲橋仙〉（松岡避暑）	×	×	×	V	×	×	×	×	×	×	×
〈霜天曉角〉（吳頭楚尾）	V	×	×	×	×	V	×	×	×	×	×
〈清平樂〉（茅簷低小）	V	×	×	×	×	×	×	×	×	×	×
〈清平樂〉（靈皇醮罷）	V	×	×	×	×	×	×	×	×	×	×
〈喜遷鶯〉（暑風涼月）	V	×	×	×	×	×	×	×	×	×	×
〈金菊對芙蓉〉（遠水生光）	×	V	V	×	×	×	×	×	×	×	×
〈生查子〉（去年燕子來）	×	×	×	×	V	×	×	×	×	×	×

〈生查子〉（溪邊照影行）	×	×	×	V	×	×	×	×	×	×	×
〈生查子〉（青山招不來）	×	×	×	V	×	×	×	×	×	×	×
〈河傳〉（春水千里）	×	×	×	×	V	×	×	×	×	×	×
〈一剪梅〉（獨立蒼茫醉不歸）	×	×	×	×	×	V	×	×	×	×	×
〈六州歌頭〉（晨來問疾）	×	×	×	×	×	×	×	×	×	×	×
〈哨遍〉（池上主人）	×	×	×	V	×	V	×	×	×	×	×
〈哨遍〉（蝸角鬥爭）	×	×	×	V	×	×	×	×	×	×	×
〈哨遍〉（一壑自專）	×	×	×	V	×	×	×	×	×	×	×
〈浣溪沙〉（父老爭言雨水勻）	×	×	×	V	×	×	×	×	×	×	×
〈浣溪沙〉（新茸茅簷次第成）	×	×	×	V	×	×	×	×	×	×	×
〈浣溪沙〉（細聽春山杜宇啼）	×	×	×	V	×	×	×	×	×	×	×
〈卜算子〉（一以我爲牛）	×	×	×	V	×	×	×	×	×	×	×
〈卜算子〉（夜雨醉瓜廬）	×	×	×	V	×	×	×	×	×	×	×
〈卜算子〉（珠玉作泥沙）	×	×	×	V	×	×	×	×	×	×	×
〈卜算子〉（漢代李將軍）	×	×	×	V	×	×	×	×	×	×	×
〈減字木蘭花〉（盈盈淚眼）	×	×	×	V	×	×	×	×	×	×	×
〈攤破浣溪沙〉（強欲加餐竟未佳）	×	×	×	V	×	×	×	×	×	×	×
〈柳梢青〉（莫煉丹難）	×	×	×	V	×	×	×	×	×	×	×
〈南歌子〉（散髮披襟處）	×	×	×	V	×	×	×	×	×	×	×
〈南歌子〉（玄入參同契）	×	×	V	V	×	×	×	×	×	×	×
〈尋芳草〉（有得許多淚）	×	×	V	V	×	×	×	×	×	×	×
〈瑞鷓鴣〉（暮年不賦短長詞）	×	×	×	V	×	×	×	×	×	×	×
〈瑞鷓鴣〉（聲名少日畏人知）	×	×	×	V	×	×	×	×	×	×	×
〈玉樓春〉（何人半夜推山去）	×	×	×	V	×	×	×	×	×	×	×
〈玉樓春〉（風前欲勸春光住）	×	×	V	V	×	×	×	×	×	×	×
〈玉樓春〉（三三兩兩誰家婦）	×	×	×	V	×	×	×	×	×	×	×
〈東坡引〉（花梢紅未足）	×	×	V	V	×	×	×	×	×	×	×
〈東坡引〉（玉纖彈舊怨）	×	×	V	V	×	×	×	×	×	×	×
〈東坡引〉（若如梁上燕）	×	×	V	×	×	×	×	×	×	×	×

〈行香子〉（雲岫如簪）	×	×	×	V	×	×	×	×	×	×	×
〈粉蝶兒〉（昨日春如）	×	×	V	V	×	×	×	×	×	×	×
〈千年調〉（厄酒向人時）	×	×	×	V	×	×	×	×	×	×	×
〈驀山溪〉（飯蔬飲水）	×	×	×	V	×	×	×	×	×	×	×
〈一枝花〉（千丈擎天手）	×	×	×	V	×	×	×	×	×	×	×
〈醉翁操〉（長松）	×	×	×	V	×	×	×	×	×	×	×
〈六么令〉（酒群花隊）	×	×	×	V	×	×	×	×	×	×	×
〈滿庭芳〉（傾國無媒）	×	×	×	V	×	×	×	×	×	×	×
〈滿庭芳〉（急管哀絃）	×	×	×	V	×	×	×	×	×	×	×
〈雨中花慢〉（舊雨常來）	×	×	×	V	×	×	×	×	×	×	×
〈雨中花慢〉（馬上三年）	×	×	×	V	×	×	×	×	×	×	×
〈歸朝歡〉（萬里康城西走蜀）	×	×	×	V	×	×	×	×	×	×	×
〈歸朝歡〉（我笑共工緣底怒）	×	×	×	V	×	×	×	×	×	×	×
〈蘭陵王〉（恨之極）	×	×	×	V	×	×	×	×	×	×	×
〈六州歌頭〉（晨來問疾）	×	×	V	V	×	×	×	×	×	×	×
〈江城子〉（暗香橫路月垂垂）	×	×	V	×	×	×	×	×	×	×	×
合　　計	42首	9首	40首	134首	43首	15首	7首	6首	10首	24首	47首

　　根據以上表格統計的結果，可以發現南宋《花庵詞選》，明代《古香岑草堂詩餘四集》、《古今詞統》，清代《詞綜》、《詞則》所選辛棄疾詞的數量最多，都在四十首以上，其中又以《古今詞統》所選最多，高達一百三十四首。如果再與集中所選蘇軾詞相比，《花庵詞選》只選蘇詞三十一首，卻選辛詞四十二首；《古今詞統》選蘇詞四十三首，已是極多，卻選辛詞一百三十四首，遠遠超乎其上；《詞綜》只選蘇詞十五首，卻選辛詞四十三首；《詞選》只選蘇詞四首，卻選辛詞六首；《詞辨》只選蘇詞二首，卻選辛詞十首；《宋四家詞選》只選蘇詞三首，卻選辛詞二十四首，還把蘇詞附在辛詞之下；《詞則》只選蘇詞二十五首，卻選辛詞四十七首；這樣的選詞數量，可以看出歷來詞選對辛詞的重視程度。然而，仔細比較各家所選辛詞，會發現錄入的詞作不盡相同，這種揀擇的差異，也呈

現出不同的辛詞風貌。

《花庵詞選》選辛詞四十二首，就數量上看，表現出重視的態度，薛泉《宋人詞選研究》認為：「黃昇《花庵詞選》在存史前提下，選詞也是有所偏好的。是選多選蘇、辛之詞，便是受尊宗蘇、辛之風影響，關注此時詞壇主流的結果」，「南渡後一段時間，圖存救亡一度成為時代強音。人們推重慷慨悲壯之詞，蘇、辛詞因而一時走紅。」〔註172〕這點或許可以解釋黃昇對張孝祥、劉過、吳激等壯詞的選錄。但，以《花庵詞選》所選辛棄疾詞和常州派詞選作比較，彼此交集程度其實不高，《花庵詞選》所選辛棄疾壽詞，如〈水龍吟〉（玉皇金殿微涼），詞下小題：「壽韓南澗」和〈最高樓〉（金閨老），詞下小題：「洪內翰慶七十」，以及農村詞，如〈清平樂〉（茅簷低小），常州派詞選都沒有錄入。 又以《古香岑草堂詩餘四集》所選辛棄疾詞和常州派詞選作比較，除了一些辛棄疾名作，如〈念奴嬌〉（野塘花落）、〈祝英臺近〉（寶釵分）、〈摸魚兒〉（更能消幾番風雨）、〈永遇樂〉（千古江山）、〈菩薩蠻〉（鬱孤臺下清江水）等，有所重複，其他所選詞作，交集程度也不高，最明顯的是，《古香岑草堂詩餘四集》所選辛棄疾閨怨詞，如〈東坡引〉（花梢紅未足）（玉纖彈舊怨）（若如梁上燕）三首，常州派詞選也都沒有錄入，由此可以看出常州派詞選的選詞傾向，乃著意選錄辛詞較文雅者，同時排除明顯應俗，而無深刻寓意的作品，以強調講求寄託和沉鬱的論詞主張。但這是否會造成選詞有所偏頗的問題？若比較《古今詞統》所選，常州派詞選的精選詞作，仍有可取處。《古今詞統》因為採取以詞牌為綱，繫以詞作的編排方式，再加上欣賞辛棄疾，所以在詞選中充分凸顯對辛詞的重視，如〈鷓鴣天〉這一詞牌之下，一連選了十七首辛棄疾的創作，〈滿江紅〉則有十首，〈沁園春〉八首，〈賀新郎〉十一首，其他詞家不過一、兩首入選，相較之下，辛詞入選率，絕對在其他詞家之上。但，以同一詞牌來看，同一詞

〔註172〕薛泉：《宋人詞選研究》，頁156；157。

家的創作有沒有必要選至十七首這麼多？值得斟酌。雖然朱麗霞
《清代辛稼軒接受史》認爲：「徐士俊之所以選入辛詞如此之多，
根本原因在於『種種畢具，……不使稼軒居詞論之名』，證明稼軒
詞皆『性情』之作的詞學主張」〔註173〕，但，正因爲選錄數量過
多，部分詞作並非辛棄疾眞正代表作，或者太過俚俗，如〈東坡引〉
（花梢紅未足）（玉纖彈舊怨）和〈千年調〉（厄酒向人時）；或者太
口語，如〈水調歌頭〉（頭白牙齒缺）、〈歸朝歡〉（我笑共工緣底怒）、
〈賀新郎〉（肘後俄生柳）等，即使可以藉此呈現更多樣化的辛詞風
貌，但不免有些駁雜。徐士俊評辛棄疾〈尋芳草〉（有得許多淚）：
「妙全在俚，似古詩『老女不嫁，蹋地喚天』等語。」〔註174〕評
〈洞仙歌〉（賢愚相去）：「作道學先生詩者，何不倣此？」〔註175〕
評〈霜天曉角〉（吳頭楚尾）：「之乎者也，出稼軒口，便有聲有色，
不許村學究效顰。」〔註176〕顯然有特殊的欣賞角度，但像這類詞
作或者有失文雅，或有損情致，常州派詞選是絕對不選的，以免影
響對辛詞的整體評價。陳廷焯《白雨齋詞話》云：「作詞難，選詞
尤難。以我之才思，發我之性情，猶易也；以我之性情，通古人之
性情，則非易也。……與其不精也，甯失不備。」〔註177〕對應常
州派對詞作的選錄，態度上的確較爲審愼，這對詞人地位和價值的
提昇，比較能發揮作用。

　　再以各家詞選對辛棄疾詞的評點來看，如明代沈際飛評〈鷓鴣
天〉（枕簟溪堂冷欲秋）：「生派愁怨與花鳥，卻自然。其人之秋乎？
良足悲感。」〔註178〕評〈念奴嬌〉（晚風吹雨）：「字字敲打得響。」
〔註179〕評〈千秋歲〉（寒垣秋草）：「關刻抹『鳳詔』、『中書』兩句，

〔註173〕　朱麗霞：《清代辛稼軒接受史》，頁555。
〔註174〕　〔明〕卓人月彙選、徐士俊參評：《古今詞統》，卷七，頁594。
〔註175〕　〔明〕卓人月彙選、徐士俊參評：《古今詞統》，卷十一，頁40。
〔註176〕　〔明〕卓人月彙選、徐士俊參評：《古今詞統》，卷四，頁538。
〔註177〕　〔清〕陳廷焯：《白雨齋詞話》，卷十，頁365。
〔註178〕　〔明〕沈際飛評選：《古香岑草堂詩餘・正集》，卷一，頁39。
〔註179〕　〔明〕沈際飛評選：《古香岑草堂詩餘・正集》，卷四，頁25～26。

謂其近俚，便并汾陽等事不用，又非壽詞。」又云：「句子老辣，故
異俗手。」〔註180〕辛棄疾就算寫作閨怨詞、壽詞，也因其心胸、境
遇，使詞作別有韻致；而徐士俊評辛詞，如前段所引評論，又如評
〈一絡索〉（羞見鑑鸞孤卻）：「不意此老亦解作喁喁語。」〔註181〕
則讓讀者看到辛棄疾可以柔情婉轉，又可以曠放俚俗的一面；清代
黃蘇《蓼園詞選》評辛棄疾〈鷓鴣天〉（枕簟溪堂冷欲秋），則云：「其
有匪風下泉之思乎？可以悲其志矣。妙在結二句，放開寫，不即不
離，尚含蓄。」〔註182〕評〈千秋歲〉（寒垣秋草）：「沈際飛以閩刻
本抹『鳳詔』、『中書』兩句，謂其近俚，是並未讀史，僅以尋常詞
目之也。是時，戎馬倥傯，終日播遷，幼安一見史浩，而即以汾陽
恢復規勵之，義勇之氣溢於言表。史浩相孝宗，雖未能全行恢復，
而得以安然，史稱其忠，年八十九卒，謚文惠。此詞未爲失言矣。」
〔註183〕呈現出辛詞的才情，以及與遭遇有關的悲鬱，這是辛詞的一
大特色。《詞潔》評辛棄疾〈沁園春〉（疊嶂西弛），云：

> 稼軒詞於宋人中自闢門戶，要不可少。有絕佳者，不得以
> 「粗豪」二字蔽之。如此種創見，以爲新奇，流傳遂成惡
> 習。存一以概其餘。世以蘇、辛並稱，辛非蘇類，稼軒之
> 次則後村、龍洲，是其偏禪也。〔註184〕

所謂「自闢門戶」，便已點出辛詞的與眾不同，其情感雖有奔放豪壯
處，但確實「不得以『粗豪』二字蔽之」，或以此涵蓋辛詞特色。這
一段話，可作爲常州詞派之前對辛棄疾詞的普遍認知與評價。

　　《詞綜》和常州派詞選所選辛詞，趨向較爲一致，只有〈生查
子〉（去年燕子來）和〈河傳〉（春水千里）是常州派詞選沒有選錄，
其他四十一首，都與常州派詞選所選辛詞相同，李多紅《《花間集》

〔註180〕〔明〕沈際飛評選：《古香岑草堂詩餘・正集》，卷二，頁30。
〔註181〕〔明〕卓人月彙選、徐士俊參評：《古今詞統》，卷五，頁566。
〔註182〕黃蘇《蓼園詞選》，《清人選評詞集三種》，頁35。
〔註183〕黃蘇《蓼園詞選》，《清人選評詞集三種》，頁67。
〔註184〕〔清〕先著、程洪輯：《詞潔》，頁234。

接受史論稿》云：浙西詞派「反對豔詞，又排斥壯詞。」〔註185〕則
《詞綜》選錄辛詞四十三首，數量並不少，又爲什麼？可能與這些
詞作相對來說都較文雅，情感也較含蓄抑鬱有關，所以像《古今詞
統》所選較爲俚俗的詞作，《詞綜》都沒有選錄，這是朱彝尊與常州
派詞選揀擇辛詞的共同考量。此外，還有一首〈破陣子〉（醉裏挑燈
看劍）值得討論，朱麗霞《清代辛稼軒接受史》提出：「此闋既非『清
空』亦非『騷雅』，而是字字跳躑而出，『沉雄悲壯，凌轢千古』，顯
然不符合浙派的審美觀。」〔註186〕這又該如何解釋？　朱麗霞認爲：
「儘管竹垞以『雅』爲宗，但並未對自己的審美規範一以貫之，也
並未對豪放詞一概排斥，竹垞倡導雅詞的同時也默認『變』的風格。」
〔註187〕嚴迪昌《清詞史》云：「因爲朱彝尊後期詞學觀念的變遷，
過多強調醇雅格調，後人也就持此觀念去尋覓朱氏代表作以印證
之，於是，恰巧輕忽了這些（指《江湖載酒集》）無論從認識價值還
是審美價值上都堪稱傳世之作的詞篇。」〔註188〕以此來看，嚴迪昌
和朱麗霞的論述，顯然比李冬紅的說法更有依據，也較能解釋《詞
綜》對辛詞的選錄。

　　常州派詞選則在《詞綜》對辛棄疾詞擇錄的基礎上，進一步藉
由評點，凸顯辛詞的主旨遙深、情感深摯沉鬱，並與現實作更緊密
的結合。比如張惠言《詞選》評辛棄疾〈祝英臺近〉（寶釵分）：「此
與德祐太學生二詞用意相似。『點點飛紅』，傷君子之棄；『流鶯』，
惡小人得志也；『春帶愁來』，其刺趙、張乎？」〔註189〕譚獻亦針對
此詞的「是他春帶愁來，春歸何處，卻不解帶將愁去」一句，評曰：
「託興深切，亦非全用直筆。」〔註190〕又，張惠言評辛棄疾〈賀新

〔註185〕李冬紅：《《花間集》接受史論稿》，頁264。
〔註186〕朱麗霞：《清代辛稼軒接受史》，頁298。
〔註187〕朱麗霞：《清代辛稼軒接受史》，頁298。
〔註188〕嚴迪昌：《清詞史》，南京：江蘇古籍出版社，2001年7月二版，頁269。
〔註189〕〔清〕張惠言輯：《詞選》，頁546。
〔註190〕〔清〕譚復堂評：《譚評詞辨》，卷二，頁4。

郎〉（綠樹聽鵜鴂）：「茂嘉蓋以得罪謫徙，故有是言。」〔註191〕周濟亦評：「北都舊恨。南渡新恨。」〔註192〕陳廷焯則評：「沉鬱蒼涼，跳躍動盪，古今無此筆力。《詞選》云：茂嘉蓋以得罪遷徙，故有是言。」〔註193〕這些評點或專注在某些字句上作聯想和解讀，或聯結詞人遭遇和歷史事件解釋創作原因，除了可以引起讀者的同情共感，還凸顯出辛詞的「沉鬱蒼涼」，同時深化其中的生命情感。

再如，張惠言評辛棄疾〈菩薩蠻〉（鬱孤臺下清江水）：「《鶴林玉露》云：南渡之初，金人追隆祐太后御舟至造口，不及而還，幼安因此起興，『鷓鴣』之句，謂恢復行不得也。」〔註194〕周濟評曰：「惜山怨水。」〔註195〕譚獻則針對「西北是長安，可憐無數山」一句，評曰：「宕逸中亦深煉。」〔註196〕陳廷焯則評：「慷慨生哀。羅大經云：南渡初，金人追隆祐太后御舟，至造口，不及而還。幼安因此起興，『鷓鴣』之句，謂恢復之事，行不得也。」〔註197〕都將詞人的創作動機與當時的歷史環境作結合，明顯採取以寄託解詞的解讀模式，但也因此提昇辛詞的現實意義和歷史價值。又如，周濟評辛棄疾〈永遇樂〉（千古江山）：「有英主則可以隆中興，此是正說；英主必起於草澤，此是反說。繼世圖功，前車如此。」〔註198〕譚獻評曰：「起句嫌有獷氣。使事太多，宜為岳氏所譏。非稼軒之盛氣，勿輕染指也。」〔註199〕陳廷焯則評：「稼軒詞，拉雜使事，而以浩氣行之。如五都市中，百寶雜陳，又如淮陰將兵，多多益善。風雨紛飛，魚龍百變，天地奇觀也。岳倦翁譏其用事多，謬矣。」

〔註191〕〔清〕張惠言輯：《詞選》，頁 545。
〔註192〕〔清〕周濟輯：《宋四家詞選》，頁 15。
〔註193〕〔清〕陳廷焯編選：《詞則‧大雅集》，頁 83。
〔註194〕〔清〕張惠言輯：《詞選》，頁 546。
〔註195〕〔清〕周濟輯：《宋四家詞選》，頁 17。
〔註196〕〔清〕譚復堂評：《譚評詞辨》，卷二，頁 6。
〔註197〕〔清〕陳廷焯編選：《詞則‧大雅集》，頁 85。
〔註198〕〔清〕周濟輯：《宋四家詞選》，頁 16。
〔註199〕〔清〕譚復堂評：《譚評詞辨》，卷二，頁 6。

〔註 200〕用典用事正是辛詞的一大特色，粗獷雖有之，但從三人的評語來看，對於辛詞的這種作法，仍給予特殊角度的看待，認為辛棄疾個人特殊的生命情感和才氣縱橫，無形中又彌補了用典用事過多的問題，這只有辛棄疾才做得到，所謂：「非稼軒之盛氣，勿輕染指也」，正好反過來強調辛詞之獨一無二。對於辛詞之好用典故，葉嘉瑩〈論辛棄疾詞〉認為：「一則既可以使之避免直言之質率；再則又可以將一己之感情推遠一步，造成一種藝術之距離；三則更可以藉用古典而喚起讀者許多言語之外的聯想。」〔註 201〕這或許可以解釋常州派詞選用特殊眼光看待辛詞的原因。而且，正因為辛詞之用典用事才使詞中的寄託更為深刻，更有深入探討的必要，這一點支持了常州詞派以寄託解詞的立論基礎，而辛詞的受到青睞，亦是可以想見的結果。

周濟《介存齋論詞雜著》云：

> 稼軒不平之鳴，隨處輒發，有英雄語，無學問語，故往往鋒頭太露。然其才情富豔，思力果銳，南北兩朝，實無其匹，無怪流傳之廣且久也。世以蘇辛並稱，蘇之自在處，辛偶能到之；辛之當行處，蘇必不能到，二公之詞，不可同日語也。後人以麤豪學稼軒，非徒無其才，并無其情。稼軒固是才大，然情至處，後人萬不能及。〔註 202〕

《宋四家詞選·序論》亦云：

> 蘇、辛並稱，東坡天趣獨到處，殆成絕詣，而苦不經意，完璧甚少；稼軒則沉著痛快，有轍可循，南宋諸公無不傳其衣蓋，未可同年而語矣。稼軒由北開南，夢窗由南追北，是詞家轉境。〔註 203〕

陳廷焯《詞則》則云：

〔註 200〕〔清〕陳廷焯編選：《詞則·放歌集》，頁 322～323。
〔註 201〕葉嘉瑩〈論辛棄疾詞〉，繆鉞、葉嘉瑩：《靈谿詞說》，臺北：正中書局，1993 年 8 月臺初版，頁 433。
〔註 202〕〔清〕周濟：《詞辨》，頁 578。
〔註 203〕周濟《宋四家詞選·序論》，〔清〕周濟輯：《宋四家詞選》，頁 2。

感激豪宕，蘇、辛並峙千古。然忠愛惻怛，蘇勝於辛；而
淋漓怨壯，頓挫盤鬱，則稼軒獨步千古矣。稼軒詞，魄力
雄大，如驚雷怒濤，駭人耳目，天地鉅觀也。後惟迦陵有
此筆力，而鬱處不及。

氣魄之大，突過東坡，古今更無敵手。想其下筆時，早已
目無餘子矣。龍吟虎嘯。〔註204〕

這種「不平之鳴」，肇因當時特殊的時空環境，但如果沒有辛棄疾
個人的才情，要完成如此沉鬱悲涼、寄託深摯的創作，亦是不易。
因此，常州派詞選的評點，刻意將蘇、辛詞作一對比，除了因爲兩
人的豪情和浩然之氣有某種程度的相似，更是爲了在對比中，凸顯
辛詞的特殊。辛棄疾乃用全部生命貫注於詞，用典用事有其講究，
因爲用心於詞，便可提供習詞門徑，不像蘇軾詞「天趣獨到」，要
學則更屬不易。王偉勇〈試述「當行」、「本色」在詞壇上之應用〉
云：「以蘇、辛而言，蘇『每事俱不十分用力』，辛則『不平之鳴，
隨處輒發』，符合『學詞以用心爲主』之要求，故蘇之飄然自在處，
辛偶亦能及之。然於感士不遇之餘，猶能表現時代精神，反映社會
狀況，而出以比興技巧之行家之作，則唯辛詞中能見之，非蘇詞所
能到，蓋性情、學養、境遇使然也。」〔註205〕這更清楚說明蘇、
辛之不同，以及辛詞之特殊。

在常州派詞選對辛詞的評點中，可以看到張惠言等人一方面延
續《詞潔》所提：「辛非蘇類」、「不得以『粗豪』二字蔽之」的看
法，另一方面則更緊密結合南宋的政治現實和辛棄疾遭遇，以探索
辛詞的深刻寓意，發揮常州詞派以寄託解詞的解讀模式，同時藉以
肯定辛詞的社會意義和歷史價值，推高他在詞史上獨一無二的地
位，不只是和蘇軾並峙，其成就和影響甚至超越蘇軾，這也說明常

〔註204〕陳廷焯評辛棄疾〈破陣子〉(醉裏挑燈看劍)、〈滿江紅〉(蜀道登天)，
〔清〕陳廷焯編選：《詞則・放歌集》，頁311；314。
〔註205〕王偉勇〈試述「當行」、「本色」在詞壇上之應用〉，王偉勇：《詞學
專題研究》，臺北：文史哲出版社，2003年4月初版，頁175～176。

州派四部詞選之所以較爲欣賞辛詞，以及選辛詞多過於蘇詞的原
因。雖然在這種以寄託爲導向的選詞和評點過程中，排除《古今詞
統》所選眾多閨怨詞，營造出辛詞慷慨激昂、沉鬱悲涼的印象，實
屬刻意揀擇後的結果，但比起《古今詞統》的選詞多而駁雜，常州
派四部詞選有其擇錄標準，呈現出他們所掌握的辛詞面貌，又能提
高辛詞地位，實際發揮的影響當然比《古今詞統》來得更爲直接和
具體。

　　此外，雖然清初陽羨詞派陳維崧亦是推崇蘇辛詞，在編纂《今詞
苑》時，序曰：

> 世之作詩者，輒薄詞不爲，曰：爲輒致損詩格。或強之，
> 頭目盡赤。是說也，則又大怪。夫客又何知？客亦未知開
> 府〈哀江南〉一賦，僕射在河北諸書，奴僕《莊》、《騷》，
> 出入《左》、《國》，即前此史遷、班椽諸史書未見禮先一飯，
> 而東坡、稼軒諸長調，又娿娿乎如杜甫之歌行與西京之樂
> 府也。

> 蓋天之生才不盡，文章之體格亦不盡。……爲經爲史，曰
> 詩曰詞，閉門造車，諒無異轍也。〔註206〕

嚴迪昌《清詞史》云：「陳維崧與陽羨詞人吳本嵩、吳逢源、潘眉
合作編纂《今詞苑》是康熙十年（1671）前後的事，其時正當陳氏
專力塡詞、有意開派樹幟之際。所以，此序（〈詞選序〉一作〈今詞
苑序〉）不啻是陽羨派的一份宣言和理論綱領。」〔註207〕陳水雲《清
代前中期詞學思想研究》亦云：時值「陳其年（陳維崧字）與邑中諸
子唱和，陽羨派詞學活動熾灼灼的時期，這篇序文可以說是陽羨派
的詞學綱領和理論宣言。」〔註208〕陽羨詞派推崇蘇辛詞，並以之
爲習詞典範，固然可以提高蘇辛詞地位和擴大影響，但要深刻認識

〔註206〕陳維崧：〈詞選序〉，《陳迦陵文集》，《四部叢刊‧正編》，頁31～32。
〔註207〕嚴迪昌：《清詞史》，南京：江蘇古籍出版社，2001年7月二版，頁194。
〔註208〕陳水雲：《清代前中期詞學思想研究》，武昌：武漢大學出版社，1999
　　　　年10月一版，頁110。

辛詞的生命情感，評點的引導也能發揮相當的影響。尤其常州派詞選的評點不但給予辛詞極高評價，周濟《宋四家詞選》更是標舉他為習詞典範，並將范仲淹、蘇軾、晁補之、姜夔、陸游等人詞作，附於辛詞之下，辛詞的重要地位和價值因而凸顯。又因為常州詞派的評點提醒辛詞雖然特出，但並非人可盡學，以避免貿然學習辛詞流於粗豪叫囂的問題，即金應珪〈《詞選》後序〉所指出的：「猛起奮末，分言析字，詼嘲則俳優之末流，叫嘯則市儈之盛氣，此猶巴人振喉以和〈陽春〉，黽蝦怒嗌以調疏越，是謂鄙詞。」〔註209〕這一點則又比陽羨詞派對蘇辛詞的推崇來得更為理性和謹慎。

二、姜　夔

歷來詞選對姜夔詞的選錄和評價，略有不同，以下先列出歷代詞選所錄姜夔詞，再作討論。歷代所選姜夔詞一覽表如下：

詞　　牌	花庵詞選	草堂詩餘	草堂四集	古今詞統	詞綜	詞潔	蓼園詞選	詞選	詞辨	宋四家詞選	詞則
〈一萼紅〉（古城陰）	V	×	V	×	V	V	×	×	×	V	V
〈揚州慢〉（淮左名都）	V	×	V	×	V	V	×	×	×	V	V
〈淡黃柳〉（空城曉角）	V	×	×	×	V	V	×	×	×	V	V
〈暗香〉（舊時月色）	V	×	V	×	V	V	×	×	×	V	V
〈疏影〉（苔枝綴玉）	V	×	V	×	V	V	×	×	×	V	V
〈長亭怨慢〉（漸吹盡枝頭香絮）	V	×	×	×	V	V	×	×	×	V	V
〈念奴嬌〉（鬧紅一舸）	V	×	V	V	V	V	×	×	×	V	V
〈淒涼犯〉（綠楊巷陌）	V	×	V	×	V	V	×	×	×	V	V
〈側犯〉（恨春易去）	V	×	×	×	V	V	×	×	×	V	×
〈惜紅衣〉（枕簟邀涼）	V	×	×	×	V	V	×	×	×	V	V

〔註209〕金應珪〈《詞選》後序〉，〔清〕張惠言錄：《詞選》，《四部備要・集部》，頁 1～2。

〈水龍吟〉（夜深客子移舟處）	×	×	×	×	×	×	×	×	×	×	V
〈秋宵吟〉（古簾空）	V	×	×	×	×	×	×	×	×	×	V
〈琵琶仙〉（雙槳來時）	V	×	V	×	V	V	×	×	×	×	V
〈翠樓吟〉（月冷龍沙）	V	×	V	×	V	V	×	×	×	×	V
〈探春慢〉（衰草愁煙）	V	×	V	×	V	V	×	×	×	×	V
〈點絳唇〉（燕雁無心）	V	×	×	×	V	V	×	×	×	×	V
〈點絳唇〉（金谷人歸）	×	×	×	×	×	×	×	×	×	×	V
〈齊天樂〉（庾郎先自吟愁賦）	V	×	V	×	V	V	×	×	×	×	V
〈湘月〉（五湖舊約）	V	×	×	×	V	V	×	×	×	×	V
〈霓裳中序第一〉（亭皋正望極）	×	×	×	×	×	×	×	×	×	×	V
〈法曲獻仙音〉（虛閣籠寒）	V	×	×	×	×	V	×	×	×	×	V
〈石湖仙〉（松江煙浦）	V	×	×	×	×	×	×	×	×	×	V
〈玲瓏四犯〉（疊鼓夜寒）	V	×	×	×	×	×	×	×	×	×	V
〈清波引〉（冷雲迷浦）	V	×	×	×	V	×	×	×	×	×	V
〈八歸〉（芳蓮墜粉）	V	×	×	×	×	×	×	×	×	×	V
〈隔梅溪令〉（好花不與殢香人）	V	×	×	×	×	×	×	×	×	×	V
〈憶王孫〉（冷紅葉葉下塘秋）	V	×	×	×	×	×	×	×	×	×	V
〈驀山溪〉（與鷗為客）	V	×	×	×	×	×	×	×	×	×	V
〈解連環〉（玉鞍重倚）	V	×	×	×	V	×	×	×	×	×	V
〈少年游〉（雙螺未合）	V	×	×	×	V	×	×	×	×	×	V
〈眉嫵〉（看垂楊連苑）	V	×	V	V	V	V	×	×	×	×	V
〈小重山令〉（人繞湘皋月墜時）	V	×	×	×	×	×	×	×	×	×	×
〈鷓鴣天〉（憶昨天街預賞時）	V	×	×	×	×	×	×	×	×	×	×
〈鷓鴣天〉（京洛風流絕代人）	V	×	×	×	×	×	×	×	×	×	×
〈鷓鴣天〉（輦路珠簾兩行垂）	V	×	×	×	×	×	×	×	×	×	×
〈玉梅令〉（疏疏雪片散入溪）	V	×	×	×	×	×	×	×	×	×	×
〈踏莎行〉（燕燕輕盈）	V	×	×	×	×	×	×	×	×	×	×
合　　計	34首	0首	8首	9首	23首	20首	0首	3首	3首	11首	29首

　　姜夔詞，在南宋黃昇的《花庵詞選》中，即給予很高評價，黃昇稱讚：「中興詩家名流，詞極精妙，不減清眞樂府，其間高處，有美成所不能及。」〔註210〕因此在姜夔傳世詞作八十四首中，《花庵詞選》就選錄其中三十四首，佔姜夔詞作總數的三分之一以上，反映《花庵詞選》對詞作「典雅有味」〔註211〕的評賞標準；然《草堂詩餘》卻不收一首，因此被清代朱彝尊批評是「無目者也」〔註212〕，其實是因爲《草堂詩餘》推崇北宋周邦彥，所以對南宋詞不免有所忽略，直到明代重編《草堂詩餘》，這種情況才有所改變。明代《古香岑草堂詩餘四集》和《古今詞統》雖然只有選姜夔詞八首和九首，但姜夔名作，如〈一萼紅〉（古城陰）、〈揚州慢〉（淮左名都）、〈暗香〉（舊時月色）、〈疏影〉（苔枝綴玉）、〈長亭怨慢〉（漸吹盡枝頭香絮）、〈念奴嬌〉（鬧紅一舸）、〈惜紅衣〉（枕簟邀涼）、〈琵琶仙〉（雙槳來時）、〈齊天樂〉（庾郎先自吟愁賦）、〈眉嫵〉（看垂楊連苑）等，皆收錄其中，可見姜夔詞的特色仍能被注意，在詞史上佔有一席之地。清代浙西詞派爲了「一洗《草堂》之陋」，使「倚聲者知所宗」〔註213〕，因此推崇姜夔詞，講尙醇雅，朱彝尊《詞綜·發凡》云：「世人言詞必稱北宋，然詞至南宋始極其工，至宋季而始極其變，姜堯章氏最爲傑出。」汪森〈《詞綜》序〉亦云：「鄱陽姜夔出，句琢字鍊，歸於醇雅，於是史達祖、高觀國羽翼之，張輯、吳文英師之於前，趙以夫、蔣捷、周密、陳允衡、王沂孫、張炎、張翥效之於後。譬之於樂，舞箾至於九變，而詞之能事畢矣。」〔註214〕這樣

〔註210〕〔宋〕黃昇編集：《中興以來絕妙詞選》，頁64。

〔註211〕如黃昇評沈公述〈望海潮〉（山光凝翠）：「公述此詞典雅有味，而今世但傳其『杏花過雨』之曲，眞所謂『吾未見好德如好色者』也。」〔宋〕黃昇編集：《唐宋諸賢絕妙詞選》，頁55。

〔註212〕朱彝尊《詞綜·發凡》：「塡詞最雅，無過石帚，《草堂詩餘》不登其隻字，見胡浩『立春即席』之作、蜜殊『詠桂』之章，亟收卷中，可謂無目者也。」〔清〕朱彝尊抄撮，汪森增定：《詞綜》，頁5。

〔註213〕汪森〈《詞綜》序〉，〔清〕朱彝尊抄撮，汪森增定：《詞綜》，頁1。

〔註214〕朱彝尊《詞綜·發凡》、汪森〈《詞綜》序〉，〔清〕朱彝尊抄撮，汪

的論點，不但提高姜夔在南宋詞壇的地位和影響，更將姜夔視爲南宋代表詞家，而能與北宋之周邦彥相抗衡。劉少雄〈周濟與南宋典雅詞派〉云：「浙人所謂的姜派詞統，就是以姜張諸子爲一派，代表著南宋風尙，而『句琢字鍊，歸於醇雅』就是他們的基本創作特色。這裏所謂的醇雅，乃針對言情使事之作之『或失之俚』、『或失之亢』而言，而俚俗、亢直的相對面，乃指語言文字之典雅含蓄，情意內容之雅正得體。」〔註215〕因爲這樣的詞學觀點，在清代《詞綜》中，選錄姜夔詞二十三首，超過姜夔詞作總數的四分之一，顯見重視。

　　先著、程洪《詞潔》有鑑於「《草堂》流傳耳目，庸陋取譏，續集尤爲無識」〔註216〕，選錄姜夔詞二十首，約佔姜夔詞作總數的四分之一，亦有尙雅的傾向。《詞潔》評姜夔〈暗香〉（舊時月色）：「落筆得『舊時月色』四字，便欲使千古作者皆出其下。……用筆之妙，總使人不覺，則烹鍛之工也。美成〈花犯〉云：『人正在、空江煙浪裏。』堯章云：『長記曾攜手處，千樹壓，西湖寒碧。』堯章思路，卻是從美成出，而能與之埒，由於用字高，煉句密，泯其來蹤去跡矣。」〔註217〕這對姜夔與周邦彥詞用字煉句之巧妙，皆有極高評價，但若以周、姜相較，則周之「渾成」更勝一籌，因此，《詞潔》云：「詞家正宗，則秦少游、周美成。然秦之去周，不止三舍。宋末諸家，皆從美成出」，「美成如杜，白石兼王、孟、韋、柳之長。」〔註218〕此外，對於姜夔詞，《詞潔》還有所評析，如評姜夔〈探春慢〉（衰草愁煙）：「求之字句，則字句未雕；求之音響，而音響已遠。感人之深，不能指言其處，只一『喚』字，上下俱動。

　　　森增定：《詞綜》，頁3：1。

〔註215〕劉少雄：〈周濟與南宋典雅詞派〉，《中國文哲研究集刊》1994 年 9
　　　　月，頁158。

〔註216〕先著《詞潔‧發凡》，〔清〕先著、程洪輯：《詞潔》，頁1。

〔註217〕〔清〕先著、程洪輯：《詞潔》，頁146。

〔註218〕《詞潔》評秦觀〈滿庭芳〉（山抹微雲）、張炎〈齊天樂〉（分明柳
　　　　上春風眼），〔清〕先著、程洪輯：《詞潔》，頁 126；202～203。

諸葛鼠鬚筆，除卻右軍，人不能用。」〔註219〕又如，評姜夔〈長亭怨慢〉（漸吹盡枝頭香絮）：「『時』字湊『不會得』三字，呆。『韋郎』二句，口氣不雅。『只』字疑誤，『只』字喚不起『難』字。白石人工熔煉特此，此一二筆，容是率處。」〔註220〕這種檢討的態度，注意到只講求用字煉句所可能出現的問題，非一味推崇，對姜夔詞的評價算是較爲理性且客觀的。

到了常州派張惠言《詞選》時，只選姜夔〈揚州慢〉（淮左名都）、〈暗香〉（舊時月色）、〈疏影〉（苔枝綴玉）等三首，雖然都給予「。。」或「。。。」的評價，但張惠言是從「有用世之志」、「以二帝之憤發之」〔註221〕，這種有所寓託的角度解讀，說明即使字面文采重要，詞須有所寓託的這點，仍不可忽略，因此張惠言《詞選・敘》才會指出：「宋之詞家，號爲極盛，然張先、蘇軾、秦觀、周邦彥、辛棄疾、姜夔、王沂孫、張炎淵淵乎文有其質焉。」〔註222〕姜夔詞之被選錄，乃是因爲這三首符合張惠言的選詞標準。周濟《詞辨》只選了姜夔〈淡黃柳〉（空城曉角）、〈暗香〉（舊時月色）、〈疏影〉（苔枝綴玉）等三首，譚獻評點《詞辨》時，則針對〈暗香〉（舊時月色）的「翠尊易泣，紅萼無言耿相憶」一句，評曰：「深美有《騷》、〈辨〉意。」〔註223〕除了可以看作是譚獻對張惠言以寄託解詞觀點的承繼與發揮，這種解詞方式突破對姜夔詞「句琢字鍊，歸於醇雅」的欣賞，挖掘出姜夔詞在「用筆之妙」、「烹鍛之工」以外的特點，注意其中寄寓的「用世之志」，並以「深美有《騷》、〈辨〉意」來評價，將姜夔詞與南宋時局作結合，引導對姜夔詞的內容意旨進行更深刻的解析，就評點方式來說是一開拓，而對姜夔詞的深入探索，亦有

〔註219〕〔清〕先著、程洪輯：《詞潔》，頁114。
〔註220〕〔清〕先著、程洪輯：《詞潔》，頁133。
〔註221〕張惠言評姜夔〈揚州慢〉（淮左名都）、〈暗香〉（舊時月色）、〈疏影〉（苔枝綴玉），〔清〕張惠言輯：《詞選》，頁546～547。
〔註222〕張惠言《詞選・敘》，〔清〕張惠言輯：《詞選》，頁536。
〔註223〕〔清〕譚復堂評：《譚評詞辨》，卷二，頁7。

正面影響。

　　比較特別的是，周濟《宋四家詞選》雖選姜夔詞十一首，卻將姜夔詞附在辛棄疾詞之下，這樣歸併的原因爲何？又，譚獻評姜夔〈淡黃柳〉（空城曉角）云：「白石、稼軒，同音笙磬，但清脆與鏜鎝異響，此事自關性分。」〔註224〕將姜夔詞與辛棄疾詞作對比的原因何在？周濟《介存齋論詞雜著》說明：

　　　　北宋詞多就景敘情，故珠圓玉潤，四照玲瓏，至稼軒、白
　　　　石一變而爲即事敘景，使深者反淺，曲者反直。吾五十年
　　　　來服膺白石，而以稼軒爲外道，由今思之，可謂瞽人捫籥
　　　　也。稼軒鬱勃，故情深；白石放曠，故情淺；稼軒縱橫，
　　　　故才大；白石局促，故才小。惟〈暗香〉、〈疏影〉二詞，
　　　　寄意題外，包蘊無窮，可與稼軒伯仲，餘俱據事直書，不
　　　　過手意近辣耳。白石詞如明七子詩，看是高格響調，不耐
　　　　人細思。白石以詩法入詞，門徑淺狹，如孫過庭書，但便
　　　　後人模仿。〔註225〕

周濟《宋四家詞選‧序論》則云：

　　　　白石脫胎稼軒，變雄健爲清剛，變馳驟爲疏宕，蓋二公皆
　　　　極熱中，故氣味腥和。辛寬姜窄，寬，故容薉；窄，故門
　　　　硬。白石號爲宗公，然亦有俗濫處（〈揚州慢〉「淮左名都，竹
　　　　西佳處」）、寒酸處（〈法曲獻仙音〉「象筆鸞箋，甚而今、不道秀」
　　　　句）、補湊處（〈齊天樂〉「邠詩漫與，笑籬落呼燈，世界兒女」）、
　　　　敷衍處（〈淒涼犯〉「追念西湖」上半闋）、支處（〈湘月〉「舊家樂
　　　　事誰省」）、複處（〈一萼紅〉「翠藤共、閒穿徑竹，記曾共、西樓雅
　　　　集」），不可不知。〔註226〕

原本在浙西詞派眼中，姜夔詞有著獨一無二、不可取代的重要地位，其詞之醇雅亦具有導正風氣、以爲典範的示範作用，絕對是南宋的代表詞家。可是，周濟偏偏要點出姜夔詞作的諸多不足之處，

〔註224〕〔清〕譚復堂評：《譚評詞辨》，卷二，頁6。
〔註225〕〔清〕周濟：《詞辨》，頁578。
〔註226〕周濟《宋四家詞選‧序論》，〔清〕周濟輯：《宋四家詞選》，頁2。

將姜夔詞歸附在辛棄疾詞之下，提出「問塗碧山，歷夢窗、稼軒，以還清眞之渾化」〔註227〕的習詞途徑，劉少雄〈周濟與南宋典雅詞派〉云：「浙派以醇雅的概念籠括南宋姜吳張王諸家，周濟則進一步打通了南北界限，不但以文句之雅爲評選詞作的基本準則，而且更重意格之有無寄託，此外，他更深入文體底層，從清實疏密的特質著眼，釐析眾家，分屬四體；至此，原先『姜派』一個系統內的家數，便被打散到辛、吳、王所代表的三體內。」〔註228〕這是從周濟理論的建立，作出說明，解釋周濟這麼做的根本原因。

　　除此之外，周濟亦有可能是爲拓展習詞途徑，既然「稼軒、白石一變而爲即事敍景」，取徑相同，而「辛寬姜窄」，辛詞之「鬱勃」、「情深」，「才大」、「縱橫」，勝過姜夔之「以詩法入詞，門徑淺狹」，則周濟在《宋四家詞選》中，自然會將姜夔詞歸併在辛棄疾詞之下，以辛詞爲取徑的對象。至於姜夔詞，只代表習詞的一個過程，最終要由南追北，學習北宋詞之高處，以「清眞之渾化」爲目標，方爲正軌。如此一來，姜夔詞無可取代的經典地位和影響被減弱了，學詞途徑卻因此得以拓展，同時可以避免金應珪於〈《詞選》後序〉所指：「規模物類，依托歌舞，哀樂不衷其性，慮歎無與乎情，連章累篇不出乎花鳥，感物指事不外乎酬應，雖既雅而不豔，斯有句而無章，是謂游詞」〔註229〕的問題，使詞不但可以在內容作開拓，詞作意旨亦可深刻化。譚獻也呼應這樣的觀點，強調「白石、稼軒，同音笙磬，但清脆與鏜鎝異響，此事自關性分」，凸顯「人之性情、學問、境地」〔註230〕對詞作的影響，唯有這樣的創作才顯深厚，而不

〔註227〕周濟《宋四家詞選・序論》，〔清〕周濟輯：《宋四家詞選》，頁1。

〔註228〕劉少雄：〈周濟與南宋典雅詞派〉，頁169。

〔註229〕金應珪〈《詞選》後序〉，〔清〕張惠言錄：《詞選》，《四部備要・集部》，頁1～2。

〔註230〕周濟《介存齋論詞雜著》：「感慨所寄，不過盛衰。或綢繆未雨，或太息厝薪，或己溺己飢，或獨清獨醒，隨其人之性情、學問、境地，莫不有由衷之言。」〔清〕周濟：《詞辨》，頁577。

會如姜夔詞一般「看是高格響調」，卻「不耐人細思」，這也可能是
周濟凸顯辛詞，並將姜夔詞作如此歸併的原因。

　　至於陳廷焯，早年編《雲韶集》，並撰述《詞壇叢話》時，傾向
浙西詞派以「醇雅」論詞的立場，曾云：「古今詞人眾矣，余以爲聖
於詞者有五家。北宋之賀方回、周美成，南宋之姜白石，國朝之朱
竹垞、陳其年也。」〔註231〕乃以姜夔爲南宋代表詞家，更云：「詞
中之有姜白石，猶詩中之有淵明也。琢句鍊字，歸於純雅。不獨冠
絕南宋，直欲度越千古。清眞集後，首推白石。」〔註232〕同時將其
比作「詞中之仙」〔註233〕，顯見推崇的程度。但後來在編《詞則》，
並撰述《白雨齋詞話》時，轉而以「沉鬱」論詞，傾向常州派的論
詞立場，強調：「千古詞宗，溫、韋發其源，周、秦竟其緒，白石、
碧山，各出機杼，以開來學。嗣是六百餘年，鮮有知者。得茗柯一
發其旨，而斯詣不滅。」〔註234〕將溫庭筠和韋莊詞，視爲詞之起源，
重視詞之寓託，而姜夔則在這樣的發展脈絡中，佔有一席之地。此
時對姜夔詞的評點，加入有關寄託以及詞味深厚與否的討論，發揮
常州詞派的寄託理論，同時融合浙西詞派以「醇雅」論詞的觀點。
如評姜夔〈一萼紅〉（古城陰）：「白石詞，清靈騷雅，前無古人，後
無來者，眞詞中之聖也。只三語，勝人弔古千言。」評〈揚州慢〉
（淮左名都）：「起數語，意不深，而措詞妙，愈味愈出。『自胡馬窺
江』數語，寫兵燹後，情景逼眞，他人累千百言，總無此韻味。『猶
厭言兵』四字沉痛，包括無限傷亂語。」評〈玲瓏四犯〉（疊鼓夜寒）：
「音調蒼涼。白石諸闋，惟此篇詞最激，意亦最顯，蓋亦身世之感，
有情不容已者。」評〈清波引〉（冷雲迷浦）：「白石諸詞，鄉心最切，
身世之感，當於言外領會。」〔註235〕所謂「身世之感，有情不容已

〔註231〕　〔清〕陳廷焯：《詞壇叢話》，唐圭璋編：《詞話叢編》，頁3720。
〔註232〕　〔清〕陳廷焯：《詞壇叢話》，唐圭璋編：《詞話叢編》，頁3723。
〔註233〕　〔清〕陳廷焯：《詞壇叢話》，唐圭璋編：《詞話叢編》，頁3723。
〔註234〕　〔清〕陳廷焯：《白雨齋詞話》，卷六，頁183～184。
〔註235〕　〔清〕陳廷焯編選：《詞則・大雅集》，頁93；94；102；103。

者」，便是承繼張惠言以寄託論詞的觀點，著重與作者生平遭遇和現實情況的聯結，以探求詞作的言外之意。以「騷雅」來形容姜詞特點，便是體會到姜詞別有一番傷心處，「於伊鬱中饒蘊藉」〔註236〕，有不能言又不得不言之處，如此，姜詞便可與溫庭筠和韋莊詞接軌，成為唐宋詞發展脈絡中重要的一環。陳廷焯在確立唐宋詞的發展脈絡，並以此為典範的同時，便能引導當代詞風的走向。

除此之外，陳廷焯在談論姜夔詞時，還刻意與王沂孫詞作一對比，《白雨齋詞話》云：

> 南渡以後，國勢日非，白石目擊心傷，多於詞中寄其感慨。不獨〈暗香〉、〈疏影〉二章，發二帝之幽憤，傷在位之無人也。特感慨全在虛處，無跡象可尋，人自不察耳。感慨時事，發為詩歌，便已力據上游。特不宜說破，只可用比興體，即比興中亦須含蓄不露，斯為沉鬱，斯為忠厚。……南宋詞人，感時傷事，纏綿溫厚者無過碧山，次則白石。白石鬱處不及碧山，而清虛過之。

> 詞法之密，無過清真；詞格之高，無過白石；詞味之厚，無過碧山，詞壇三絕也。

> 白石詞，雅矣，正矣，沉鬱頓挫矣；然以碧山較之，覺白石猶有未能免俗處。〔註237〕

在這樣的對舉過程中，姜夔詞「以清虛為體」〔註238〕和「氣體之超妙」〔註239〕，是值得肯定的，但就「感時傷事，纏綿溫厚」的表現

〔註236〕陳廷焯《白雨齋詞話》：「姜堯章詞，清虛騷雅，每於伊鬱中饒蘊藉，清真之勁敵，南宋一大家也。」〔清〕陳廷焯：《白雨齋詞話》，卷二，頁39。

〔註237〕〔清〕陳廷焯：《白雨齋詞話》，卷二，頁39～40；57；58。

〔註238〕陳廷焯《白雨齋詞話》：「白石詞，以清虛為體，而時有陰冷處，格調最高。」〔清〕陳廷焯：《白雨齋詞話》，卷二，頁40。

〔註239〕陳廷焯《白雨齋詞話》：「美成、白石，各有至處，不必過為軒輊。頓挫之妙，理法之精，千古詞宗，自屬美成。而氣體之超妙，則白石獨有千古，美成亦不能至。」〔清〕陳廷焯：《白雨齋詞話》，卷二，頁40。

來看，姜夔詞「鬱處不及碧山」，「詞味之厚」也難以超越王沂孫。表面上看，姜夔在詞史上獨一無二的重要地位和影響因此被減弱，但陳廷焯其實是要藉此凸顯寄託理論的重要，以詞之有寄託、能沉鬱者爲高，強調在南宋那樣的時局中，詞人的「感慨時事，發爲詩歌」，不只是自然而然的表現，更是詞人的一種使命，在陳廷焯所處的時代，又何嘗不是如此。藉由唐宋詞人和詞作的對比，作詞「只可用比興體，即比興中亦須含蓄不露，斯爲沉鬱，斯爲忠厚」的論點，亦可充分凸顯，以爲習詞參考。

常州派詞選將姜夔詞歸附到辛棄疾詞之下，提出「白石脫胎稼軒，變雄健爲清剛，變馳驟爲疏宕」的論點，梳理詞史的發展脈絡，再將姜夔詞與王沂孫詞作對比，使姜夔詞的「沉鬱頓挫」獲得重視，同時可以作爲常州詞派寄託理論的佐證，這正是常州派詞選之所以如此評論姜詞的原因。

三、吳文英

常州詞派對吳文英詞的看法和評價，與柳永一樣，有著很大的差異，張惠言《詞選》認爲宋代詞家除了張先、蘇軾、秦觀、周邦彥、辛棄疾、姜夔、王沂孫、張炎這八家「淵淵乎文有其質焉」，其他像是柳永、黃庭堅、劉過、吳文英等人的詞作，不免有「盪而不反，傲而不理，枝而不物」〔註240〕的缺點，因此在《詞選》中一首都不錄；但周濟《宋四家詞選》則提出「問塗碧山，歷夢窗、稼軒，以還清眞之渾化」〔註241〕的習詞途徑，將吳文英詞標舉爲一家典範，這種評價的轉變，應有一發展過程，以下先從歷來詞選對吳文英詞的選錄和

〔註240〕張惠言《詞選·敘》：「其盪而不反，傲而不理，枝而不物，柳永、黃庭堅、劉過、吳文英之倫，亦各引一端，以取重於當世。而前數子者，又不免有一時放浪通脫之言出於其間。後進彌以馳逐，不務原其指意，破析乖剌，壞亂而不可紀。」〔清〕張惠言輯：《詞選》，頁536。

〔註241〕周濟《宋四家詞選·序論》，〔清〕周濟輯：《宋四家詞選》，頁1。

評價，來作探討。歷代所選吳文英詞一覽表：

詞　　　牌	花庵詞選	草堂詩餘	草堂四集	古今詞統	詞綜	詞潔	蓼園詞選	詞選	詞辨	宋四家詞選	詞則
〈倦尋芳〉（暮帆挂雨）	V	×	×	×	V	V	×	×	×	V	V
〈倦尋芳〉（墜瓶恨井）	×	×	×	V	V	V	×	×	×	×	×
〈倦尋芳〉（海霞倒影）	×	×	×	×	×	V	×	×	×	×	×
〈憶舊游〉（送人猶未苦）	V	×	V	V	V	×	×	×	V	V	V
〈點絳唇〉（卷盡浮雲）（一作「卷盡愁雲」）	×	×	×	×	×	×	×	×	V	V	V
〈點絳唇〉（時霎清明）	×	×	×	×	×	V	×	×	×	×	×
〈點絳唇〉（明月茫茫）	×	×	×	×	×	V	×	×	×	×	×
〈點絳唇〉（推枕南窗）	×	×	×	×	×	V	×	×	×	×	×
〈點絳唇〉（金井空陰）	×	×	×	×	×	V	×	×	×	×	×
〈西子粧〉（流水麴情）	×	×	×	×	×	V	×	×	×	V	×
〈唐多令〉（何處合成愁）	V	×	×	V	V	V	×	×	×	V	V
〈玉漏遲〉（雁邊風訊小）	×	×	×	×	×	×	×	×	V	V	V
〈玉漏遲〉（絮花寒食路）	×	×	×	×	×	V	×	×	×	V	×
〈祝英臺近〉（翦紅情）	×	×	×	×	×	V	×	×	×	V	V
〈祝英臺近〉（采幽香）	×	×	×	×	×	V	×	×	×	V	×
〈祝英臺近〉（晚雲開）	×	×	×	×	×	V	×	×	×	V	×
〈祝英臺近〉（問流花）	×	×	×	V	×	×	×	×	×	×	×
〈喜遷鶯〉（江亭年暮）	×	×	×	×	V	×	×	×	×	V	×
〈喜遷鶯〉（凡塵流水）	×	×	×	×	V	×	×	×	×	V	×
〈喜遷鶯〉（煙空白鷺）	×	×	×	V	×	×	×	×	×	×	×
〈高陽臺〉（宮粉凋痕）	×	×	×	×	×	V	×	×	×	V	V
〈高陽臺〉（修竹凝裝）	×	×	×	×	×	V	×	×	×	V	V
〈高陽臺〉（帆落迴潮）	×	×	×	×	×	V	×	×	×	V	×
〈齊天樂〉（新煙初試花如夢）	×	×	×	×	V	V	×	×	×	V	×

〈齊天樂〉（煙波桃葉西陵路）	×	×	×	×	V	V	×	×	V	V	V
〈齊天樂〉（三千年事殘鴉外）	×	×	×	×	V	×	×	×	×	×	V
〈齊天樂〉（凌朝一片陽臺影）	×	×	×	×	×	×	×	×	×	×	V
〈齊天樂〉（竹深不放斜陽入）	×	×	×	×	×	×	×	×	×	×	×
〈齊天樂〉（餘香才潤鶯綃汗）	×	×	×	×	×	V	×	×	×	×	×
〈齊天樂〉（曲塵猶沁傷心水）	×	×	×	V	×	×	×	×	×	×	×
〈掃花游〉（水園沁碧）	×	×	×	×	V	V	×	×	×	×	×
〈解語花〉（門橫皺碧）	×	×	×	V	×	×	×	×	×	×	×
〈解語花〉（檐花舊滴）	×	×	×	V	×	×	×	×	×	×	×
〈解蹀躞〉（醉雲又兼醒雨）	×	×	×	×	V	×	×	×	×	×	×
〈惜紅衣〉（鷺老秋絲）	×	×	×	V	×	×	×	×	×	×	×
〈風入松〉（聽風聽雨過清明）	×	×	×	×	V	×	×	×	×	×	×
〈風入松〉（一帆江上暮潮平）	×	×	×	×	×	×	×	×	×	×	×
〈鶯啼序〉（殘寒正欺病酒）	×	×	×	×	V	×	×	×	×	×	V
〈鶯啼序〉（橫塘棹穿豔錦）	×	×	×	V	×	×	×	×	×	×	×
〈古香慢〉（怨蛾墜柳）	×	×	×	V	×	×	×	×	×	V	×
〈水龍吟〉（豔陽不到青山）	×	×	×	V	×	V	×	×	×	×	×
〈水龍吟〉（小湖北嶺雲多）	×	×	×	V	×	×	×	×	×	×	×
〈桃源憶故人〉（越山青斷西陵浦）	×	×	×	×	V	×	×		×	×	V
〈八聲甘州〉（渺空煙四遠）	×	×	×	×	V	×	×	×	×	×	×
〈瑞鶴仙〉（淚荷拋碎璧）	×	×	×	×	V	V	×	×	×	×	V
〈瑞鶴仙〉（彩雲棲翡翠）	×	×	×	×	V	×	×	×	×	×	×
〈滿江紅〉（雲氣樓臺）	×	×	×	×	V	×	×	×	×	×	×
〈滿江紅〉（翠幕深庭）	×	×	×	V	×	×	×	×	×	×	×
〈新雁過妝樓〉（夢醒芙蓉）	×	×	×	×	V	×	×	×	×	×	×
〈金縷曲〉（喬木生雲氣）	V	×	×	×	×	×	×	×	×	×	×
〈好事近〉（飛露瀉銀牀）	×	×	×	×	×	×	×	×	×	×	V
〈好事近〉（琴冷石牀雲）	×	×	×	×	×	×	×	×	×	×	V
〈好事近〉（簾外雨絲絲）	V	×	V	V	×	×	×	×	×	×	×

〈浪淘沙〉(綠樹越溪灣)	×	×	×	V	×	×	×	×	×	×	V
〈青玉案〉(短亭芳草長亭柳)	×	×	×	×	×	×	×	×	×	×	V
〈青玉案〉(新腔一唱雙金斗)	×	×	×	×	×	×	×	×	×	×	V
〈尾犯〉(紺海掣微雲)	×	×	×	V	×	×	×	×	×	×	V
〈尾犯〉(翠被落紅妝)	×	×	×	V	×	×	×	×	×	×	×
〈絳都春〉(情黏舞線)	×	×	×	×	×	×	×	×	×	×	×
〈絳都春〉(香深霧暖)	V	×	×	×	×	×	×	×	×	×	×
〈絳都春〉(春來雁渚)	×	×	×	×	×	V	×	×	×	×	×
〈木蘭花慢〉(紫騮嘶凍草)	×	×	×	×	×	×	×	×	×	×	×
〈木蘭花慢〉(指罘罳曉月)	×	×	×	V	×	×	×	×	×	×	×
〈浣溪沙〉(門隔花深夢舊游)	×	×	×	×	×	×	×	×	×	×	×
〈浣溪沙〉(新夢游仙駕紫鴻)	×	×	×	V	×	×	×	×	×	×	×
〈生查子〉(暮雲千萬重)	×	×	×	×	×	×	×	×	×	×	×
〈蝶戀花〉(北斗秋橫雲髻影)	×	×	×	V	×	×	×	×	×	×	×
〈醉落魄〉(春溫紅玉)	×	×	×	V	×	×	×	×	×	×	×
〈思佳客〉(釵燕籠雲睡起時)	×	×	×	×	×	×	×	×	×	×	V
〈聲聲慢〉(檀欒金碧)	V	×	V	V	×	V	×	×	×	×	×
〈聲聲慢〉(旋移輕鷁)	×	×	×	×	V	V	×	×	×	×	×
〈聲聲慢〉(凭高入夢)	×	×	×	V	×	V	×	×	×	×	×
〈法曲獻仙音〉(落葉霞翻)	V	×	V	×	×	×	×	×	×	×	×
〈宴清都〉(病渴文園久)	V	×	V	V	×	×	×	×	×	×	×
〈宴清都〉(翠匝西門柳)	×	×	×	V	×	×	×	×	×	×	×
〈宴清都〉(翠羽飛梁苑)	×	×	×	×	×	×	×	×	×	×	×
〈燭影搖紅〉(飛蓋西園)	×	×	×	×	×	×	×	×	×	×	×
〈燭影搖紅〉(秋入燈花)	×	×	×	V	×	×	×	×	×	×	×
〈霜花腴〉(翠微路窄)	×	×	×	×	×	×	×	×	×	×	×
〈繞佛閣〉(暗塵四斂)	×	×	×	×	×	×	×	×	×	×	×
〈荔枝香近〉(輕睡時聞)	×	×	×	×	×	×	×	×	×	×	×
〈尉遲杯〉(垂楊徑)	×	×	×	×	×	×	×	×	×	×	×
〈霜葉飛〉(斷煙離緒關心事)	×	×	×	×	V	×	×	×	×	×	×

〈瑞龍吟〉（大溪面）	×	×	×	×	V	×	×	×	×	×	×
〈玉樓春〉（茸茸狸帽遮梅額）	×	×	×	V	V	×	×	×	×	×	×
〈玉樓春〉（欄杆獨倚天涯客）	×	×	×	V	×	×	×	×	×	×	×
〈澡蘭香〉（盤絲繫腕）	×	×	×	V	V	×	×	×	×	×	×
〈金盞子〉（賞月梧園）	×	×	×	V	×	×	×	×	×	×	×
〈二郎神〉（素天際水）	×	×	×	V	×	×	×	×	×	×	×
〈天香〉（蟬葉粘霜）	×	×	×	V	×	×	×	×	×	×	×
〈天香〉（珠絡玲瓏）	×	×	×	V	×	×	×	×	×	×	×
〈西平樂〉（岸壓郵亭）	×	×	×	V	×	×	×	×	×	×	×
〈柳梢青〉（斷夢游輪）	×	×	×	V	×	×	×	×	×	×	×
〈柳梢青〉（翠幄圍屏）	×	×	×	V	×	×	×	×	×	×	×
〈望江南〉（三月暮）	×	×	×	V	×	×	×	×	×	×	×
〈西江月〉（清夢重游天上）	×	×	×	×	V	×	×	×	×	×	×
〈西江月〉（枝鳥一痕雪在）	×	×	×	V	×	×	×	×	×	×	×
〈西江月〉（添線繡床人倦）	×	×	×	V	×	×	×	×	×	×	×
〈鷓鴣天〉（迷蝶無蹤曉夢沉）	×	×	×	×	V	×	×	×	×	×	×
〈惜秋華〉（露罥蛛絲）	×	×	×	×	V	×	×	×	×	×	×
〈惜秋華〉（細響殘蛩）	×	×	×	×	V	×	×	×	×	×	×
〈惜秋華〉（思渺西風）	×	×	×	V	×	×	×	×	×	×	×
〈珍珠簾〉（蜜沉爐暖餘煙裊）	×	×	×	×	V	×	×	×	×	×	×
〈三姝媚〉（吹笙池上道）	×	×	×	×	V	×	×	×	×	×	×
〈三姝媚〉（湖山經醉慣）	×	×	×	V	×	×	×	×	×	×	×
〈晝錦堂〉（帆落回潮）	×	×	×	V	×	×	×	×	×	×	×
〈解連環〉（思和雲結）	×	×	×	×	×	×	×	×	×	×	×
〈如夢令〉（春在綠窗楊柳）	×	×	×	V	×	×	×	×	×	×	×
〈杏花天〉（鬢棱初剪玉纖弱）	×	×	×	V	×	×	×	×	×	×	×
〈踏莎行〉（潤玉籠綃）	×	×	×	V	×	×	×	×	×	×	×
〈淒涼犯〉（空江浪闊）	×	×	×	V	×	×	×	×	×	×	×
〈催雪〉（霓節飛瓊）	×	×	×	V	×	×	×	×	×	×	×
〈瑤花〉（秋風采石）	×	×	×	V	×	×	×	×	×	×	×

〈賀新郎〉（浪影龜紋皺）	×	×	×	V	×	×	×	×	×	×	×
〈秋思耗〉（堆枕香鬢側）	×	×	×	V	×	×	×	×	×	×	×
〈六醜〉（漸新鵝映柳）	×	×	×	V	×	×	×	×	×	×	×
合　　　計	9首	0首	6首	46首	57首	33首	0首	0首	5首	22首	36首

　　從上述統計結果來看，南宋黃昇《花庵詞選》選錄吳文英詞共九首，並云：「求詞於吾宋者，前有清眞，後有夢窗，此非煥（指尹煥）之言，四海之公言也。」〔註242〕將吳詞與周邦彥詞作一對比，除了肯定吳詞的藝術表現和成就，更推高他在南宋詞壇的代表地位。可是南宋張炎《詞源》卻稱：「吳夢窗詞如七寶樓臺，眩人眼目，碎拆下來，不成片段。」〔註243〕對於吳文英詞，有截然不同的評價，認爲吳詞空有華麗詞藻的堆疊，只會使詞變得凝滯而沉重。這種正反兩面的評價，除了反映南宋當時對吳詞的不同接受態度，也影響到後來。如明代沈際飛《古香岑草堂詩餘四集》基本上應是欣賞吳詞對於別離相思和別後幽怨含蓄不露的表現手法，因此在黃昇《花庵詞選》所選九首吳文英詞中，再精選出〈憶舊游〉（送人猶未苦）、〈唐多令〉（何處合成愁）、〈好事近〉（簾外雨絲絲）、〈聲聲慢〉（檀欒金碧）、〈法曲獻仙音〉（落葉霞翻）、〈宴清都〉（病渴文園久）等六首，只是所選吳詞數量過少，與周邦彥詞之六十五首相比，相距甚遠，其推崇吳詞之程度，並不明顯。明代《古今詞統》則是一舉選錄吳文英詞共四十六首，肯定吳詞對情感描摹之深刻以及精煉的表現手法，如評吳文英〈聲聲慢〉（檀欒金碧）：「衣袖猶沾舊淚，闌干尙惹餘香，痴心人自有此一副痴眼痴鼻。」評〈唐多令〉（何處合成愁）：「『無風花落』、『不雨蕉鳴』，是妙對。」評〈六醜〉（漸新鵝映柳）：「鏤冰雕瓊，流光自照。」〔註244〕尤其，在〈六醜〉這一詞牌

〔註242〕　〔宋〕黃昇編集：《中興以來絕妙詞選》，頁103。

〔註243〕　〔宋〕張炎：《詞源》，唐圭璋編：《詞話叢編》，頁259。

〔註244〕　〔明〕卓人月彙選、徐士俊參評：《古今詞統》，卷十二，頁66；卷九，頁644；卷十六，頁145。

之下，就只有選周邦彥〈六醜〉（正單衣試酒）和吳文英〈六醜〉（漸
新鵝映柳）兩首，再加上整部詞選只選周邦彥詞共四十一首，在數
量上和吳文英詞的四十六首不相上下，一南一北相互輝映，吳詞在
南宋詞壇的代表地位，因此被凸顯。徐士俊評吳文英〈鶯啼序〉（橫
塘棹穿豔錦）即云：「凡物貴多則不能精，貴精則不能多。詞至夢窗，
其齒牙餘唾，皆作粲花，爪甲清塵，無非香屑。一調二百三十餘字，
愈多愈精，雖有波斯胡人撐珍珠船以入中國，豈足相當耶？」〔註 245〕
這樣的觀點，肯定吳文英詞的出色表現，也呼應南宋以來「前有清
眞，後有夢窗」的說法。但可惜的是，此時對吳文英詞的認識，並
不全面也不深刻，如徐士俊評吳文英〈蝶戀花〉（北斗秋橫雲髻影）：
「本於《詩》之『有鶯其領』。」評〈祝英臺近〉（翦紅情）：「愁心
什一，豔心什九。」評〈珍珠簾〉（蜜沉燼暖餘煙裊）：「『多情卻被無
情惱』，東坡隔牆看鞦韆句也，有此秀豔否。」〔註 246〕著重的仍是
吳詞善寫愁情以及文句秀豔的表現。

　　清代朱彝尊《詞綜》選錄吳文英詞共五十七首，是歷代詞選中
選錄吳詞最多者，但朱彝尊《詞綜》最推崇的是姜夔詞，《詞綜‧
發凡》即云：「世人言詞必稱北宋，然詞至南宋始極其工，至宋季
而始極其變，姜堯章氏最爲傑出。」〔註 247〕吳文英詞的評價在姜
夔詞之下，然而，在有關詞人生平和評價的說明時，《詞綜》同時
引了「求詞於吾宋者，前有清眞，後有夢窗」，以及「吳夢窗如七
寶樓臺，眩人眼目，拆碎下來，不成片段」兩種說法，則吳詞自有
其絕妙處，只是比不上姜詞的傑出。在此同時，也漸漸開啓對吳文
英詞的更多認識與掌握，如《詞潔》評吳文英〈珍珠簾〉（蜜沉燼暖
餘煙裊）：「用筆拗折，不使一猶人字，遂極雕嵌，復有靈氣行乎其

〔註 245〕　〔明〕卓人月彙選、徐士俊參評：《古今詞統》，卷十六，頁 149。
〔註 246〕　〔明〕卓人月彙選、徐士俊參評：《古今詞統》，卷九，頁 649；卷
　　　　　十一，頁 31；卷十三，頁 71。
〔註 247〕　朱彝尊《詞綜‧發凡》，〔清〕朱彝尊抄撮，汪森增定：《詞綜》，頁
　　　　　3。

間。今之治詞者，高手知師法姜、史，夢窗一種，未見有取途涉津者，亦斯道中之〈廣陵散〉也。首句從歌舞處寫，次句便寫入聞簫鼓者。前半賦題已竟，後只嘆惋發己意，恐忘卻本意，再用『歌紈』二字略一點映，更不重犯手。宋人詞布局染墨多是如此。」〔註248〕將吳文英詞與姜夔一派作出區別，並注意到吳詞雖「極雕嵌」，卻「有靈氣行乎其間」，布局甚是巧妙。又如，評吳文英〈澡蘭香〉（盤絲繫腕）：「亦是午日應有情事，但筆端幽豔，如古錦燦然。」〔註249〕這種「筆端幽豔」，內心卻有所感慨的表現手法，正是吳文英詞的一大特色，至此，吳詞才慢慢彰顯出與眾不同處，《詞潔》雖然只選吳詞共三十三首，但主要代表作都有收錄，是較能深刻認識吳詞特色者，只是此選名氣和影響不比《詞綜》，連帶影響吳詞受到矚目的程度。

在此之後，張惠言《詞選》為樹立詞壇正聲和典範，避免受到吳文英詞「枝而不物」的影響，因此一首都不選，這更影響到對吳文英詞的接受和評價，直到周濟《宋四家詞選》稱「夢窗奇思壯采，騰天潛淵，返南宋之清泚，為北宋之穠摯」，「皋文不取夢窗，是為碧山門逕所限耳！夢窗立意高，取徑遠，皆非餘子所及。惟過嗜餖飣，以此被議，若其虛實並到之作，雖清真不過也。」〔註250〕為吳文英的負面評價作出澄清，同時選錄吳詞共二十二首，並推舉其為習詞典範，吳詞的地位才真正提高。劉少雄《南宋姜吳典雅詞派相關詞學論題之探討》云：

> 夢窗詞地位之提昇，周濟是一大功臣。周濟大體上仍承浙派之說，以為南宋詞之佳處在空而有寄託、在清泚，不過他更推許北宋之實而無寄託、能沉摯之詞風，而在此理論架構中，如何安排原被張炎貶抑的南宋辛、吳二家而不破壞其南北宋詞的基本界域？周濟巧妙地說：「稼軒由北開

〔註248〕〔清〕先著、程洪輯：《詞潔》，頁149。
〔註249〕〔清〕先著、程洪輯：《詞潔》，頁206。
〔註250〕周濟《宋四家詞選・序論》，〔清〕周濟輯：《宋四家詞選》，頁1；2。

南，夢窗由南追北，是詞家轉境」，謂稼軒開姜張疏宕之
風，夢窗傳美成密麗之法，這無疑地彰顯了兩家在南北宋
「空」、「實」二種詞風之承傳關係中的樞紐地位。〔註251〕
又，劉少雄〈周濟與南宋典雅詞派〉云：

> 周濟承前人「前有清眞，後有夢窗」的說法，以爲吳文英
> 與周邦彥詞風接近，最有緊密的傳承關係，因此，由夢窗
> 以窺清眞，是最佳的門徑，換言之，夢窗「能返南宋之清
> 泚，爲北宋之濃摯」，是由南追北的關鍵人物，不容忽視。
> 〔註252〕

因爲理論的建構，吳文英詞的關鍵作用被標舉出來，使得吳詞不再被
忽略，這確實是周濟《宋四家詞選》帶來的影響。在此基礎上，譚獻
評吳文英〈憶舊游〉（送人猶未苦）：「正面已是深湛之思，最足善學清
眞處。」〔註253〕陳廷焯評吳文英〈點絳唇〉（時霎清明），亦云：「筆
意逼近美成。」〔註254〕將吳文英詞與周邦彥詞作類比，顯現常州派
詞選對吳文英詞的欣賞與肯定，在於吳詞的「深湛之思」與運筆，正
是承襲了周詞而來；因此，透過吳詞，由南追北，以臻周詞之「渾厚」
〔註255〕，最終上達溫庭筠之「深美閎約」〔註256〕，這正是周濟、譚
獻、陳廷焯推崇吳詞的原因。

　　陳廷焯《詞則》選錄吳文英詞共三十六首，評吳文英〈倦尋芳〉
（暮帆挂雨）云：「夢窗詞能於超逸中見沉鬱，不及碧山、梅溪之厚，
而才氣較勝。皋文以夢窗與耆卿、山谷、改之輩同列，一偏之見，
非公論也。神味宛然。自然流出，有行雲流水之樂，詞境到此，眞

〔註251〕劉少雄：《南宋姜吳典雅詞派相關詞學論題之探討》，臺北：國立臺
　　　　灣大學出版委員會，1995 年 5 月初版，頁 152～153。
〔註252〕劉少雄：〈周濟與南宋典雅詞派〉，頁 167。
〔註253〕〔清〕譚復堂評：《譚評詞辨》，卷二，頁 8～9。
〔註254〕〔清〕陳廷焯編選：《詞則·大雅集》，頁 122。
〔註255〕周濟《宋四家詞選·序論》：「清眞渾厚，正於鉤勒處見。他人一鉤
　　　　勒便刻削，清眞愈鉤勒，愈渾厚。」〔清〕周濟輯：《宋四家詞選》，
　　　　頁 1。
〔註256〕張惠言《詞選·敍》，〔清〕張惠言輯：《詞選》，頁 536。

非易之。」〔註257〕「沉鬱」二字的提出，更說明相較於吳詞與周詞筆法之相似，常州派詞選更重視吳詞中「深湛之思」的醞釀與表現，只有能「沉鬱」之詞，才能達到「渾厚」之要求。就這一點而言，吳文英是略輸王沂孫的寄託深摯，與周邦彥也略有差距，因此連這首被陳廷焯讚許的詞作，也只有「。。」〔註258〕的評價。由此，可以了解雖然常州派詞選欣賞吳文英詞，認為：「夢窗極經意詞，有五季遺響」〔註259〕；「亦綺麗，亦超脫，此夢窗本色。彼譏夢窗以組織為工者，不知夢窗者也」〔註260〕；「遣詞大雅，一洗綺羅香澤之態」〔註261〕；但如果沒有更深刻的感慨和寄託，仍是不足的，因此陳廷焯只給予吳文英〈尾犯〉（紺海掣微雲）和〈齊天樂〉（煙波桃葉西陵路）「。。」及「、。」的評價，可知常州派詞選對詞家的評點是具體貫徹他們的詞論主張。

透過常州派詞選對吳文英詞的評點，可以看到吳詞地位由低下、不足而論，到被推崇為習詞典範，再因講尚溫厚沉鬱，客觀評騭優缺，而給予適當評價的過程，雖然以「沉鬱」論吳詞，不見得能適用於每一首詞，但能帶出對吳詞的另一番探索，並凸顯吳詞之「操縱自如，全體精粹，空絕古今」〔註262〕，這種肯定對吳詞的受到矚目和推崇，影響應是最直接的。

〔註257〕 〔清〕陳廷焯編選：《詞則・大雅集》，頁115～116。

〔註258〕 陳廷焯評吳文英〈倦尋芳〉（暮帆挂雨），〔清〕陳廷焯編選：《詞則・大雅集》，頁115。

〔註259〕 譚獻評吳文英〈風入松〉（聽風聽雨過清明），〔清〕譚復堂評：《譚評詞辨》，卷二，頁9。

〔註260〕 陳廷焯評吳文英〈尾犯〉（紺海掣微雲），〔清〕陳廷焯編選：《詞則・別調集》，頁631。

〔註261〕 陳廷焯評吳文英〈齊天樂〉（煙波桃葉西陵路），〔清〕陳廷焯編選：《詞則・閒情集》，頁920。

〔註262〕 陳廷焯評吳文英〈鶯啼序〉（殘寒正欺病酒），〔清〕陳廷焯編選：《詞則・別調集》，頁632。

四、王沂孫

王沂孫詞在清代以前，相對是受到冷落的，直到浙西詞派和常州詞派詞選的大量選錄和評點，其詞的藝術特點和價值，才慢慢獲得肯定，詞史地位也因此提高。以下是歷代所選王沂孫詞一覽表：

詞　　牌	花庵詞選	草堂詩餘	草堂四集	古今詞統	詞綜	詞潔	蓼園詞選	詞選	詞辨	宋四家詞選	詞則
〈眉嫵〉（漸新痕懸柳）	×	×	×	×	V	V	×	V	V	V	V
〈齊天樂〉（碧痕初化池塘草）	×	×	×	×	V	V	×	×	V	×	V
〈齊天樂〉（綠槐千樹西窗悄）	×	×	×	×	V	V	V	×	×	×	V
〈齊天樂〉（一襟餘恨宮魂斷）	×	×	×	×	V	V	×	V	×	×	V
〈齊天樂〉（冷煙殘水山陰道）	×	×	×	×	V	V	×	×	×	×	V
〈高陽臺〉（淺萼梅酸）	×	×	×	×	V	×	×	×	×	×	V
〈高陽臺〉（駝褐輕裝）	×	×	×	×	×	×	×	×	V	V	V
〈高陽臺〉（殘雪庭除）	×	×	×	×	×	×	×	×	V	V	V
〈慶清朝〉（玉局歌殘）	×	×	×	×	V	×	×	×	V	V	V
〈瑣窗寒〉（趁酒梨花）	×	×	×	×	V	V	×	×	V	V	V
〈瑣窗寒〉（出谷鶯遲）	×	×	×	×	V	V	×	×	×	×	V
〈瑣窗寒〉（料峭東風）	×	×	×	×	V	V	×	×	×	×	×
〈南浦〉（柳下碧粼粼）	×	×	×	×	V	×	×	×	×	×	V
〈南浦〉（柳外碧連天）	×	×	×	×	V	×	×	×	×	×	V
〈花犯〉（古嬋娟）	×	×	×	×	V	V	×	×	×	×	V
〈無悶〉（陰積龍荒）	×	×	×	×	V	×	×	×	×	×	V
〈水龍吟〉（曉寒慵揭珠簾）	×	×	×	×	V	×	×	×	×	×	V
〈水龍吟〉（世間無此娉婷）	×	×	×	×	V	×	×	×	×	×	V
〈水龍吟〉（曉霜初著青林）	×	×	×	×	V	×	×	×	×	×	V
〈水龍吟〉（翠雲遙擁環妃）	×	×	×	×	V	×	×	×	×	×	V
〈綺羅香〉（屋角疏星）	×	×	×	×	V	V	×	×	×	×	V
〈綺羅香〉（玉杵餘丹）	×	×	×	×	×	×	×	×	×	×	V

〈三姝媚〉(蘭缸花半綻)	×	×	×	×	V	V	×	×	×	V	V
〈三姝媚〉(紅櫻懸翠葆)	×	×	×	×	V	×	×	×	×	×	×
〈掃花游〉(小庭蔭碧)	×	×	×	×	×	V	×	×	×	V	V
〈埽花游〉(卷簾翠溼)	×	×	×	×	×	×	×	×	V	V	×
〈埽花游〉(商飈乍發)	×	×	×	×	×	×	×	×	×	×	×
〈埽花游〉(滿庭嫩碧)	×	×	×	×	×	×	×	×	×	×	×
〈望梅〉(畫闌人寂)	×	×	×	×	×	×	×	×	×	V	V
〈天香〉(孤嶠蟠煙)	×	×	×	×	×	V	×	×	×	×	×
〈慶宮春〉(明玉擎金)	×	×	×	×	×	×	×	×	×	×	×
〈八六子〉(洗芳林幾番風雨)	×	×	×	×	×	×	×	×	×	×	×
〈法曲獻仙音〉(層綠峨峨)	×	×	×	×	×	×	×	×	×	×	×
〈長亭怨慢〉(泛孤艇東皋過徧)	×	×	×	×	V	×	×	×	×	×	V
〈青房竝蒂蓮〉(醉凝眸)	×	×	×	×	×	×	×	×	×	×	×
〈一萼紅〉(玉嬋娟)	×	×	×	×	×	×	×	×	×	×	×
〈一萼紅〉(思飄飄)	×	×	×	×	×	×	×	×	×	×	×
〈一萼紅〉(翦丹雲)	×	×	×	×	×	×	×	×	×	×	×
〈疏影〉(瓊妃臥月)	×	×	×	×	×	×	×	×	×	×	×
〈更漏子〉(日銜山)	×	×	×	×	×	×	×	×	×	×	×
〈醉落魄〉(小窗銀燭)	×	×	×	×	×	×	×	×	×	×	×
〈踏莎行〉(白石飛仙)	×	×	×	×	V	×	×	×	×	×	×
〈聲聲慢〉(啼螿門靜)	×	×	×	×	×	×	×	×	×	×	×
〈摸魚子〉(洗芳林夜來風雨)	×	×	×	×	×	×	×	×	×	×	V
〈摸魚子〉(玉簾寒翠絲微斷)	×	×	×	×	×	×	×	×	×	×	V
〈如夢令〉(妾似春蠶抽縷)	×	×	×	×	×	×	×	×	×	×	×
〈金盞子〉(雨葉吟蟬)	×	×	×	×	×	×	×	×	×	×	V
〈露華〉(紺葩乍坼)	×	×	×	×	V	×	×	×	×	×	×
〈應天長〉(疏簾蝶粉)	×	×	×	×	V	×	×	×	×	×	×
合　　　計	0首	0首	0首	0首	35首	10首	0首	4首	6首	20首	43首

　　從表格中可以發現，在明代《古香岑草堂詩餘四集》和《古今詞統》中，王沂孫詞並沒有受到太多注意，因此有關他的詞作不見收錄，直到清代朱彝尊《詞綜》選錄王沂孫詞共三十五首，才讓王詞受到矚目，尤其王沂孫的傳世詞作不多，只有六十五首，這更凸顯《詞綜》對王詞的重視態度。但浙西詞派之論王沂孫詞，是將之歸在姜派詞人底下，以「歸於醇雅」為前提，釐析詞史的發展脈絡，最終目的是要提高姜夔在詞壇和詞史的領袖地位〔註263〕，汪森〈《詞綜》序〉云：「鄱陽姜夔出，句琢字鍊，歸於醇雅，於是史達祖、高觀國羽翼之，張輯、吳文英師之於前，趙以夫、蔣捷、周密、陳允衡、王沂孫、張炎、張翥效之於後。譬之於樂，舞簫至於九變，而詞之能事畢矣。」〔註264〕因此，即使《詞綜》選錄王沂孫詞共三十五首，也不見得能充分凸顯王詞特色，而只是作為姜派影響的佐證。在這樣的氛圍下，《詞潔》收錄王沂孫詞共十首，其中評王沂孫〈水龍吟〉（世間無此娉婷），有云：「荼蘼如何寫，直合淺淺許，海棠尤難著色。不離不即，已在箇中。遇棘手題，當思所變計。二調頗堪玩味。」〔註265〕也只針對王詞的寫作手法進行評賞，除此之外，王詞的個人特色，以及在詞史的地位又如何，則沒有更深入的說明。這樣的情形，直到常州派詞選出現，才有極大的轉變，王沂孫詞也因此獲得空前的推崇與讚揚。

　　張惠言《詞選》雖然只有選錄王沂孫詞共四首，可是卻將之視為南宋代表詞家之一，具有獨特地位〔註266〕，在評點時更指出王氏「詠物諸篇，並有君國之憂。此喜君有恢復之志，而惜無賢臣也。」

〔註263〕孫維城〈清代詞學對王沂孫詞高評的歷史與現實〉亦云：「清初浙西詞派的尊崇王沂孫，在於認為王詞閒雅，有白石意趣。」孫維城：〈清代詞學對王沂孫詞高評的歷史與現實〉，《詞學》第二十三輯，上海：華東師範大學出版社，2010年6月一版，頁257。

〔註264〕汪森〈《詞綜》序〉，〔清〕朱彝尊抄撮，汪森增定：《詞綜》，頁1。

〔註265〕〔清〕先著、程洪輯：《詞潔》，頁186。

〔註266〕張惠言《詞選·敘》：「宋之詞家，號為極盛，然張先、蘇軾、秦觀、周邦彥、辛棄疾、姜夔、王沂孫、張炎淵淵乎文有其質焉。」〔清〕張惠言輯：《詞選》，頁536。

〔註267〕這種「君國之憂」的解讀，點出王沂孫所處時代的難題，解析他的創作動機，也因此凸顯其詞的時代意義。張惠言對王沂孫其他詞作的評點，如評〈高陽臺〉（殘雪庭除）：「此傷君臣晏安，不思國恥，天下將亡也。」評〈慶清朝〉（玉局歌殘）：「此言亂世尚有人才，惜世不用也。不知其何所指。」〔註268〕都與時代作結合，強調王沂孫對政治局勢的憂慮，以及創作的深刻用心。雖然這種寫作動機的說明，只是張惠言個人的解讀，卻使王沂孫詞的特色得以凸顯，並脫離姜派詞人的籠罩，使讀者注意到王沂孫詞的深刻寓意。即使這是張惠言為了印證詞有寄託的論點而刻意擇錄，仍使王沂孫詞的地位和價值得以提高，《詞選》在其中發揮了關鍵的影響。

在此之後，周濟《宋四家詞選》選錄王沂孫詞共二十首，幾乎佔王氏全部詞作的三分之一，並云：「詞以思、筆為入門階陛，碧山思、筆可謂雙絕，幽折處大勝白石。」又云：「雅俗有辨，生死有辨，真偽有辨，真偽尤難辨。稼軒豪邁是真，竹山便偽；碧山恬退是真，姜、張皆偽。」〔註269〕如此，更將王沂孫詞的地位和價值，提高到姜夔詞之上。對此，劉少雄〈周濟與南宋典雅詞派〉認為：周濟「一意為常派創立新的詞統，正蘊含著一相對的動機：瓦解浙派舊有的詞學體系。……浙派專南宋、宗姜張、重清雅之作，周濟乃提出由南返北，以吳王取代姜張，重質實渾涵之作的策略。」〔註270〕這種理論性的原因，解釋周濟標舉王沂孫、吳文英、辛棄疾、周邦彥四家為習詞典範的理由，也使王沂孫詞的影響因此擴大。此外，周濟評王沂孫〈南浦〉（柳下碧粼粼）：「碧山故國之思甚深，托意高，故能自尊其體。」評〈齊天樂〉（綠槐千樹西窗悄）：「此身世

〔註267〕張惠言評王沂孫〈眉嫵〉（漸新痕懸柳），〔清〕張惠言輯：《詞選》，頁547。
〔註268〕〔清〕張惠言輯：《詞選》，頁548。
〔註269〕周濟《宋四家詞選·序論》，〔清〕周濟輯：《宋四家詞選》，頁2；3。
〔註270〕劉少雄：〈周濟與南宋典雅詞派〉，頁165。

之感。」評〈齊天樂〉（一襟餘恨宮魂斷）：「此家國之恨。」〔註271〕
亦是常州詞派寄託理論的發揮，以詞之有所寄託，寓含身世之感、
家國之慨者為高，這固然是受到清代嘉慶、道光以後國勢逐漸衰微
的影響，致使常州詞人對這類詞作的高度重視，但也因為如此，讓
王沂孫詞的內容、主旨、意義和價值，都有更深入的挖掘和探討，
並讓詞體地位因而提昇，周濟可說是王沂孫詞的解人，王沂孫詞也
正好是周濟理論的最佳印證。

　　譚獻對王沂孫詞的評點，亦著重其寓意和筆法，如評王沂孫〈眉
嫵〉（漸新痕懸柳）：「聖與精能以婉約出之，以詩派律之。大歷諸家，
去開、寶未遠。玉田正是勁敵，但士氣則碧山勝矣。蹊徑顯然。」評
〈齊天樂〉（一襟餘恨宮魂斷）：「此是學唐人句法、章法。『庾郎先自
吟秋賦』遜其蔚跂。（西窗過雨）亦排宕法。（銅仙鉛淚似洗）極力排盪。
（病葉驚秋，枯形閱世，銷得斜陽幾度）玩其弦指，收裹處有變徵之音。
（謾想薰風，柳絲千萬縷）掉尾不肯直洩，然未自在。」評〈埽花游〉
（卷簾翠溼）：「刺朋黨日繁。」〔註272〕將王沂孫詞與張炎詞相較，以
其筆法之融煉、寓意之深，評定王詞高處勝過張詞，至此，王沂孫詞
更成為詞之講尚寄託的代表詞家。

　　陳廷焯《詞則》選錄王沂孫詞共四十三首，其中有三十八首都
歸在《大雅集》中，以為典範，王沂孫詞的價值和影響更是提高到
無以復加的程度。陳廷焯對這些詞作的評點，更是一片讚揚和稱許，
充分凸顯王沂孫詞的獨一無二，以及在詞史的崇高地位。如陳廷焯
評王沂孫〈天香〉（孤嶠蟠煙）：「王碧山詞，品最高，味最厚，意境
最深，力量最沉；感時傷世之言，而出以纏綿忠愛，詩中之曹子建、
杜子美也。詞人有此，庶幾無憾。」評〈南浦〉（柳下碧粼粼）：「南
宋詞家，白石、碧山，純乎純者也。梅溪、夢窗、玉田輩，大純而
小疵，能雅不能虛，能清不能厚也。」評〈水龍吟〉（世間無此娉婷）：

〔註271〕　〔清〕周濟輯：《宋四家詞選》，頁 25；26。
〔註272〕　〔清〕譚復堂評：《譚評詞辨》，卷一，頁 10～11；11～12。

「碧山詠物諸篇，固是君國之感，時時寄託，卻無一筆犯複，字字貼切故也。就題論題，亦覺躊躇滿志。清眞、白石間有疵累語，至碧山乃一歸純正。善學者，首當服膺勿失。」評〈高陽臺〉（玉局歌殘）：「低迴婉轉，姿態橫生。《小雅》怨悱不亂，此詞有焉。美成、少游，詞壇領袖也，所可議者，時有俚語耳。白石亦間有此病。故大雅一席，終讓碧山。」評〈高陽臺〉（殘雪庭除）：「無限哀怨，一片熱腸，反覆低迴，不能自已。以視白石之〈暗香〉、〈疏影〉，亦有過之無不及，詞至是，乃蔑以加矣。詞有碧山，而詞乃尊，以其品高也，古今不可無一，不能有二。詞法莫密於清眞，詞理莫深於少游，詞筆莫超於白石，詞品莫高於碧山，皆聖於詞者。」評〈疏影〉（瓊妃臥月）：「碧山詠梅之作最多，篇篇皆有寓意，出入《風》、《騷》，高不可及。」〔註273〕如此一來，王沂孫詞品、人品俱高，其詞「出入《風》、《騷》」，一歸雅正，詞旨最深，詞味最厚，可比之「詩中之曹子建、杜子美」，放眼宋代詞壇，幾乎無人可以與之分庭抗禮，這已然是對王沂孫詞的極度推崇。陳廷焯之所以如此，無非是要強調詞對《風》、《騷》之旨的傳承和實踐，導正當代詞風，以雅正爲歸，王沂孫詞的典範地位更因此確立。

結　語

以上從選詞和評點的角度，探討常州派《詞選》、《詞辨》、《宋四家詞選》、《詞則》等四部詞選對唐五代和兩宋詞家的接受，包括溫庭筠、韋莊、馮延巳、柳永、蘇軾、周邦彥、辛棄疾、姜夔、吳文英、王沂孫等十名代表詞家，可以發現共同的趨向是詞家地位的逐漸提高，詞作內容主旨的深刻化，以及詞作影響的擴大。但細部來看，會發現常州詞人對於處在政局不穩、仕途不順的詞人，以及

〔註273〕〔清〕陳廷焯編選：《詞則·大雅集》，頁137；138；140～141；146
　　　　～147；147～148；153。

流露身世之感、家國之慨，或是較爲雅致的詞作，尤其容易產生共鳴，並且表現出特別重視的態度，因此對溫庭筠、韋莊、周邦彥、辛棄疾、姜夔、王沂孫的評價都比較高；而對人品有所爭議，詞作間涉俚俗、詞藻堆疊者，如馮延巳、柳永、吳文英，則有不同的評價；對「橫放傑出」的詞人，如蘇軾，則又不免出現難以寄託涵蓋其詞之精彩的問題。但整體而言，常州派這四部詞選，透過選詞與評點，引導讀者對詞人和詞作進行深入解讀，所選所評多爲各詞家代表作，比起明代《古今詞統》所選，更具精準眼光，也更全面，詞作特色也能因此凸顯，這對唐宋詞家在清代的深入認識和擴大影響，有著積極作用。